知音动漫图书·小说绘
ZHI YIN COMIC BOOK 以梦想之名 点燃阅读

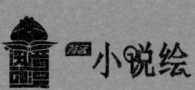

我们的秘密

王巧琳 著

中国致公出版社　知音动漫

知音动漫图书·漫客小说绘出品

目录

章节	标题	页码
第一章	声音	001
第二章	妻子	025
第三章	婚礼	045
第四章	匠魂	067
第五章	约定	091
第六章	尘埃	113
第七章	囚鸟	133
第八章	消失	153
第九章	深渊	173
第十章	小说	193
第十一章	救赎	213
	后记	243

我们的《秘密》

第一章

·

声音

1

晏城连续下了几天的细雨，南方的空气里，带着一股沉闷和潮湿。

程小海低着头从教室里走出来。

学校马上就要办百年校庆了，处处洋溢着喜气。管乐社争分夺秒地排演，鼓点和萨克斯的低鸣顷刻充满了学校。程小海假装看不见这些，也听不见这些，像个无关紧要的隐形人，飞快地往校门口走。可是那些鼓点，鼓点中夹杂着的身边人的指指点点，让他如芒在背。还有发痒的喉咙，一股需要极力克制的开腔的冲动，让他整个人都不自在。

少年的拳头，紧紧地攥在一起。

"程小海！"

走到必须经过的那间一楼大教室时，他加快步伐却还是被人叫住了。程小海定了一下。从里头冲出来的女生带着哀求的表情："真的不加入吗？你确定吗？"有点恨铁不成钢的意味。她身后有男生嬉笑着说："是啊，我们还缺个女高音呢。"声音有些怪腔怪调的，带着嘲讽的意味。另一男声接着说："可不是嘛，多难得的机会，百年校庆，说不定，还能上新闻呢！"

女孩愠怒地朝那几人吼了一句："不要胡说！"

再一回头，程小海已经消失在门前。余下那几个男生，也不再端着，直接开腔道："看吧,娘娘腔……娘娘腔!"

"不许这样!"女孩眼神锐利地警告他们,她的心猛地一沉。她是这次合唱团的负责人刘芊芊,虽身居老师的位置,可因为刚毕业还很年轻,小男生们都不怕她。此时她望着程小海消失的方向,心里有说不出的难过和惋惜。她还记得半个月前,她和音乐老师去每个班征集百年校庆合唱团成员的那个午后,在每个班的抽唱中,忽然听到了一个让她耳朵惊艳的声音。确切地说,那是一段女声,但出自一个大男孩的嘴里,显得有些不搭。

他刚开口唱了一句,全场哗然,紧接着是哄堂大笑,有人指着他说:"程小海,你哪儿学的娘娘腔调子……"当时这个叫小海的男孩非常慌张,他看了一眼众人嘲笑的脸,就低下头,闭紧自己的嘴巴,再不愿开口。然而已有同学拿着手机拍下了这简短的几秒钟。一时间传遍校内,名不见经传的程小海,被推上了风口浪尖。

此时的程小海已经跑到了校外,沿着一条没人的巷子,他的步伐变得沉重起来。

程小海走得很慢,他从口袋里摸出耳机,摁下MP4的按钮,音乐缓缓地通过耳线滑入耳朵,抵达他的心里。这些音律,像是一双双安抚的手,轻轻地抚平他狂跳的心脏。

——别怕,小海,别怕!

2

晚上六点多,程小海回到了家。刚一进家门,他就看到一个熟悉的身影坐在沙发上,正是刘芊芊。他头都大了。

"小海,你们老师过来了。说你想要学音乐,你是这么说的吗?"刘芊芊的原意并不是这样,她只是向阿姨表达了小海的天分不容浪费,但阿姨这么一问,她倒有些不知该如何辩驳。

程小海站定,有些怨念地看了一眼刘老师:"我根本不喜欢唱歌。"

"可是,小海,你唱歌真的很好听!"

程妈妈直接打断了刘芊芊的话:"哪有男孩子唱女声的!"

"阿姨,您可能不了解,从胸腔里发出来的声音,本来就被叫作假音,很多人都是用假音在唱歌的不是吗?有这样的嗓子,明明是值得骄傲的啊!我真的觉得他该跟我的老师学一下,提高音乐造诣……"

骄傲？骄傲什么？她好不容易把儿子养大，现在不好好学习唱歌就算了，还唱得不男不女！她平时被笑得还不够多吗？她面色冷峻地说：“这件事没得商量，您请回吧。小海，送送你们老师。”

被下了逐客令，刘芊芊也只好作罢。

刘芊芊出身音乐世家，对音乐有一股执念。但无论是教学上还是人生经验上，她都只是初出茅庐的年轻老师，因为太过年轻，所以难免会被瞧不起。眼下吃了闭门羹，只能再想办法做做他的思想工作。

"小海，你再跟你妈妈说一说吧。"

程小海有些不耐烦地说："老师，我知道您是为我好，但是我妈妈的态度您也看到了。"

刘芊芊急了："为什么要放弃呢……如果你妈妈不同意，我们可以再做做思想工作的。可能一下两下说通有点困难，但只要我们努力……"

"别说了。"

"小海，你不要觉得有负担，你的嗓音，非常难得！我认识好几个音乐学院的老师，我可以带你去见他们的。我不仅仅是想要让你参加这次校庆，我是希望你能好好发挥自己的长处，去更大的舞台啊！"

更大的舞台？程小海诧异地抬头，眼里闪过一丝不易察觉的光芒，然后，又被暗淡所覆盖了。

"我去不了更大的舞台的。老师，真的谢谢您。可是我真的不行。"

"为什么不行呢？"刘芊芊急得头上冒汗了。

"我……"程小海的表情变得有些隐忍的痛苦，"这嗓子根本不是我的，我……控制不了它！唱歌的人不是我，您懂吗？"

哈？刘芊芊当然不懂，她一脸的困惑："唱歌的不是你……那能是谁啊？"

"我……我是一个男人！"程小海涨红着脸，宣告。

"对啊，我没说你是……"

"一个男人怎么能唱……那样……捏尖嗓子的歌呢？"

刘芊芊愣住了，看着眼前这个少年有些费劲地解释着。

"我要怎么说呢……这不是我自己要唱歌，我的声音不是这样的，是有人……是……是我的身体住进了别人！"

小海撂下这句话，转身就走了。回到家里，他看到妈妈的脸色很差。

"什么老师！居然找上门来让你去做那丢人现眼的活计！"

妈妈自从在网上看过那个视频以后，就处在暴怒的状态里，认为儿子不学好，甚至怀疑他中了邪。

她一边抹着眼泪一边说:"小海,妈妈也不奢望你出人头地,但你能不能不要做那些奇怪的事?你这样,妈妈连上班都抬不起头!"

小海没法跟她解释太多,垂头丧气地回到了自己的房间里,重新塞上耳机,想对那些不愉快闭目塞听。

他沉浸在音乐里,心情慢慢地舒缓,可是这个时候,一个声音几乎呼之欲出,小海用力掐住自己的喉咙,将那个声音抵在喉口。他低低地哀鸣:"求你了,求你了……别发出这种声音!求你了……"

3

"我的身体住进了别人!所以请您别管我了!"

不管?不管怎么行呢?!

这几天,她几乎夜不能寐,醒来又要忙着各个舞台的排练,但还是放心不下程小海。什么叫他的身体里住进了别人?难道是鬼上身的意思?

这怎么可能呢!程小海不会……

刘芊芊不太淡定地陈述着,她的陈述里带着些委屈,带着恨铁不成钢的情绪,还不时抬头看看面前的男人。

这个正非常优雅地举着一杯水的男人,是学校里做心理辅导的朱老师推荐给她的,说是她的学长。最初,她是想推荐程小海去朱老师那儿看一看的,但程小海很抵触,甚至气哄哄地表示:"刘老师是觉得我现在还不够惨吗?非要让全世界都知道我心理有病?"

刘芊芊又委屈又生气,觉得自己的好心被当成了驴肝肺。朱老师便把赵央的电话号码给她了,说自己能力实在有限,程小海这种案例,有点儿超出她的认知了,即便找她了,她估计也说不出一个所以然来,但她觉得有一个人可以。

那就是赵央。

刘芊芊万万没想到,眼前这个朱老师口中的传奇人物,据说曾经搞定过无数离奇案例的高级咨询师,居然是个大帅哥,长着一双漂亮而狭长的桃花眼,笑起来让人如沐春风。

可惜,也没想到,他是个盲人。

刘芊芊完整地将事情说了一遍，当然，中间带了很多"我觉得""我认为"和"我就不明白了。"

"我可是为了他好啊！"最后她说。

"喂，你明明是为了你自己啊。"

说话的人语气冷冷的，并不是面前这个面带笑容、从未打断过她的男人，而是坐在一旁，一直面无表情地把玩着手里那把瑞士军刀的女孩。

她看起来年纪都不一定比程小海大，刘海很长，遮住了她的眼睛，露出来的脸上，挂着一个有些讥诮的笑容。

"我哪有！"刘芊芊被这么一怼，一时有些急了，抬头向赵央求助，"我真没有！我只是觉得，这个声音……真的很惊艳也很难得！"她几乎忘了，自己真切的表情，面前这个大帅哥，看不到。

但他还是佯作生气地在阿喜面前的桌子上轻轻敲了一敲，语气却还是挺柔和的："阿喜，不能没有礼貌哦。"

那少女的嘴角轻轻一勾，带着些许轻蔑。

赵央向着刘芊芊的方向道："刘老师，不要着急。"

他的声音可真好听啊，配上他的笑容，真好像能让人安下心来。

"你……叫我芊芊就好了。"刘芊芊刚才愠怒的脸上，又有了笑容。

"好，芊芊。伯乐爱才，自然不是只为了自己。"

这样听起来就舒服多了嘛。刘芊芊想。

"所以……小海是不是真的这里……"她指了指脑子，再次意识到赵央看不到，她压低声音，"精神上，真出了问题？"

赵央一笑："下定论之前，我还有几个问题。"

"请问。"

"一是，你说你和其他音乐老师都认为这个声音是经过专业训练的，但你也知道，程小海之前并没有展露这个天分，也就是说，这项技能，有点从天而降的意思，对吗？"

"嗯……但是也不排除，有人在偷偷教他啊。"刘芊芊道。

"好，那么二是，刘老师自己喜欢唱歌吗？"

自然是喜欢的，否则现在不会从事这门职业，但是她从高中的时候就被告知，自己并没有唱歌的天赋，虽然受了几年专业训练，成绩勉勉强强，但要想有一番成就，那是奢望。

"喜欢。只是我没有那么好的嗓子。"刘芊芊叹了口气。

"如果说,一个好嗓子从天而降,你会怎样?"

刘芊芊眼睛一亮:"我当然要高兴死了!这是我梦寐以求的啊。"

"那如果,这个嗓子,跟你的形象违背呢?比如,那是一个沧桑的男性烟酒嗓。像程小海这样的青春期少年,获得一个女声,应该会很困扰吧?"

刘芊芊一愣。

"程小海将这从天而降,和他并不相符的嗓音,视为一种'外来之物',也就是他说的'鬼'。"赵央解释道。

"那可能……也比没有要好吧。对于喜欢唱歌的人来说,有天赋有资格,站在舞台上,就是最大的……"刘芊芊有些固执地道,没留意旁边的阿喜再次轻哼了一声。

"所以,我希望你能帮帮我……"

赵央身子微微后仰,笑着说:"是帮你,还是帮程小海呢?"

刘芊芊一怔:"当然是……为了小海的未来啊!这并不冲突啊!"

4

赵央告诉刘芊芊,他们可以帮助程小海弄清楚这"奇怪"的一切,但是,需要她来领路。

刘芊芊有些为难,她觉得现在程小海对自己非常抵触,经过上次上门家访和将他塞进朱老师的咨询室的事情,现在程小海应该很讨厌自己吧。

"要进入一个人的内心,首先,你要站在他的立场上思考,不要给对方太大的压力。紧闭心房的人会被门口暴烈的敲门声所惊扰,只有耐心地、轻轻地敲,才有可能得到回应。"坐在对面的赵央明明是个盲人,可刘芊芊仿佛可以看到他眼睛里的光。

"阿喜,你帮着刘老师,一起完成这个任务吧?"

刘芊芊看向阿喜,有些迟疑。

赵央解释道:"抱歉,我眼睛不太方便,所以……不能亲自去了。"

好像是不容拒绝了。那女孩跟着刘芊芊,像个冷冰冰的机器。怎么说呢,刘芊芊是信任赵央的,自然也想和阿喜搞好关系,所以,她回转身,冲阿喜挤出一个笑容:"刚才,不好意思啊。"

阿喜微微点头,算作答应。

"你……是赵大师的助手吗?"

阿喜皱了皱眉，道："大概吧。"

刘芊芊更狐疑了："那你也学过心理学？"

"没学过。"她耸耸肩。

"那你怎么……帮我？"

"把我看到的、听到的，告诉赵央就可以了。"阿喜抬起头来，"等一下，到底是帮你，还是帮……那个叫刘小海的。"

"是程小海。"刘芊芊尴尬地纠正，"当然是帮程小海啊。"

"哦。"她淡淡地应了一句，"都行。"

算了。刘芊芊想，就当……带了个冰冷的小哑巴吧。

"刘老师如果想帮程小海，我们需要弄明白两件事，一是，知道这个'鬼'的源头是什么，二是，弄清楚，程小海到底喜欢不喜欢唱歌……"赵央当时是这么说的。

按照赵央的提示，刘芊芊带着阿喜去了程小海以前的学校。可以说，在前段日子他一开嗓"成名"之前，他几乎算得上是非常普通。普普通通的长相，并不优秀的成绩，以及天生就内敛的性格，都让他在人群中沦为背景。

刘芊芊找了程小海的初中老师，他们都需要想一下才能依稀记起这个男孩，除了沉默寡言，没太多的印象。是个不优秀，不突出，也不惹事儿的孩子。

刘芊芊发现，问这些人根本没有办法知道程小海是否喜欢唱歌。程小海在这之前也毫无会唱歌的征兆，他就是最普通的孩子，谁会关注一个普通孩子的喜好呢？至于他的家长，刘芊芊吃过一次闭门羹了，程小海的妈妈对这件事有着强硬的抵触态度。她想，如果自己再贸然前去，只会给小海添烦恼吧。刘芊芊有些气馁，程小海自从那次之后，看到她比兔子跑得都快。

关于程小海嗓子的流言蜚语还在继续，尽管他不停地逃避。这个小城市里没有发生过太多新鲜事，程小海，成了风口浪尖上的"人物"。

刘芊芊跑了一个下午，几乎是毫无收获，她有些丧气地准备回校。阿喜一直跟在她旁边，也不怎么插嘴说话。刘芊芊有时候竟然恍惚，会忘记身边有这么个人。已经是下午四点半，快到校门口的时候，刘芊芊支支吾吾地表示："今天就先到这里吧。"谁料到阿喜看了一眼表，抬头冷冰冰道："我还没到收工时间呢。"

"那……要不……"刘芊芊想，"一起去看看小海？虽然……他估计看到我想躲，但是看到漂亮女孩子应该……"

明明夸了阿喜，对方却还是一副冷冰冰的样子，一点都不客气地说："也是，我确实很漂亮。"表情严肃，就好像在陈述一个客观事实……虽然刘芊芊不得不承认阿喜的确很漂亮，可还是觉得，她让人感到不自在。

"我们也可以了解一下，同学们是怎么看待这件事的，你也可以跟赵大师汇报一下？"刘芊芊追了上去。

刘芊芊带着阿喜走进校园，本想先去一趟音乐教室，询问当时跟自己一起被程小海声音惊艳的音乐老师，却在半道上，看到了被一群男生围住的当事人。

"你阴阳怪气的，丢我们全班男生的脸！"

"娘娘腔！"

"让你丢我们的脸！刘芊芊居然还让你去参加合唱团，开什么玩笑！百年校庆会变成百年笑话的！"

原来，今天体育课课间拉练，老师提出唱军歌，每人一句。到程小海的时候，所有人都哄笑。程小海闭紧了嘴巴，老师勒令大家不许笑，让他赶紧唱。

一开嗓，还是那个婉转的女声。只唱了一声，小海已经满脸通红了。他甚至没有反抗，只是紧咬着嘴唇，接受"审判"！诸如"变态""娘娘腔"之类的语言从这些孩子的口中说出来，变成武器，刺向程小海，也仿佛刺在了刘芊芊的心里。

"你们干什么啊！"

程小海的脸上红一块白一块，他痛苦地抱着自己的脑袋，发出了尖利而撕心裂肺的声音。

那尖利而高昂的女声，穿破云层。

那群孩子见有老师来了，却是年轻的刘芊芊，自然不怕。他们轻吹口哨，一脸不屑，一脸"替天行道"的表情。而被他们团团围住的程小海，趁这个时候，像头凶猛的小兽般冲了出去。

"真的跟个娘们似的。"面对这群幸灾乐祸的孩子，刘芊芊气急败坏地不知该说什么，脚步跟着程小海离去的方向。剩下阿喜大喇喇地站着，恶狠狠地瞪着眼前这群男孩。

"以多欺少的行为，也并不显得多么爷们。"

她握紧拳头，轻勾嘴角："来啊，敢不敢单挑？"

那一头，被欺侮后跑开的程小海，已经到了后头的河边。程小海知道男子汉大丈夫当有泪不轻弹，但是他无法抑制自己的眼泪。他算什么男子汉？他一开嗓唱歌就是女人的声音！如果这不是他一个大男生自己发出的声音，那他或许可以很公允地说，真的很好听，就像黄鹂鸟，在百鸟朝凤的歌声里领衔高歌……

可是！他是个男孩啊！他真想找个胶带把自己的嘴巴封起来，那样，那群人就可以不再嘲笑自己了吧。

最近他更难控制自己了，尤其是百年校庆开始筹备之后，学校里充斥着各种歌声和乐器声。他喉咙发痒，需要捂住嘴巴才能抑制住想要唱歌的声带。他甚至控制不了自己开嗓的欲望……

这非常糟糕！非常糟糕！做了那么多年的背景布，他突然成了风口浪尖上的人物，那些同学们的眼神，都像刺一样扎在他身上！程小海仿佛可以听到他们在说："你看，那个娘娘腔！"

其实不用躲着他们，他们也会自动离他远远的。过这种日子他宁可死了！程小海开始抽打自己的嘴巴，直到他的手被一个人紧紧抓住。刘芊芊拼尽全力涨红着脸骂了一句："程小海你这是干什么！"

刘芊芊忽然意识到，自己根本没有站在小海的立场上思考，她只是不想错过一个好声音，不管它是怎么来的，又在谁的身上。她甚至冒昧地找了外援，并希望他们能和自己站在一条战线上，为音乐事业而贡献一分力量……阿喜说得对，这还是为了自己。她甚至没有好好了解过程小海！

刘芊芊心疼地看着小海，开口道："小海，首先我要跟你说句对不起，我不该……强人所难的。你不想唱歌，没关系的，我以后不会再勉强你了。"

小海微微一抬头，眼中噙满眼泪："老师，您不觉得我像个怪物吗？"

"怪物？"刘芊芊摇摇头，"怎么会呢，你都不知道，我有多羡慕你。"

"羡慕我？羡慕我一个大男生，唱出女人的歌声……"程小海喃喃道，"一点都不爷们，还成为家里的耻辱……"

"不不不。"刘芊芊试探地伸出手，拍了拍小海的肩膀，他没有像往常一样抗拒地躲开，"你不知道这个声音有多宝贵，你知道我学声乐学了很多年，最想要的就是站在大舞台上给大家唱歌，可是资质欠缺……哎。何况，衡量一个男生够不够爷们，是凭他唱歌的声音吗？是看这个人有没有担当，做事情爽不爽快吧？"

小海抬头看了一眼刘芊芊，这个年轻的女老师，似乎也没有那么讨厌。

"可是我觉得自己有病。"他胆怯地说，"老师……我害怕这个声音。"

"不用怕。"刘芊芊柔声道，"小海，我需要知道，你能接受我的帮助吗？如果你不想要这个声音，我们就一起消灭它！"

刘芊芊的眼睛里，写满了坚定和真诚。

5

"你要怎么帮我？"小海问。

赵央之前告诉过刘芊芊："克服恐惧的第一步，是正面直视恐惧，看清它，才能捉住它。"

"小海，我们试着练习一下吧？"

"在这里？怎么可能！"

刘芊芊摇摇头："当然不是在这里啦，我们去一个没有人的地方，我们一点点地把这个声音消灭掉！"

"没有人……的地方？"小海疑惑地眯起眼睛，"哪有什么没有人的地方啊。"

"放学后，我带你去一个地方！"刘芊芊振奋地道，"小海，回去上课吧，我会陪着你一点点好起来的！"

根据赵央的计划，第一步，就是让小海开口唱歌，他会从小海唱歌的状态中，分析出他真正的问题。赵央说得对，只有知道问题的症结，才能对症下药。

赵央当时问她，刘老师，如果这个孩子是真的不喜欢唱歌的话，你会怎么做？

刘芊芊没有回答，她也十分犹豫。

程小海也不知道自己为什么会跟在这个年轻的女老师身后，他们到了城北的一个废墟处。这里曾是一片非常古老的小区，只不过，现在已经全部拆掉，变成了一片废墟，遗留着并不算多的生活痕迹。几座高大的商厦，几年后会在这里诞生。

而此时，这里没有什么人烟。

其实这个地方并不是刘芊芊找的，而是赵央提供的，他告诉她，根据他们的调查，程小海小时候，生活的小镇面朝一片山谷，而现在，城里只有这个地方，与他曾经生活的地方类似。

越过层层的残垣断壁，程小海的脚步越来越轻，他的心慢慢地静下来，走到山谷前。刘芊芊回过头来，鼓励他说："小海，我们试试看吧。这里除了我，没有别人。你……愿意开口吗？"

少年低着头，忽然说了句："老师，这里跟我小时候生活的地方好像。我试试看吧。"

一只山雀扑棱着翅膀从他面前飞过，停在断壁之上，拿黑亮的眼睛瞅着他。彼时，空气像是凝滞了，突然一个音调响起，山雀的翅膀重新扑打起来。

程小海旁若无人地歌唱，他的声音越来越流畅，原先那拘谨而又尴尬的表情也开始渐渐松弛。

刘芊芊听得陶醉，微微闭上了眼睛。小海并不知道，在近在咫尺的残垣断壁后，有个人正头顶着树叶埋伏在那儿。那个拥有琥珀色双瞳的少女，轻轻闭上眼睛，再度睁开……

眼前有一幅令她讶异的场景。那个叫程小海的少年，变成了一个阴阳脸的少年，半边脸自信而骄傲地高歌，嘴角上扬，而另外半边，则是压抑而自卑的沮丧。而天空中，无数飞鸟为他的歌声盘旋不去！

声音渐停，程小海收了尾音。刘芊芊拼命鼓掌，小海却有些避讳地扭过头去："我好像办不到，我好像只能闭嘴。"

"别急啊，小海！"刘芊芊鼓励他道，"这不是刚刚尝试嘛，真的……很好听。"

程小海的脸一红，有些抗拒。

芊芊觉得这个声音要是消失自己会很遗憾，但是，如果程小海真的这样痛苦，她宁可这个声音消失不见。

刘芊芊在草坪上席地而坐，抬起头冲小海有些无奈地笑："小海，你知道吗？其实我一直都很喜欢唱歌，所以开始的时候才会有些……强人所难，我总觉得，会唱歌的人是闪闪发亮的。我学了很多年声乐，一直都不被看好。其实走声乐这条路，真的是需要天赋的。高中的时候，我被我的老师下了最后通牒，告诉我我的音色不适合唱歌。尽管多年来学习的技巧可能能让我在这个行业里勉强站住脚，但我永远也别想成为那个闪闪发亮的人。你不知道，我当时有多难过……"

程小海忽然看了刘芊芊一眼，刘芊芊接着说道："小海，但是我觉得，你真的不喜欢的话，我们就放弃吧！但我可以知道你想做什么吗？"

程小海也不知道为什么心里莫名一暖，可能是太久没有人关心过他想做什么、喜欢什么了吧。他从小就是一个自闭的少年，只有……只有一个人，关心过自己。

"刘老师，我告诉你我的秘密吧，我的嗓子，这个声音……是我邻居姐姐给我的。"

声音怎么给？芊芊一愣。

程小海却没有解释这句话，他叹了口气，继续说道："我爸爸在我很小的时候就去世了。我妈妈一个人带我其实非常辛苦，小时候我就常常一个人在家。我邻居家的姐姐，因为怕我一个人在家害怕，她常常来我家找我玩。她当时学音乐，有时候背着大提琴去老师家，会带上我。

"我真的好喜欢她唱歌，就像会发光一样。她的老师说，她是他见过的最有天分的孩子……

"妈妈那时候脾气不好,我又不争气,经常被人欺负。有一次,我被人嘲笑是没有爸爸的孩子,跟人家打架,又没打过,被弄得头破血流,怕回去妈妈骂我没出息,不像个男孩子,就躲在野外不敢回家,黑灯瞎火的,我就迷路了。

"后来,我不知道是不是自己出现了幻听,我在黑暗里,听到了莺莺姐姐的歌唱声,我就是循着这歌声,一路找回来的。

"如果不是她的声音,我都不知道自己在哪里了。"

小海脸上的表情很复杂,他捂住自己的脸:"只是……所有人都在嘲笑我。我不敢唱歌,我根本不敢唱!这只会让我给妈妈蒙羞,我永远都成不了莺莺姐姐,即便我拥有她的嗓子,可我是个男孩子啊!"

6

阿喜回到事务所的时候,赵央正在拉二胡……他戴着一副小墨镜,只要在旁边摆个碗,就能卖艺了。拉什么《空山鸟语》,就该拉个《二泉映月》啊。阿喜走路很轻,赵央却忽然止了手里的二胡,微微侧头:"回来了?"

"嗯。躲在草丛里埋伏,被蚊子叮了好几个包。"

赵央放下二胡,笑着说:"辛苦了。我刚听了程小海被偷录的视频,还真是……很好听的女声。"

阿喜不疾不徐地喝了口水。

赵央抽动了下鼻子:"有血腥气……你又跟人打架了?"阿喜看了眼指关节上的血迹:"不是我的血,是嘲笑程小海的臭小子的。"

赵央一脸拿她没办法的样子。

"我是被逼急了才动手的,一挑多。"她嘴角骄傲地上扬。

"好好好,你最棒了。开始吧?"

阿喜开始了"工作汇报"。

除了跟着刘芊芊寻访的所得和那群同学的"负面评价",还有一件非常重要也非常匪夷所思的事。

阿喜可以看到常人看不到的东西。再确切点说,是可以看到那些被认为是非正常人类所幻想的世界。

她可以通过听见他们的心声,闭眼进入他们所感受到的世界。虽然阿喜也不知道,她到底为什么有这种能力,也不知道她所看到的到底是不是真的。

她在程小海歌唱的时候,透过他的声音,看到了他所说的——住在他身体里的人。不过……那并不是一个女人,而是一个在自己声音里沉醉的少年。

赵央听着阿喜几乎一句不漏的陈述,大脑高速转动着,分析道:"这么说,如果今天他真的那么讨厌自己发出这个声音的话,当时在山谷边,他一开口就会意识到,然后就不会唱下去了。但他没有,他的意识是逐渐放松的,这个声音,不仅仅是我们听着好听,对他自己也是一种治愈的过程,只是,比起暴风雨般的侮辱和谩骂,这种治愈没太大的成效。那么,导致程小海现在这样的,可能就是这些不理解的声音。"

这时,阿喜想起什么来:"对了,赵老大。程小海有提到一个叫黄莺莺的,说是他小时候的邻居,是个很会唱歌的人。程小海说,就是她把嗓子给了自己。"

赵央道:"刘芊芊说,程小海没有进行过专业训练。这嗓子,像是从天而降的。这可能是一种移情的做法。我也调查了程小海。家人对他的爱护很少,大多数是不理解的责骂。在调查中,我发现小海性格孤僻,也没有什么朋友,突然的变化,让他变得措手不及,产生应激反应,有可能会造成人格妄想,之前我接触过一个病人,就非说自己是机器人,他的举手投足,就是机械式的。后来发现他的原生家庭,父母就是以这种刻板的教育方式严苛对待,所以才导致了这种妄想。"

阿喜听他学究似的讲话就想翻白眼。

"可能是程小海一直压抑自己这个天分,而黄莺莺,可能就是他的老师。他只是没办法接受跟老师一模一样的声音,加上家庭和朋辈群体的嘲讽和不理解,才应激做出的反应。这点,我们找到黄莺莺,就能知道答案了。"

"我去洗澡了。"阿喜嫌弃地闻了一下自己身上的味道。

"站住。"赵央叫住她,"查一下你说的这个关键人物。"

黄莺莺的确有其人。只不过……几年前,程小海还住在小镇的时候,隔壁的黄家电路老化引起了火灾。幸亏当时天色不晚,大家都没有睡觉,有人高喊着火了,立刻报警救援,才没让火势迅速蔓延。但因为是老房子,烧得非常之快,还是造成了黄家母女一死一伤的结果。黄家母女具体的信息不多,只知道女儿黄莺莺比程小海大几岁,当时已经是某音乐学院的学生,当时黄莺莺在火灾中幸免于难,不幸去世的是她的母亲。听说这姑娘是非常有天分的孩子,也学了很久的音乐,和程小海的关系一直非常好。在家里遭受巨大灾难后,她也从音乐学院退学,跟随父亲,到了别的城市生活。后来,小海也搬了家。

"推论看来没错。与其说……他真觉得自己身体里住着别人,不如说,他把自己看成了怪胎吧。"赵央感慨道。

这时,赵央的手机响了起来,示意阿喜去看。

阿喜嘟囔了一句:"明明知道你看不到,还发短信。这个刘老师,真的很自我。"

"也不能这么说。"赵央宽容地摇摇头,"每个人有自己的盲区和缺点嘛。她说什么来着?"

阿喜此时抱着手机,表情倒有些意外:"她居然说……想让你,帮忙消灭程小海的声音。还说,'赵大师,你一定可以办到吧?'"

"看来,真当我是大师了。"赵央笑了笑,"不过,刘芊芊真舍得这么好的声音啊?"

刘芊芊的短信里写着:"如果这一切让小海痛苦的话,我宁可……算了。我之前觉得自己是个老师,应该替他指出一条明路,却没有关注到他的情绪。"

阿喜倒是对刘芊芊有了改观,抬头问赵央:"怎么回?"

赵央微微一笑:"求助人是她,那当然,是按她的意思了。"

他的手指在桌上轻轻打着节拍:"告诉她,我们有办法消灭这个来之不易的嗓音。"

7

这天是周末,程小海早早就起来了,他和刘芊芊约好了要一起出去。刘芊芊说她认识一个很厉害的老师,可能可以帮到他。妈妈早早就去上班了,桌上已经做好了早餐。程小海的眼睛有些湿润。这些年爸爸去世之后,妈妈一个人又当爹又当妈,为了供他上学,连双休日都放弃了。小海下意识地摸了摸自己的喉结,叹了口气:"我真不知道拿你怎么办好呢。"

这时,门口停了一辆车。小海走过去,看到刘芊芊坐在驾驶位,摇下窗户,而另一边,坐着一个跟他年纪差不多大的女孩,侧脸看起来很漂亮,不过气场有些冷。

"刘老师……"

刘芊芊介绍着阿喜:"哦……这是我妹妹,今天陪我们一起去找邻市的一位大师……"

"她也去?"小海有些防备地道,"可是……那个老师真的能帮我吗?"

"放心吧,这个老师专治各种疑难杂症,可以帮你把这个声音消灭掉!"刘芊芊道。

刘芊芊指着阿喜说:"你看我妹妹,她之前也是发出别的声音,就是这个老师治好的。"

"她……也是?"程小海惊讶地望着阿喜,"你发出什么声音?"

阿喜缓慢开口说:"狗叫。"

啊?程小海一脸茫然。刘芊芊有些尴尬地补充:"她运气比你差多了,你吧,得了个好嗓子,她呢,当时也不知道什么情况,经常一开口就学动物叫。"

小海被逗乐了,然后又问道:"那……有人会笑你吗?"

阿喜回头,看了他一眼,呵呵冷笑,然后握紧拳头:"谁笑我,我就打谁。"程小海吓得一个激灵。

刘芊芊立马解释道:"哎呀,当然有人笑啦!不然也不会找大师去解决这件事吧。其实模仿动物叫声,也是一种特殊技能,她现在没有这个技能了,就又变成了普通人,她还很后悔呢……"刘芊芊转动方向盘,看了眼程小海的反应。

小海显然读懂了刘芊芊的言下之意:"我不会后悔的。我不想被人当作怪胎。"

8

三个小时的行驶后,汽车开始限行。三人决计坐地铁出发。

程小海从下车开始,就很沉默,他似乎生怕自己透露出一点点"不够爷们"的端倪,尽量少说话。

坐地铁要经过长长的一条地下通道,通道里,正有个流浪的歌手在弹唱卖艺。抱着的是一把尤克里里,长发齐肩,胡子虽长但整洁,穿一件浅米色长褂衫,倒是气度不凡,竟叫人有些挪不开眼睛。

手指轻轻一拨,音乐缓缓流淌,唱的倒不是现在街头流行的摇滚和情歌,是一首小语种的曲子。有各种变音和各种调,音域非常广阔,有时沙哑澎湃,情深高潮时带着嘶哑的哭腔,竟像鸟声一般尖利,有时再一个婉转的变音,又重归低鸣,带点戏腔和假音,十分流畅。是一个上等的音乐玩家。

来来往往的路人,有不少驻足的,程小海只觉得耳蜗处一阵酥麻,喉头发痒,脚底一停。那前头走的两人,并未回头,却也停下了脚步。

这时二人回过头去,看到程小海目不转睛地看着那像是沉醉在自己音乐世界里的歌手,那是个五十多岁的男子，微微闭着眼，脸上露出自信的神态。

这首歌他也会唱，听过上百次，黄莺莺留下的磁带里，就有这首歌。

音乐绕指柔，程小海的喉咙真的有些发痒，他极力克制胸腔发出声音，那……不属于他的声音。

真的有人，可以拿走这本来就不属于他的声音吗？尽管……尽管这不符合他的性别，不符合他一个大男孩的身份，可是他忽然……有那么点舍不得。

在年幼孤独的岁月里，这歌声陪伴着他。

在后来，这个声音的主人不再能放声歌唱后，他何其侥幸……获得了这样方式的陪伴，尽管这陪伴也让他痛苦，却是痛并快乐着。

他轻启唇，没意识的一个音节跑出来，吓了自己一跳，又紧紧地捂住嘴。一抬头，发现那个流浪歌手正睁开眼睛望着自己。流浪歌手眼神里透出一股知音般的欣喜神采，突然断了吟唱，鼓励似的朝他抬抬下巴："你会唱吗？你来试试？"

程小海低下了头。

尤克里里的音乐减轻，那流浪歌手又问："这首歌，高音部分是女孩唱的，我只能模仿到这个程度。"

刘芊芊忽然凑到他旁边，声音很低地说："小海，这里没人认识你，又有谁会嘲笑你？你看这大叔，他刚才唱的戏腔不也是女声吗？根本没有人嘲笑他呀。这里跟山谷也没什么区别。我们试试看吧？"

是的，周围的人，都是用一种讶异而崇拜的眼神看着他。程小海还是不打算上台，他尴尬地杵在那儿，没接腔。尤克里里像是在等待着他，那流浪歌手的眼神也在等待着他，耳蜗里的音乐越来越快，喉咙越来越痒。

"小海。"刘芊芊注意到小海看了一眼阿喜。

她之前也有些担忧，想着同龄姑娘在的场合下，程小海会不会更不愿意开口，不过赵央表示，克服，必须得有异性在场。这时，一直没怎么说话的阿喜忽然抬头看向程小海："喂。"

程小海抬起头来，看到这姑娘刘海下露出的眼睛极漂亮。"如果你不想唱，就走吧。反正你以后就再也没机会唱了。"她耸耸肩，"我挺看不起你的，连唱首歌的勇气都没有，怎么做男子汉啊？"

"谁说我不敢唱了！"程小海气呼呼地道，"我只是……"

"你就是怕。"阿喜冷冷一笑，"你不就是怕人笑你吗？谁笑你，我就揍谁，这样，你敢吗?"

激将法竟如此好用,程小海都不知道自己怎么就一把冲到了台前,拿起了话筒。血液像是一股脑儿地冲上来,又凝固了。眼前匆匆而过的人群向这个少年投来了好奇的视线。他必须承认,促使他走到这里的,不仅仅是阿喜的"瞧不起",更大程度上,是自己的"舍不得"。时光像剪影一样,在背景乐中缓缓而过。

程小海想起,自己幼年时代,第一次听到黄莺莺在门口吊嗓子,她的声音多么好听啊⋯⋯像是鸟鸣!她一开嗓,春天的杜鹃仿佛都被她给唤醒了,舒展开花瓣⋯⋯可是他开嗓,却像只小鸭子⋯⋯他多羡慕唱歌的人啊!多羡慕唱歌时仿佛会发光的黄莺莺!

其实他第一次发现自己拥有了不属于自己的嗓子的时候,除了震惊,还有难言的喜悦,就好像上帝丢给了他一个梦。可是这个梦,很快就被耳光打醒。同学的嘲笑声,老师的不解,以及妈妈说,这是丢人现眼!

这些声音淹没了音乐,住进了他的心里,让他的世界吵闹不已。但他喜欢!他喜欢站在山谷边像黄鹂鸟一样歌唱的自己!虽然那声音仿佛不是从自己胸腔里发出的,但他仍旧觉得,这像一个梦!

此刻的程小海,站在地铁的通道里,耳边除了音乐什么都听不见了。如果说,这个嗓音给他带来了巨大的痛苦,却也给他带来了一个完整的梦。那么在梦醒之前,他想再一次闭上眼睛什么都不管地沉浸其中,完完整整地唱一首歌。

尤克里里的声音重新发出,流浪歌手身上的灯光仿佛打在他的身上。他双手微微发抖,对着话筒,唱出了第一个音符⋯⋯路人的脚步停了,像是着了魔一般,回过头来,看到站在通道里,那个看似普通的少年口中,缓缓流淌的歌声⋯⋯会有嘲笑声吗?管不了了,他们笑就笑吧,笑他一个大男孩唱女声,笑他不像个男生⋯⋯反正没关系,他们也不知道他是谁!

他的声音渐渐放松,喉咙也渐渐从紧张到伸展⋯⋯

9

当程小海的歌声停下来时,空气仿佛凝滞了一般。他再度睁开眼睛,等待他的不是那些嘲笑的不解的神态,而是驻足停下来的路人们一脸惊叹的表情。

一秒钟过后,猝不及防的掌声响起。有个苹果脸蛋的小女孩,张着大眼睛问:"这个哥哥唱歌为什么是姐姐的声音呀？"

刘芊芊微笑着问了一句："你觉得好听吗？"

小女孩拼命地点头，然后鼓起掌来："好听！"

程小海竟有些无所适从，站在那个话筒前，涨红着脸，有些羞涩，也有些惊喜。他甚至不太敢看这群听众的脸，生怕下一秒，他们脸上的欣赏就会变成鄙夷。

其实最开始的时候，刘芊芊对这个计划并没有太大的信心。她按照计划把小海带到了这个布好了"局"的地下通道里，但其实大部分的人，都是她无法控制的，万一真有人嘲笑他呢……万一……小海还是执意要"消灭"掉不属于自己的声音呢？那么，凭空编造的大师，怎么办呢？如果发现她骗了自己，小海会不会失望？会不会崩溃？她真的不忍心让这个少年难过。此刻，她看着眼前这个少年脸上残留的自己从来没见过的自信表情，她有些慌，侧头问阿喜："我们现在该怎么做？"

阿喜打了个响指："乘胜追击，上撒手锏。"

然后，她向前一步，朝着小海道："程小海，你抬头看看这是谁。"程小海有些茫然地缓缓抬起头，看到眼前一个穿着鹅黄色连衣裙的女孩，她的眼睛里有丝丝闪烁的莹光，正看着自己。他的瞳孔放大，讶异得身子再次发抖。许久之后，终于喊出了那个名字："莺莺姐！"

10

几天前，赵央和阿喜找到了黄莺莺，可惜，这个他们一直以为的老师，早就在多年前的火灾里，失去了她那天才的嗓音。

此刻，和小海久别重逢的她，却发不出一点声音，只是和小海紧紧地拥抱着。黄莺莺的眼睛弯了弯，她笑起来真美。阿喜在旁边，一边看着黄莺莺一边道："程小海，莺莺问你，是不是这个声音让你觉得困扰了，她想跟你说句对不起！"

小海先是诧异为什么阿喜替莺莺讲话，但抬头看见莺莺充满期盼等待回答的脸，他拼命摇头："不是，不要对不起。"

阿喜继续说道："莺莺说，她把……"她顿了一下，"她不希望这成为你的负担。其实她不该让你去实现她不能实现的梦想。但是这些现在都不属于她了，这是你的，你有权选择你的活法。如果你想站上舞台，那它就是你的梦想，你不需要因为她而做出任何选择。"

黄莺莺的眼睛，像是会说话，透过它们，小海仿佛看到了他很小的时候。是啊，那时候，黄莺莺就像一只会发光的黄鹂鸟，带着百鸟一起歌唱，歌声传遍整个山谷，月亮慢慢升起，仿佛就是被她的歌声给唤醒的……那场景多么美妙！他读小学的时候，黄莺莺代表初中部参加演出，他还偷偷逃课去看了。看到她站在钢琴旁边，穿着虽然不太合身却很漂亮的礼服，唱得如同天籁……他是个逆来顺受的孩子，从小胆怯，因为自己不受关注，从来没有去提过任何"我想要"。但是那时候，他想要的，就是站在黄莺莺身边，和她一起唱歌……他一定会很努力的！有一天，等他自己有资格选择自己的人生时，他一定会努力成为和她站在一个舞台上的人的！可是一切还没开始就结束了，一场大火夺走了黄莺莺的幸福，也夺走了她的未来。母亲惨死，她那值得骄傲的嗓子也因此不复存在……从音乐学院退学，从此消失在他的视线里。

他还记得医院里，最后一次见黄莺莺，她不肯开口，怕撕裂的破帛似的嗓音吓到他。她只是哭，两只眼睛肿肿的，一直冲他摇头，仿佛在说，对不起，让你们失望了。

她在纸上歪歪扭扭地写道："小海，如果有一天，你能帮我实现梦想，你愿意吗？"

这时，程小海满脸眼泪地扑上去，将黄莺莺紧紧地抱住，他忽然放声大哭："姐姐！"

黄莺莺轻轻地拍打少年的脊背，温柔地闭上眼睛，她用裂帛般的声音道："如果你不想唱歌，我不会勉强你的。我只是以为……你也跟我有一样的梦想。"

程小海抹干眼泪，松开黄莺莺，伸出他的手，替黄莺莺拭去眼角的眼泪，笑着说："姐姐，我愿意站到舞台上。这不仅仅是你的梦想，也是我自己的。"

小海的话让在场的人都一愣。

"虽然，现在可能不是我最想要的声音……"他害羞地笑了一下，"虽然我其实想像陈奕迅、周杰伦那样唱歌……但是……我听过最美的声音就是你的。我永远记得你唱歌的样子。姐姐，你相信我，我不怕他们笑，我会证明给他们看！"然后他向着刘芊芊道，"刘老师！我不要拿走这个声音，我不需要！"

这时，阿喜走到人群之外，将手里的视频传输出去。

"这种歌声太美妙了！这是艺术！"这时，身后的那位流浪汉大叔走上前来，向众人道。

程小海莫名地看了他一眼，然后茫然地望着刘芊芊："刘老师……"

刘芊芊早已激动得红了眼眶，她一面抹着泪，一面向程小海介绍道："小海，这就是我们今天要带你见的老师——蒲老师，他也是我在音乐学院的负责教授，是全国知名的音乐大师。"

这时，方才扮演着流浪歌手的蒲老师，已经走到小海面前，眼中满是欣喜："芊芊啊，你这是为我找到了不可多得的人才啊！小海，你愿意做我的学生吗？"

11

此时，程小海的妈妈，正看着视频里的儿子。

开始的时候她非常抗拒。之前，她就是因为看了儿子被取笑的视频而大受打击，那些嘲笑声成为压死这个为了养家和儿子一直劳累拼命的女人的最后一根稻草，而此刻她看着视频里的儿子，有些不能呼吸。

程小海的爸爸在他很小的时候就去世了，从小，小海就是个胆怯的孩子，加上没有父亲，他被母亲倾注了很大的希望。她一直希望儿子活成他的骄傲，对他总是无比严苛。可是……正如很多天分不足的孩子一样，越是打骂，他们会越气馁，她现在，只希望他能做个普通人："我不能接受我儿子……"

"我希望您能先看完。"

眼前的男人，英俊，似乎眼睛有残疾，但他脸上有着自信和优雅的气质，礼貌得有些不容拒绝。

她只能看下去。视频里，程小海边哭边说："我喜欢唱歌，我真的很喜欢唱歌！"

记忆中，小海从来没有提出过任何要求。他永远在说："好的，妈妈，我知道了。"

不许唱歌！好的，妈妈。

不许听音乐！好的，妈妈。

你要乖，不能变坏！好的……妈妈。

这么听话的小海，她从来不知道他想要什么。

她忽然想起很小的时候，小海曾经说："妈妈，我想跟莺莺姐姐的老师学唱歌。"她当时气坏了，说："你怎么这么不懂事啊！你不知道家里的条件吗？学音乐有多贵你知道吗？"原来她错得那么离谱，在他们嘲笑她的儿子的时候，她没有鼓励他安慰他，反而是责骂他给自己丢脸！

面前的赵央，因为眼睛不方便，来找她的路上磕磕碰碰。方才她也听到，有几个工友的孩子议论他为"那个瞎子"。程小海的母亲陷入了沉思，但她的鼻子已经开始发酸。

赵央说："女士，我没有权力来要求您，也没有权力干涉您的教育方式。我只是站在一个欣赏者的角度上，恳请您给小海一次让您骄傲也让他如愿的机会。"

与此同时，那群嘲笑程小海的男孩，正被组织在学校的大剧院里观看一出精彩绝伦的戏曲。

当演出结束之后，他们看到台上出来了几个男人。方才的一出黄梅戏里，那些唱腔婉约动人的角儿们，卸了妆，站在男孩们的面前，充满男人味地问了一句："你们觉得我们娘娘腔吗？"

孩子们睁大眼睛，摇着头。

这群人，是学校请来的反串演员，刘芊芊极力争取，在过段日子的百年校庆里，想加这么一个节目，一来，是为了宣扬黄梅戏，二来，是想告诉所有人，反串角色，并没有什么丢脸的，相反，这群人，非常自豪！

在古代，因为女性不能演戏，所以男扮女装的反串形式便开始了，但这并不代表着，他们是"不正常的人群"。其实这无非是认知上的错误，认为男孩子唱女声，穿女孩子的衣服是种性别耻辱。但是，相信在很多人的努力下，这个世界会越来越宽容。

12

半个月后的校庆。

学校已是人山人海，除了历届的优秀校友，领导和各行各业的精英，还有不少的学生家长。记者们也已经蹲好点位，拍摄百年校庆的精彩瞬间。大舞台设置在拥有百年历史的剧院，足以容纳三千人。

领导发言致辞，礼炮声响，百年校庆开始，精彩的歌舞表演上那些青春面孔让人觉得心潮澎湃。这时，报幕员走了出来，那是个画着浓浓腮红扎着辫子的女孩，她甜甜地说："下面，将由高一三班的程小海同学，为大家带来一首歌曲。"

那女孩歪着头，神神秘秘地加了一句："我要多说一句，程小海同学是我们班最会唱歌的男生，但他有个诀窍，他会用比女孩还要漂亮的声音来演绎这首歌，跟他搭档的，是我省音乐学院著名的音乐系教授蒲先生，他将用小提琴来为陈小海同学伴奏，请大家……侧耳倾听这一首动人的西班牙名曲《Sophia》！"

此时，台下涌起掌声，灯光打亮。阿喜朝后看，看到程小海的母亲，此时正用期待和紧张的表情望着台上。也看到戴着口罩的黄莺莺，双目中噙着泪，痴痴地望着舞台。

阿喜回头，向赵央汇报着。

这时，台下的灯光暗去，只剩下一束，兜头照在一个穿着欧式礼服的少年身上。他看上去有点胆怯，步伐有一点点的慢，那束光，跟着他到达话筒边，微微有些颤抖。

有时候，我们在遭遇改变的时候，会变得特别敏感和小心，会只看得到那些给予我们白眼的人，却忘了身后那些，给我们无穷力量的支持的眼睛。

这是程小海克服自己内心的一次表演，这一次，不是面对陌生人，而是面对很多曾经对他有偏见的人。

赵央也可以感受到自己的心跳，跟着舞台上的节奏跃动，直到小提琴声缓缓地流淌开来。

一个绝美的女声，从话筒中传来——这个少年，曾经为自己这个声音而自责、害怕，甚至想要丢掉……但现在，他勇敢地面对，并接受了自己，站在高高的舞台上，像一只展翅而飞的鸟！

当音乐停止的时候，全场爆发如雷的掌声。那个久负盛名的蒲教授来到了舞台中央，向全场嘉宾宣布："我发现了一个绝对不能错过的好声音，从今天起，我将亲自教导这个孩子。也请大家不要太吃惊，好声音是不分性别的！"

后排的程妈妈发出了喜悦的声音，眼中已噙满眼泪，她的儿子如此优秀，自己却一直都在误会他！但是一切都还来得及。

当程小海挺起胸膛，露出由衷的笑容时，赵央、阿喜，还有台下已经泣不成声的刘芊芊，都知道，他们的任务完成了。至于今后的道路，就要他自己走了。

看完程小海的演出，赵央和阿喜离了席，慢慢地走出了人山人海的会场。阿喜的心情极好，一颗口香糖吹出了一个泡，喜滋滋地弯起眼睛。

赠人玫瑰，手有余香。嗯，就是这种感觉吧。

只是……阿喜有些忧伤地叹了口气："只是可惜了黄莺莺，这么好的嗓子……哎……她以后会怎样？"

赵央笑了笑："黄莺莺虽然不能再唱歌了，但她对音乐很有天赋，现在在作词作曲，蒲老师，也会亲自带她。"

路上静悄悄的，会堂里的掌声像裹了一层薄纱，听起来暖暖的。总算不下雨了，今夜有月亮。月亮也是来听小海唱歌的吧?

"赵老大,月亮越来越亮了。路边有花在开,很小一朵,不太好看。"

赵央微微笑了一下,眉头又皱了起来。

阿喜问:"干吗?"

"还有个问题,就是黄莺莺到底怎么把嗓子给的程小海。似乎不太符合逻辑。"

"唔……"阿喜陷入深思,嘀咕了一句,"逻辑……"

赵央忽然就释然地笑了。算了,逻辑……也没有那么重要。

"小心台阶。"阿喜提醒道,"对了。"

"怎么了?"赵央停住脚步。

阿喜走到前面,回头定睛看着赵央,他那双很好看却没有光芒的眼睛,微微空洞地看着前方。

"你为什么相信我?"

"相信你什么?"赵央微微一笑。

"相信我看到的东西。也许,都是假的呢?"

"因为,你是我的眼睛啊。"赵央微微一笑,"我不相信我的眼睛看到的,该相信什么呢?"

第二章・妻子

1

其实晴子很喜欢菜市场的气氛。从农家拉过来的新鲜蔬果散发出的清新味，鲜鱼铺上的腥膻味道，闹闹哄哄的讨价还价声……每一样都让她打心底里欢喜。

她蹲在一个蔬果摊子前，挑选一根山药。

脚边已经有了好几个塑料袋子，里头装着各色食材，都是爷爷打电话来一样一样交代的。

老爷子先把要买的东西挨个说了一遍，又说："今个儿，你奶奶还让你买根山药，说你不是喜欢吃蓝莓山药吗，她亲手给你做！"

晴子读高中的时候，因为家离学校近，一直都在爷爷家吃饭。有时候晴子下课早，会帮着去菜场买菜，直接带回去。爷爷家在没有电梯的老房子里，她怕老人家腿脚不方便。一直是奶奶做饭，而且做得极好吃，有一回奶奶身体不舒服，爷爷差点把厨房给掀了个顶，奶奶就又从床上爬起来，扛着病做饭给他们爷俩吃。一晃好多年过去了，她现在大学毕业都两年了，在一栋写字楼里工作，过着朝九晚五的生活，已经好多年没有再在爷爷家吃过饭了。

晴子挂掉电话的时候,眼泪一下子就溢了出来,摊位前正帮顾客切开洋葱的老板娘吓了一跳:"姑娘,你咋哭了?是不是洋葱汁溅到你了?"

她忙抹了一把脸,挤出一个笑容:"没有没有,老板娘,就要这根山药了。"

称好斤两,她拎着几个袋子往菜市场外头走,此时是黄昏,城市远处的夕阳西垂,染红了半边天。

今天,是奶奶的七十五岁生日。

如果她还活着的话。

2

摁门铃的时候,晴子的手有些发抖。

门开了,开门的老太太见是她,满是皱纹的脸上露出一个慈爱的笑容,忙不迭地伸手过来帮她拿手上的食材。爷爷正在阳台上浇花,鼻梁上架着一副老花眼镜,他现在耳朵有些背了,毕竟快八十岁了。花是绣球花,奶奶从前最喜欢的品种,种了很多很多年。

晴子没急着叫他,帮着李婆婆一件件地把食材拿出来,然后拿出了兜里的手机,发短信:我已经把定位发过去了,你们过来了吗?

奶奶是三年前去世的,因为一场毫无征兆的重病。

当时晴子还在念书,准备期末考试,突然接到爸爸打来的电话,说奶奶快不行了。

从生病到离开,时间并不长,奶奶似乎在用这种方式来缩短爷爷痛苦的过程。

晴子当时赶往医院,奶奶一直在等着她来,她哭着走过去,奶奶抓着她的手说:"我走了,你爷爷怎么办啊?"

爷爷是个坚强的老头儿,奶奶走的那天,似乎为了让她安心,爷爷没哭,只是静静地握着奶奶的手。奶奶的体温渐渐降低,爷爷就对着已经离去的她,絮絮叨叨地说了很久的话。

说一些家长里短、琐碎细节,说家里的绣球花,说柴米油盐,说他以后会按时吃药,好好吃饭……

说到最后,他用低到只有蹲在他脚边的晴子听得到的声音说:"你走了,我该怎么办啊?"

晴子长到24岁,还没有见过比爷爷和奶奶更恩爱的夫妻。爷爷宠奶奶,将她宠成一个孩子,看到街边有奶奶小时候喜欢的糖人串,他是一定要买回去给奶奶的,哪怕她因为高血糖不能吃,看看开心也好;奶奶宠爷爷,将他也宠成一个少爷,爷爷到现在都不会做饭,家里很多东西都不知道放在哪里。

爷爷毕竟快八十岁了,晴子的爸爸觉得他忽然失去左膀右臂很难生活下去,很担心他,一直想给他找一个老伴儿,相互照应着。

但只有晴子知道,爷爷失去的不仅仅是左膀右臂,而是心尖尖上的那朵花儿,没有人可以取代奶奶的位置。

3

几天前的黄昏,晴子在公车上接到爷爷的电话。

电话里有什么东西摔碎的声音,原本昏昏沉沉的她吓了一跳,从公车座椅上腾地直起身来:"爷爷,怎么了?什么声儿啊?"

"你奶奶砸东西呢。"

奶奶……她不由得一怔。

原先晴子还以为,爷爷说的是他如今合伙过日子的李婆婆,但这也很奇怪啊,李婆婆为人一向温和,怎么就砸起东西来了呢?

但是无论怎样,晴子还是很担心,便火急火燎地下车,赶往在相反方向的爷爷家。

到的时候,爷爷家狼藉一片,地上全是碎片,吓得晴子以为来了贼。李婆婆正拿着簸箕出来,咿咿呀呀地提醒晴子小心。

晴子看到爷爷坐在沙发上,忽然抬起头,竟是一脸笑容,她陡然心里一惊。怎么都不像是李婆婆砸锅碗瓢盆,而且家里都成这样了,老爷子到底在笑什么呀?

晴子放下包,越过碎片,走到爷爷面前,瞪大眼睛问:"爷爷,这是怎么回事啊?"

爷爷"啐"了一声,然后歪歪脑袋,又是一个笑。晴子发誓,自从奶奶去世后,她再也没见爷爷笑成这样过,但此刻,她觉得心里有些忐忑。

"您在笑什么呀?"

他忽然压低声音，凑到晴子耳边，欲言又止，最后索性一跺脚："哎我还是跟你说了吧，你奶奶回来了！"

晴子一下子没理解这句话，莫名地看着爷爷。

奶奶的遗照就摆在客厅中央，她一时头皮有些发紧，干巴巴地笑了笑："爷爷……奶奶怎么能回来呢……"

她尽量想让这句话听起来轻一点薄一点，不会伤害到眼前的爷爷。

爷爷敲了敲自己的膝盖，似乎预料到了她的"不理解"，却还是有些气恼："我就知道你……哎，反正就是秀秀回来了！这不，碟子都是她砸的呢。"

秀秀是奶奶的乳名，爷爷从小叫到老。

晴子觉得自己的头有点晕，忽然想起今天上班的时候，邻座的同事没有来，说是家里的老人跑丢了，全家人出动去找。听说那个老人是得了老年痴呆症，记忆会一点点地丧失，然后……变成一个什么都不记得的小孩。

她看着眼前的爷爷忽然心一凉，他快八十岁了，他的记忆是不是也在慢慢地消退？第一件事，就是忘记了自己爱人三年前去世的事实？

晴子并没有这样的经历，她不知道怎么面对一个疑似老年痴呆症的患者，尤其，这是她很爱很爱的爷爷。她声音弱弱的，带着些试探："爷爷……奶奶砸的碟子？"

"对啊。"爷爷一脸兴奋。这兴奋让晴子有些费解，砸得满地碎片，爷爷开心什么呢？

爷爷忽然又说："哎，不过秀秀还是老样子，尽挑便宜的砸。你看，电视没砸，你给我俩买的花瓶她差点砸了，又想起来，放回去了。"

这时，将碎片都收罗在簸箕里的李婆婆，看了他们一眼，比了一下，示意晴子她要出去把碎片倒掉。

晴子深吸一口气，朝着爷爷道："爷爷，刚才那个是谁……您知道吗？"这句试探性的疑问句，让爷爷猛地扭过头来有些恼火地看着她："啥意思呢？那是你李婆婆，怎么的，你当爷爷老年痴呆啊？"

晴子挨了一顿骂，咬咬牙，指着奶奶的遗像道："可是爷爷，奶奶她……"老爷子顺着她的手指看了那遗像一眼，似乎思忖了一番，然后啧啧了几声，似乎在思考怎么跟晴子解释："晴啊，你爷没痴呆，我知道你奶奶走了，14年12月21号，对不对？"

晴子愣了一下，手指松了下来，那爷爷说的"奶奶回来了"又是怎么回事呢？

"你不信拉倒，你也别跟你爸和你伯伯说。他俩老顽固，根本不懂！秀秀回来了，就是回来了！"

老爷子话说得有些激动，一股板上钉钉的坚定。

"砸东西是因为她很气！气的是……"他看了一眼门，见李婆婆没回来，压低声音说，"气的是我居然跟别人领结婚证，我怎么解释她都不听！"

晴子用了好一会儿才接受爷爷可能生病了的事实，但她还是稳住了自己的情绪，眼珠转了一转，又问："那奶奶现在人呢？"

老爷子的目光扫了一扫，带着晴子走向卧室，卧室门紧闭着，他回头压低声音道："在里头呢……哭鼻子了！"爷爷压低声音，用一种有些委屈的小孩语气说，"说我另找伴儿……吃醋了！生气！你奶奶的脾气你还不知道？平时倒挺好的，一发起脾气来，就得哄半天。"

然后他轻轻地叩门，用哄孩子一般的嗓音叫道："秀啊……我知道错了，但真不是你想的那样，晴来了，你信她不？我让她跟你讲？"

晴子看着爷爷一脸认真的样子，心里先是有一股毛骨悚然的感觉，然后化作软绵绵的、无力的悲伤，她咬了咬自己的嘴唇，问了声："爷爷你……你还好吧？"这时，李婆婆倒垃圾回来了。她走进屋，探了探头，看着晴子的眼神意味深长。

爷爷还在哄着奶奶，晴子火急火燎地跑到李婆婆面前，将她拉到一边。她用两秒钟平复了一下心情，告诉自己是个成年人了，必须扛住，弄清楚一切。

"婆婆……这谁……砸的啊？我爷爷砸的吗？"

李婆婆抬起头，摇了摇。

"那是谁啊？家里遭贼了吗？"晴子又问，"不是你砸的吧？"

李婆婆努了努嘴，似乎也很疑惑，又摇了摇头，她试图伸出手想要比划什么，又咂了一下嘴。

晴子意识到，李婆婆也有些懵。

这时爷爷蹒跚着走过来，角落里一白一黑两只老猫，平日都懒得动，今天却难得的活跃，摇着尾巴跑过来。爷爷高兴地蹲下，任由它俩用脑袋蹭他的手："你们也很高兴吧？哎哟哎哟，可是你们妈妈她生气咯！"

晴子每次听到爷爷管这两只猫叫儿子女儿，都觉得有点莫名的尴尬，搞得两只猫从她身边走过的时候都趾高气昂的，毕竟辈分比她高，该喊一声叔叔和姑姑。

然后爷爷抬起头来，说："晴子，你奶奶发起脾气来，还是那么难哄。"

是啊，奶奶平日里倒是一个温和的老太太，但特别有原则。记得小时候有一回，因为爷爷在小区下棋回家晚了，奶奶带着晴子过去找他，结果听他喝着二锅头跟几个老太太吹嘘着当年，吹得忘了时间，奶奶上去就把他的二锅头给砸了，特别凶……

那次，奶奶还玩了离家出走，爷爷好不容易才哄回来的。晴子那时候不懂，奶奶怎么能这么生气呢。奶奶抱着她睡的时候说："你爷爷这个人啊，有时候心粗，偶尔要让他有点危机感，让他不敢再勾搭别人！"

奶奶说这话的时候，像个刚谈恋爱的女孩子。

她还说："你是不知道，你爷爷年轻的时候，特别多女孩子喜欢，好多人想嫁给他呢。"

爷爷和奶奶是青梅竹马一起长大的，后来爷爷要南下，奶奶二话不说收拾了包袱就跟他走了。

晴子还很小的时候，奶奶就给她讲自己和爷爷的故事，她讲："那时候奶奶的阿爸阿妈都不在了，你爷爷就是唯一的亲人，还能不他去哪儿我就跟到哪儿吗？"

那时候还没到60年代，爷爷带着奶奶在晏城开了第一间裁缝铺，种下了第一盆绣球花。结婚的时候，爷爷亲手给奶奶缝了一件嫁衣。奶奶没有娘家人了，爷爷说："你的夫家人就是你的娘家人，以后我不欺负你，什么都听你的。"晴子的记忆里，奶奶和爷爷是世界上最恩爱的夫妻。

这也是爸爸和叔叔担心奶奶去世后，爷爷很难生活的一大原因。

奶奶走的时候，拉着晴子的手说："除了你爷爷，我都不担心。我就怕我走了之后，你爷爷怎么办啊，这么活了一辈子，饭都不会做的人……"

奶奶去世后，爸爸曾经跟爷爷提起过给他续个弦，找个也丧偶的老伴儿一起过下半辈子，也有个照应，结果被爷爷骂了一通。那天，爷爷就坐在阳台上，看着夕阳一点点地沉下来。夜全黑了，晴子看着爷爷悲伤的背影，眼泪掉了一地，她走到他身后，握住他肩膀的时候，发现爷爷有些发抖。

爷爷苍老的手握住晴子，喃喃地说："没有谁可以取代你奶奶。"

一起生活了六七十年，是白头偕老的无可取代啊。

4

那后来，李婆婆又是怎么走进爷爷家的呢？

李婆婆是爷爷捡回来的。当时是一个冬天，年事已高、靠捡垃圾为生的李婆婆晕倒在小区的垃圾桶旁边，是下楼散步的爷爷送她去的医院。

李婆婆的儿女不孝，她现在连住的地方都没有。快70岁的老太太，从小就是个哑巴，一句"谢谢"都说不出来，当时就哭着跪在爷爷面前给他磕头。

那一年是晏城难得的极寒天气，爷爷叹了口气说："算了，跟我回去吧。他们不养你，我养你。"

"我养你"——这一句情话被现代年轻人说得多么波澜壮阔，但爷爷这一句，是晴子听过最震撼的。

爷爷真的把李婆婆领回了家。爸爸有点儿不太能接受，他并不反对自己的父亲找个老伴儿，但也不能捡个乞丐婆子回家吧？这传出去多丢人啊？

可这话爷爷一听就恼了，从里屋拿出一根鸡毛掸子，那是晴子的爸爸和叔叔小时候挨打的时候用的老古董。他作势就要打他那已到中年的儿子，嘴里气哄哄骂道："白教育你了，你妈平日里怎么说的？心要善！知道不？"

晴子过去拉开她爸爸，好容易把爷爷哄好，爷爷叹了口气说："晴子，我本来想着，这事儿多不好，我带个女人回家一起生活，多对不住你奶奶呀。可是后来我一想，你奶奶最善良，如果她在，也会这么做的，对不对？"

晴子不知道奶奶会怎么做，但她知道奶奶是她认识的最善良的老太太。奶奶捡了好多流浪猫回去，尽管当时爸爸说："妈，多脏啊，而且你腰不好，天天养这些猫，你自己累病了怎么办？"

奶奶不像爷爷对爸爸那么凶巴巴，她总是慈眉善目的，她叫着爸爸的乳名，然后说："你忘了吗？小时候你也经常喂流浪猫啊，还省着早餐钱去喂它们呢。妈妈不累，妈妈觉得啊，这样挺幸福的。"

后来，是晴子看着家里实在是猫满为患，奶奶身体又越来越不好，才组织了一次流浪猫领养大会，把这些陪了爷爷奶奶很多年的猫咪们送到他们新主人身边的。

现在，家里只剩下一白一黑两只老猫，成天窝在阳台上晒太阳。不知道它们有没有记忆，会不会像她和爷爷那样想念奶奶。

后来，总归是怕闲言碎语，爸爸和叔叔觉得不妥当，但李婆婆也怪可怜，于是爷爷就说："那咱们领个证吧，我们搭伙过日子，你也不是我媳妇，我就当你是我妹子。"

李婆婆感激得哭了，从此以后，她就和爷爷生活在一个屋檐下了。奶奶的遗像总被她擦得特别干净漂亮。

其实晴子挺喜欢李婆婆的,她虽然是个哑巴,但性情很活泼,把爷爷照顾得很好。她像奶奶一样做菜做得很好吃,也很善良;她将两只猫也照顾得很好,总是不忘记给它们的一口饭。

这样真的挺好的,在奶奶去世后,爷爷有个伴儿。

但是……这些好像都不能阻止爷爷思念奶奶。

5

爷爷虽然身旁有李婆婆照顾,但毕竟身体是大不如前了,加上总是想奶奶,所以家里的小一辈都挺担心的。而现在担心的事终于来临了,晴子却没料到是这样的场面。

这个时候,爷爷突然让出一条道,眼睛瞪得大大的,一脸喜悦地叨着"出来了出来了",拉着晴子到白墙前,努努嘴,向她示意。

什么意思?晴子一头雾水。

"跟你奶奶解释解释!李大妹子的事!"

晴子下意识地看了一眼那白墙,那什么都没有的令她焦灼的空白,又定睛看着爷爷的眼睛。

她的心猛地揪紧,只见爷爷望着白墙的方向,露出带些讨饶的表情,眼神里充满宠溺。

周围的气氛无端端地阴森起来,她觉得喉咙发痒,毛孔张大,鸡皮疙瘩起了一身。

爷爷拽了她一下:"咋不说话呢?"

晴子的身子微微发抖,但她不太忍心拂了老人的意,她对着那片空白,挤出一个笑容:"奶奶……好久不见。"

她语气有些僵硬地解释着李婆婆到来的原因,虽然对外说是妻子,但其实是一个孤单的老人,收留了一个无家可归的老人。

晴子的眼泪一滴一滴地滑落,爷爷原本欣喜的脸,僵了一下。

他向那团空气解释道:"都怪我都怪我,你们这么久没见了,被吓着了吧?都是我不好,我没讲清楚……哎!秀,你怎么也哭了?"

晴子看着爷爷对着一团空气哄着,先是觉得诡异,到后来变成了揪心。

她撇过头，满脸眼泪地看着李婆婆，晴子想，这个时候李婆婆也被吓坏了吧，她连讲都讲不出。

可她回过头的时候，却发现李婆婆眼神里带着宽慰，她打着手势说："让他们……静一静吧。我们，到厨房去？"

李婆婆似乎一点都不惊讶，她平静地回到厨房去剥她的豆荚。晴子关上厨房门，问她："你不担心吗？"

李婆婆微微笑着抬头，眼神里仿佛在说"担心什么？"

晴子一下被问倒了，她实在不忍心说爷爷出现幻觉，疑神疑鬼，但又觉得太奇怪了，她指着门，声音有些颤抖："难道你能看到吗？"

李婆婆摇摇头，然后想了一下，打起手语。

大致意思是：虽然我不能看到，但我相信他可以看到阿姐。我也希望能看到阿姐呢。

晴子觉得自己快要疯了，她压低声音问："婆婆，爷爷怎么可能看到奶奶呢？奶奶已经去世了呀。"

她非得强调这件本来就让她很难过的事儿吗？

李婆婆想了想，比着手势："你还小，你不懂，人死了以后是有魂魄的，会回来看我们的呀。"

见晴子脸色苍白，她又一脸宽慰地比画着："别怕别怕，亲人变的魂魄，不会伤害你的！"

晴子当然不相信世上有鬼，所有的鬼魂之说，都是人类编撰出来统盖无法解释的现象的。爷爷之所以会变得如此诡异，就是因为太思念奶奶了。

但所有关于心理学的恐怖电影都告诉我们，尽管最初的时候心中的鬼怪会根据自己所想所幻产生，但人很容易被心里的幻境所牵引，走向扭曲。

晴子之前听说过一个新闻，一对情侣出了车祸，男孩为了保护女孩不幸身亡，女孩瘸了腿，一直郁郁寡欢，后来得了抑郁症，因为思念男友而出现幻觉。有一天，她从楼上跳了下来，幸亏是二楼，加上救治及时，女孩再次捡回一条命，在她清醒过来后，医生问她为何跳楼，她说，是她男朋友来接她了。

晴子很担心爷爷，虽然他现在因为心中的幻象，因为思念的人死而复生而像个孩子一样高兴，但是，这并不一定是个好预兆。

她心里忽然万分恐惧，拿出手机想要拨给爸爸。不管怎样，这样的事还是要跟爸爸说一声吧!

可是手指在触到拨打键时,忽然停了下来。

她想起爷爷之前跟她说:"晴子,我们拉钩钩,不要告诉你爸爸他们……他们不通人情,又不懂事儿,肯定以为我脑子出问题了。"

晴子的手指缩了回来。她知道爸爸和叔叔的性格,古板又偏执,碰到这样的事,他们不知道会怎么处理。她怕他们伤了爷爷的心。

她已经是大人了,应该自己想办法解决。她重新打开手机,翻出通讯录里一位学长的电话。学长是心理系的,大她两级,曾经帮她做过心理辅导,这个男人一直让她觉得非常可靠。

电话接通了,她听到那个熟悉的、充满磁性的温柔声音传来:"喂?"

她忽然哽咽:"赵央学长,我有件事,你一定要帮帮我……"

6

晴子其实好久没见赵央了,她只知道他毕业以后弄了个研究所。赵央在大学的时候就是个传奇人物,智商高,修养好,长得帅……那时候喜欢他的女孩好多好多,晴子也一直将这份暗恋压在心里。

晴子一直觉得,以赵央当初的资质,毕业以后一定会混得很好,当时他们学校的心理系十分有名,而赵央又是其中的佼佼者,但不知为什么赵央毕业后就从大众视线里消失了。只是晴子每个节日会发一句"节日快乐",他都会回一句"你也快乐"。

赵央的存在,让晴子觉得很安心,但这一次,她却非常意外。

因为眼前的赵央,虽然还像从前那样英俊和温柔,却戴着一副墨镜,还被一个女孩扶着入座。在晴子的目瞪口呆下,那个女孩看了赵央一眼,却没有说话。

倒是赵央似乎感觉到空气里的尴尬,说了句:"眼睛出了点小问题,不碍事。"

小问题吗?晴子的心猛地一沉。

"怎么会这样……不是好好的吗?眼睛……"她在他面前晃了晃手指,可赵央却一点反应都没有。

"没关系的,晴子。"赵央笑了笑,"以后有机会再同你说。先说你爷爷的事吧,如果你觉得，你还愿意相信一个看不到的赵央的话。"

晴子很难过，曾经的赵央有一双那么好看的眼睛，能够看破她的悲伤、她的沮丧、她的迷茫，而现在，那双眼睛藏在墨镜之下，失去了光彩。但她当然相信赵央，如果他不能帮自己的话，也许他根本就不会来吧。

于是，晴子开始诉说。

听了晴子的叙述后，赵央沉吟了一下，道："这倒不像是老年痴呆症，更像是……妄想症。有可能是你爷爷太过思念妻子从而导致的。"

晴子低着头，很苦恼地说："那我该怎么做呢，我很担心爷爷，怕他出事。如果……真的是脏东西，该怎么办呢？"她抬起忧虑的眼睛来，看着赵央，"鬼魂到底存不存在？"

赵央笑了笑，解释道："所谓的鬼魂，其实都是人脑记忆加工的产物。"

"那为什么鬼会害人呢？"晴子忍不住将自己听来的那个因为失去男友而被鬼魂引路跳楼的女孩的故事讲了出来。

"这个案例我也听过，其实是因为女孩在把想象加工，给它披上自己身边亡者的外衣后，就此信以为然，加上她很偏执地觉得男友是为她而死，很是内疚，所以并不是什么鬼魂引路，而是她自己主观意识上出了岔子。"赵央顿了顿，"你担心你爷爷也会被心里的思念所牵绊吧？"

晴子点了点头："学长，我该怎么做？"

"击破幻想的第一步，当然是让幻想者明白，眼前的一切都是假的。"

7

晴子自己没有把握能够说服爷爷，所以，在爷爷提出要给"归来"的奶奶过生日时，晴子问能否带几个朋友回来。爷爷向来待人热情，一听说晴子要带朋友回家吃饭，立马八卦地问是男是女，在晴子回答一男一女后，居然还很失望地哎了一下，催道："你也该谈恋爱啦。"

此时，阿喜和赵央正站在晴子爷爷家门口，阿喜问赵央："老大，我不会问你鬼魂存不存在，我只想知道，磁场记忆这个东西，到底是什么？"

赵央听得有些意外，没想到阿喜看了几天书，长进这么快，都知道磁场记忆了。

他笑了笑，轻描淡写地说："麻省理工大学网站上有过报道，但是具体的解释，我也不太懂。"

阿喜一副沉思的样子："那你说，人死了之后，他们的记忆到底存在哪里？如果活着的人真的可以感应到那份记忆呢？如果晴子姐的爷爷是感应到了他妻子的记忆的话，我们……也要消灭它吗？觉得有些残忍呢。"

赵央还没来得及回答，门便开了。开门的人是晴子，她见到门口的赵央，心里的忧虑似乎有了托付，松了一口气似的，伸手引导他们进来。

李婆婆正在厨房里忙碌，爷爷坐下来，一看到一个年轻男人，还没留意到他的眼睛，便指着棋盘说："小伙子，会下棋吗？"

赵央笑了笑，缓慢地往前走，他走路的样子，一点儿也不像个盲人。阿喜跟上一步。爷爷似乎意识到他的眼睛看不见，无比遗憾地看着他，但赵央却坐下来说："会下，不过可能得请个帮手。"

阿喜搬了小板凳坐过去，见爷爷诧异地看着她，阿喜呆萌地说了句："您好，我可以做他的眼睛。您要下先手还是后手？"

爷爷愣了三秒，忽然大笑起来："好好好，那我就不客气啦！我先！"

虽然是八十岁的老人了，但晴子的爷爷非常有趣，平时也爱看新闻，什么都知道，连最近网上的流行语都会，可以说是很可爱的了。他也没把赵央当作一个残疾人，还很开心地夸他的"眼睛"长得很可爱。

晴子有些意外，爷爷这么开心，愿意和人敞开心扉聊天，这在自奶奶去世之后，是很少的了。奶奶走之后，开朗的爷爷像变了个人似的，总是一个人发呆。这大概也是他一个人胡思乱想导致现在的问题的原因之一吧。她有些后悔，自己当初应该多陪陪他的。

爷爷一招"将军"，故意让棋的赵央装作"心服口服"的样子，竖起大拇指称赞爷爷的棋艺过人。这时候，爷爷忽然抬头"唉"了一声，可是赵央和晴子都没有听到有人叫他。

只有阿喜，猛地一抬头。

她听到厨房里传来一个声音，叫了句："老头子，你过来帮帮我"。

她猛地看向赵央，因为她也知道厨房里那个老太太，并不会说话。

那个声音像是包裹着一层琥珀一样从远方传来，模糊又清晰。晴子起身去给赵央冲茶，阿喜则附在他耳边，轻轻地说："我听到了，他的妻子，在厨房里。"

厨房门口，李婆婆手忙脚乱地走出来，看到他们时，礼貌地弓了弓身子，咿咿呀呀地说着什么。

等等，阿喜说的，应该不是这一位吧？赵央想，那么，就该是老爷子心底的那一位了。

这时，泡茶的晴子看到身后的李婆婆，有些诧异地说："婆婆你怎么出来了？我爷爷在厨房？"

李婆婆点了点头，比划着。晴子的脸色变得不太好。

爷爷……要做饭？

爷爷哪会做饭啊，他这辈子有奶奶照顾着，连厨房都没怎么进过。晴子急忙走到厨房门口。厨房门紧锁着，她听到里头的人像是自言自语般地说："好好好，倒这么多油，够吗？"

似乎是不紧不慢的操作声，油星子炸开的时候，晴子的身子微微一抖。

她忽然听到爷爷说："对对对，你提醒我了，小晴喜欢吃甜一点、糯一点……"

不知为什么，晴子握着门把的手忽然松开了，她退了回来，沉默地坐到赵央他们旁边去。

她脑海里闪现着奶奶无数次给她做饭的场景，奶奶记得自己和爷爷的口味，总是想尽办法地讨他们味蕾的欢心。她忽然觉得鼻子一酸，她喃喃地说："要是灵魂真的存在就好了。"她多希望是奶奶的灵魂真的回来了，而不只是一场精神上的异变。

"可以开饭咯！"爷爷捧着一盘蓝莓山药出来，一脸笑容。

晴子装作没事的样子，邀大家一起坐到位置上，李婆婆分好了筷子，爷爷将上位给奶奶留出来。大伙看到的像是一出滑稽的表演，他对着一团空气笑嘻嘻地说："快坐，今天是你的生日，你最大，赶紧过来坐下。"又忽然像说错什么似的，"不不不，你最小！你18岁！"

除了看不见的赵央，所有人心中都充满了莫名的滋味。

尤其是晴子。

阿喜坐到位置上，竖起自己的耳朵，她仿佛听到一个女子的笑声，她说："老头子，就你嘴甜。"那包着琥珀的声音牵引着她闭上眼睛，再度睁开时，眼睛轻轻地上挑，她看着那空着的椅子上有个人走了过来，坐下。

当然，除了阿喜和爷爷，在场所有人，都看不见她的存在。

她身上带着一层薄薄的雾，跟其他人都不一样，是幻境空间里固有的那种形态。

她脸上有很多皱纹，但是气质还是很好，身上穿着一件红色的老式旗袍，很好看。

她冲着不安的晴子道："晴儿，这是你最爱吃的蓝莓山药，你尝尝？"

晴子当然听不到，她的筷子没动，爷爷催她："晴子，奶奶让你吃菜呢。"

晴子的脸上露出了有些难堪和为难的神色，她将筷子伸向山药，却又一拐，夹了一块土豆到嘴里。

心情太不妙了，她味同嚼蜡。

李婆婆咿咿呀呀地招呼其他人，而奶奶此刻却低着头，很沮丧。

阿喜有些看不过去，轻轻推了晴子一把："你尝一口吧，老人家好不容易做的。"

晴子犹豫了一下，夹了一块山药入嘴。

山药丝滑，蓝莓的味道混在其中，晴子喜欢这道菜，喜欢了很多年，奶奶去世后，去馆子吃饭都会点这个菜，但没有一道的味道像奶奶的手艺。

但此时，那股熟悉的味道在味蕾上缓缓化开，她忽然一愣，对……完全没错！就是这个味道。

味蕾是很诚实的，可以在舌苔分辨食物的每个细枝末节，每个人绝对有每个人做菜不同的味道。

她忽然感觉到一股热意滑上眼眶，她看向李婆婆，由衷道："做得太像了。"

李婆婆却夸张地摆手，咿咿呀呀地表示，不是她做的。

不是她做的？难道是爷爷？对啊，刚才爷爷在厨房里，可是不可能啊，爷爷怎么会有这种手艺呢？

这个时候接收到孙女质询眼神的老爷子，努努嘴，一脸骄傲地说："你奶奶做的！"

晴子的手微微颤抖，牙齿咬在舌头上，她忽然觉得脑子里一阵热涨，目光盯着那空空的座椅，忽然冲动地站了起来，一把掀翻了那座位上的盘子。

赵央说得对，尽管于心不忍，她还是必须做一件事，那就是让爷爷知道，他所看到的、感受到的一切，都是假的！

众人吓了一跳，只见那碗穿过奶奶的身子，砸在了地上，碎成了几瓣。她抬起头，悲伤地看着接近崩溃的晴子。爷爷反应过来，腾地站起来，差点摔倒。他怒气冲冲指着晴子说："跟你奶奶道歉！"

晴子哭了，眼泪像玻璃珠子似的往外掉，她喊着："爷爷！奶奶已经死了！死了的人怎么会回来？不会回来了！"

然后她冲着李婆婆道："你为什么要帮着他一起骗我？你为什么要哄着他让他相信这些幻觉？"李婆婆没有说话，眼神里有惊恐也有委屈。

爷爷捂住胸口，被孙女气得不行，但此时也有些怀疑，他痴痴地看着眼前的人："是……是我疯了吗？"

是啊。一个人死了，怎么可能活过来，是他太想她了吗？可是，那些菜明明就是她的味道啊！他吃了几十年了，能不知道她做的菜的味道吗？难道连舌头都在骗他吗？

他伸出手去，想要触摸他的妻子，可是阿喜看到，他的手穿过了她那件红色的旗袍。

"假的吗……假的吗？都是……假的吗？不可能！不可能！"

爷爷颓丧地坐在椅子上，他的胸口在不断起伏。

客厅里高高挂着的黑白照片上，奶奶慈祥地笑着，眼睛眯成月牙的形状，和阿喜看到的那个穿着旗袍的女人一模一样，只是这个老太太，此刻正悲伤地伸出手，轻轻地抚摸着她丈夫的肩膀。

他今天穿的是她三十多年前给他做的西装，有些太大了，人老了，身体就会变得越来越小，越来越轻，他不再是当年那个可以保护她的俊俏青年了。

门外的绣球花正开着，两只从阳台上蹿进来的猫，朝着那团空气发出凄厉的叫声。

李婆婆去捡地上的碎片，咿咿呀呀地想说什么，像是求情一般地看着晴子，好像在说："算了！算了！"

赵央摸索着去拉晴子。她的情绪慢慢地平复下来，忽然觉得胸口一阵堵得慌，她捂住自己的嘴巴，冲了出去。晴子一口气跑到楼下，此时夕阳如残血，高高挂在城市的西边，她终于忍不住，放声大哭起来。

没有阿喜的陪伴，赵央下楼费了好半天工夫，幸好到楼下的时候，晴子站得不远，而且哭声呜咽。他循声走了过去，心想，让她冷静一下吧。

8

阿喜静静地看着眼前的场景，她看到那个红衣旗袍的老太太蹲下身去，伸出手，一点点地试图擦去自己丈夫的眼泪。她看到爷爷终于抬起眼睛，看着自己的妻子，喃喃地说："即便是我脑子出问题了，我也宁可不好了。反正我剩下的日子也不是很多了。"

他的妻子缓缓摇着头,然后说:"不,你还可以活很久很久……我会陪着你,一直到很久很久……"

阿喜从来没有谈过恋爱,不知道两个人相守几十年到底会是种什么样的感情,不知道一个人失去另一个很难独活的感受是什么,但那一刻,她年轻的心脏仿佛被什么轻轻地浇过,像糖汁,有点甜,却又有些烫。

她看到那个老太太抬头看着她,阿喜和她四目相对,她似乎意识到,眼前这个女孩和她的丈夫一样能够看到她,她朝阿喜挥了挥手,示意她跟着她来。

阿喜跟在她身后,缓缓地走到卧室里。傍晚并无风,卧室门上挂着的风铃却发出了清脆的碰撞声。阿喜看到桌子上摆满了小小的纸鹤,老太太坐下来,用她满是皱纹的手将最后一张纸拿起来,开始叠起最后一只纸鹤。

然后她微笑着抬起头来,跟她说:"小姑娘,能不能帮我把它们都装起来,装在……"她指了指书桌上的那个透明的玻璃瓶。

此刻,晴子正扶着赵央往楼上走来。

击破幻想的第一步,当然是让幻想者明白,眼前的一切是假的。

而第二步,就是……粉碎那些残余的假象,让幻想者重回现实。

晴子推开了门,爷爷正坐在沙发上,夕阳已经退去,屋里没有开灯,只有一点点余晖照在老人的身上。一黑一白两只老猫靠在他的脚边,轻轻地用自己的脑袋蹭着他的鞋,似乎在安慰他。

晴子微微一闭眼,鼓足勇气,正要上前叫"爷爷",忽见到阿喜抱着一个玻璃瓶子出来。

"这是……什么?"晴子一愣。

9

玻璃瓶里满满都是纸鹤,阿喜没有说话,只是将瓶子递给她。

她要怎么跟晴子解释,这是她奶奶,那个并不存在、幻想出来的奶奶,亲手折给她的呢?

晴子抱着玻璃瓶,忽然整个人开始发抖,她难以置信地看着手里的东西,看看阿喜,又看看赵央。

大三那年,晴子和当时谈的乐队男朋友分手了,那个男孩伤她伤得很彻底。她太伤心哭肿了眼睛,不敢回自己家,跑到爷爷家来大哭了一场。

当时爷爷气得要拿拐杖去揍那个男孩子,奶奶则摸着她的脑袋,说:"乖,乖,不哭啊……"

她将晴子抱在怀里,告诉她说:"以后找老公啊,要找像你爷爷这样的,他虽然不会那么多甜言蜜语,但是对他爱的人啊,是真心实意的。"

是啊,曾经的爷爷像所有那个年代的老头儿一样,不太好意思说我爱你,但他这一辈子,都在用自己的行为表示着爱。

爱,就是不抛弃,不离开,永远在一起。

奶奶去世后,爷爷曾说过:"她怎么抛下我就走了呢?哎,也好,总比我先她走的好。这份苦,我替她来受。"

她还记得奶奶生病,没能来参加她的毕业典礼,直到奶奶去世之后,去爷爷家替奶奶收拾遗物的时候,才看到折到一半的纸鹤。爷爷告诉她,这是奶奶打算折给她做毕业礼物的,说是希望她像这纸鹤一样,放肆飞翔,不怕孤单,奶奶会像纸鹤一样陪伴着她。

那些纸鹤没有叠完,晴子怕睹物思人,将它们收了起来,放在了储藏柜里。

此刻,它们竟在她的怀里。晴子只觉得自己的眼泪一颗一颗地滴落,她刚硬起来的心肠和平复的心情再度崩溃,她的手越来越抖、越来越抖……

阿喜看到那个老太太步履蹒跚地走到她跟前,温柔地看着她,轻轻地安慰着:"不哭啊,晴儿不哭啊……晴儿哭了奶奶心疼啊……"

阿喜看了眼赵央,慢慢走到晴子面前。

她轻声地问:"晴子,你确定了吗?"

确定?晴子猛地从悲伤中醒来,看着沙发上的爷爷,再看一眼怀里的玻璃瓶。

是啊,晴子,你确定要再让爷爷经历一次失去奶奶的痛苦吗?而这一次,"杀死"奶奶的人,将是她自己。

"不……"她摇摇头,眼泪滴落在纸鹤上。她看向爷爷,目光又游离到了他旁边的位置。

含着泪的晴子挤出一个笑容:"奶奶……谢谢你。"

10

月光之下,阿喜和赵央在路口与晴子分别,晴子最终打消了治好爷爷的念头。走之前,李婆婆用手语告诉他们,虽然她看不见爷爷的这个妻子,但她坚定地认为自己可以感受到她的存在。她很开心地表示,姐姐不介意她住进这个房子,并且很愿意跟自己成为朋友,她还对晴子说,她真的很爱你爷爷和你呢。

赵央尊重了晴子的决定,但也感受出了晴子的忧虑:"就算这是个幻境,我们也只看到它带来的好处,你的爷爷,反而因此更想要活下去了,不是吗?"

晴子点了点头,叹了口气说:"我只是遗憾,我不能看到她,甚至没能像李婆婆那样感受到她。其实……我也很想再见她一次。谢谢你们了。"然后她笑着说,"不过真的好羡慕爷爷和奶奶啊,我以后,一定会找一个像爷爷爱奶奶一样爱我的人。"

赵央点点头:"一定会的。"

望着晴子远去的背影,阿喜歪着头,吁出一口气:"赵老大,我们今天算是任务失败吗?"

"怎么会呢?"他敲了敲她的脑袋。

"不是没改变吗?没改变爷爷对整件事的认知,也没有……"阿喜忽然笑了笑,"但我觉得很高兴。就是有时候不懂,叠纸鹤的到底是谁?蓝莓山药又是怎么回事呢?一个记忆,可以对我们的世界产生这么大的'影响'吗?所以我看到的是鬼魂吗?"

赵央边走边说:"这个世界上并不存在鬼魂一说,至于磁场记忆这件事,也并没有得到科学上完整和官方的解释。我觉得,是记忆构造了鲜活,让想象成了真,而这个人,却也只存在那个靠着记忆支撑的人脑中。这个世界上可能存在很多种'可能性',是我们用现有的知识无法去解释的。我们称之为幻境,至于它的影响,我们也只能称之为幻觉。"

是啊,是活着的人对那些往昔的深刻追忆,让奇迹死而复生。

记忆堆砌起了一个生命,那个生命,就这样在失而复得之后,再度与他们一起生活。至于纸鹤,至于蓝莓山药,至于那些被打碎的盘子,我们又何必纠结呢?

阿喜似懂非懂地点了点头。

赵央想,有些幻境,如果可以让缔造它的人快乐,我们又何必戳破呢?我们心理师存在的意义，到底是为了消灭那些所谓不存在的"幻觉"，还是让人过得更加快乐呢？

如果是后者，今天的任务也算是成功了吧。

正因为他看不到，所以觉得今天的晚餐一点都不诡异，反而很温馨。

而他的"眼睛"向他阐述了更加温馨的一幕。

阿喜说："赵老大，你知道吗？老爷爷看着他的妻子的时候，眼里充满了爱，他笑得像个孩子一样。"

赵央想象着这样的一双眼睛，弯了弯眼角，也弯了弯嘴角："唔，那奶奶呢？"

阿喜回答道："奶奶的眼睛里，有一样的爱，笑得跟爷爷一样甜。"

远处的天空中，无数星辰洒满天空，像是很多人明明已经失去的那段记忆，在夜深人静入梦时，又再度熠熠生辉。

爱，有时候会创造奇迹吧。

希望爷爷和他的两位"妻子"，能够在每个黄昏日落时分，真实地感受到陪伴，他们如此善良，他们值得。

也希望晴子能找到她心目中那个像她爷爷一样的爱人，也像奶奶叠的纸鹤一样，自由烂漫飞翔。

而他和阿喜，会一直朝着这条路走下去。

帮助更多需要帮助的——特殊的人。

他看不到他们，却可以更加用心去体会，何况，他还有阿喜这样一双美好的"眼睛"。

第三章・婚礼

卢家卧室今夜喜气洋洋。

门口贴着一个囍字，床头放着一对喜娃。民间风俗讲的是成双成对，一双漂亮的绣花礼鞋摆在床下的软榻上，床尾的衣架上，一件长拖尾的白色婚纱正被吹进来的夜风掀起裙摆来。

那位躺在床上的女子有着姣好的面容，如今已经被夜色笼罩。黑暗之中，似乎有一道影子慢慢地俯下身去，和那个沉睡的女子，化为一体……

1

礼堂现场已经乱成一锅粥了。卢珊穿着一件粉红色的伴娘裙，正在安慰急坏了的大伯母。易拉宝上，堂姐卢茜美得令过往的宾客都忍不住驻足多看上几眼。与之相配的是照片上的男子，虽算不上相貌堂堂，但也看得过去，起码大家都知道，这人是这家酒店大股东的独生子。所以，男才女貌算不上，男财女貌总是没错的。

看这礼堂的标配，该是用了晏城最好的灯光师、最好的婚庆公司了吧，也算是一掷千金。

卢珊从小到大，最羡慕的人就是卢茜了。卢茜长得漂亮，成绩好，几乎是顺风顺水，也一直都很乖，是伯父和伯母骄傲的宝贝。

所以，一开始大伯母说茜茜不在屋里的时候，大家都很轻松，表示她肯定是有事出去了，一会儿就回来了，今天毕竟是她的大日子呢。

结果电话一直打不通，后来就变成关机了。大家都开始着急起来，卢茜怕不是被绑架了吧？

没错，卢茜向来最听爸妈的话，甚至连之前谈恋爱，也因为大伯母不同意，听话地分了手，最终顺从地和现在的新郎一步步走到了结婚这一步。卢珊那时候正值叛逆期，看着默默垂泪的姐姐，觉得自己挺不理解她的，问她为什么不再努力努力，卢茜却笑着说："我妈她身体不好，我要听话点，不惹她生气。她肯定是为我好的。"

一直很听话，一直很顺从的卢茜，怎么会在这个节骨眼上逃婚呢？卢珊想不通。

即便是不得已到了婚礼现场，要跟新郎家说明情况，也是寄希望于卢茜会出现，说这一切都是她在这个特殊的日子，难得任性的一个玩笑。

可是并没有。现场一切就绪，落跑的新娘却让婚礼沦为灾难。

新郎家的人也着急。卢珊不知道大伯父是怎么和他们说的，不过，她倒没瞧出新郎官有多着急。卢珊心里有点不畅快，总觉得这个人不太爱姐姐。

失踪时间不足以报警，大家只能自发地找卢茜。几个哥哥和伯父都开了车去卢茜常去的地方，大伯母守在电话旁边，一脸担忧的表情。卢珊陪着她，也紧盯着手机。时间焦灼地一分一秒走过，手机一直在响着，每响一次，大伯母就神经挑动一下。

"是你姐姐吗？"

卢珊尴尬地摇摇头："不是，是我朋友，您别着急。"

卢珊算是撒了个谎，发来短信的人，是周弦越。尽管家里人因为卢茜的听话，似乎早就忘了这个人的存在，可卢珊忘不了，尤其是在看到新郎官面对姐姐的"失踪"，不是担心她的安危，而是问出"亲戚都到了，这怎么交代啊"的话时，她心里满腹的气。当时她就想，姐姐会不会去找周弦越了？

她私底下联系了周弦越，对方似乎也毫不知情，但他非常着急。

"怎么样？"

"回来了吗？"

"我去了几个她从前常去的地方，没有看到她。"

"她回来了的话，你一定要告诉我！"

卢珊回了个"嗯"字，叹了口气。

这时，一条陌生短信发了进来。

卢珊的心一提，见大伯母正在亲戚的安慰下抹泪，忙打开短信。

"珊，看到这条信息你先别声张。我现在很安全，没被绑架。你跟他们说一下，只是……我现在还没想好该怎么跟爸妈说，所以，请你先应付一下。"

卢珊的头皮一紧，看着乱成一锅粥的一大家子，心里有些生姐姐的气。

"我怎么应付啊？总不能我帮你把婚结了吧？"卢珊负气地回复，又有些担心卢茜就此掐断了联系，紧接着又发了句："你现在在哪儿？"

那头许久之后才回过来："我把地址发给你，你千万别跟家里人说。你来，你一个人来。"

那头发过来一个地址之后就再没有回音。

卢珊犹豫了一下，咬了咬牙。她和卢茜这么多年的感情，卢茜是信任她的，卢珊也不想辜负姐姐的信任。卢茜比她更知道分寸，玩这场结果有些惨重的消失，一定有她迫不得已的理由。但家里人怎么办呢？总不能让他们提心吊胆吧，尤其是大伯母，都哭掉好几盒纸巾了。大伯父开车出去，万一着急出事怎么办？

卢珊走到门口，拦下一辆出租车，报了地址，然后拿出手机打开家族的微信群，在里面发了一条："姐姐没失踪，大家回家等着。我去接她回来。勿着急。"然后她关掉了手机。

2

卢珊抵达的地方，是一个破旧弄堂里的普通招待所，有些阴暗、潮湿。也没有那些大酒店的繁琐安检，她报了个名字，对方就给了她房号。

卢珊踩着咿咿呀呀的木板楼梯上楼，抵达尽头那一间，轻轻敲了敲。

她还是有些惶恐的，在敲门那一瞬间想着，不会是歹徒的手段吧，绑了一个，第二个还把自己送上门去……

正有些后悔，门忽然开了。

里头没开灯，但走廊的灯还是让卢珊提到嗓子眼的心又落回原处。

是卢茜没错，脸上也没有任何惊慌神色，看起来不像是被挟持。

只是……

卢茜见她来，轻声说了句："先进来再说。"接着摁亮了灯。

卢珊跟进去，瞪着眼睛说："姐！你怎么把头发剪了？还有你穿的……这一身是怎么回事？"

眼前的卢茜，竟将那一头令卢珊羡慕得不得了的齐腰长发全部剪掉了，现在的头发比一般男生的长不了多少，而且，她穿着一套不太合身的西装，衬衫有褶，明显是来不及烫，素面朝天，唯有两道原本就长得英气的眉是素淡里的浓墨。

卢茜没回答，淡淡地瞥了卢珊一眼，示意她坐下聊。

屋内的灯光是昏昏暗暗的那一种，恍惚有隔绝岁月的年代感，墙壁老旧而斑驳，墙角放着一只老式收音机，估摸着只是个摆设，水壶是80年代用的那种红色塑料壳儿的，杯子是军用杯。

虽然一向乖顺但还是紧跟潮流，穿渔网袜罗马鞋，背时下最流行的包包的姐姐，此时穿着不合身的西装，坐下去的动作还有些老派。

有点像……

想起来了，是《游园惊梦》里的王祖贤，女生男相，清俊而倜傥，着一身宽大戏服，因不合身而更显落拓。

卢珊一愣，不知姐姐这是要演哪一出。

见卢茜欲言又止，卢珊急了，直接开口道："姐，到底什么情况啊？"

卢茜轻咳了一声，似乎在找一个合适的措辞。

"珊珊。"她叫了一声，但似乎意识到哪里有些不妥，又清了清嗓子，声音变粗了一些，"我也不知道该怎么跟你形容，但你应该可以感觉到我有点变化吧？"

卢珊狐疑地看着她："什么变化？"什么变化能大到让她在婚礼前夜突然不告而别玩起失踪，什么变化能大到让她从穿着打扮到举止谈吐……都像变了个人？

卢茜似乎鼓足了勇气，一股脑儿地将积郁在腹腔里的话全倒了出来："就这么讲吧，珊珊，昨天我才意识到，我不能跟林先生结婚，也不能再这样下去！"

"为什么？"卢珊的眉头皱在一起，"是林先生做了什么对不起你的事吗？还是你还惦记着……"

她犹豫了一下，没敢把那个大家都比较排斥的名字说出来。

"不是，不是林先生的问题，是我不能嫁给一个男人。"卢茜摇摇头，"珊珊，我接下来要说的话，你可能不相信，但我也只能跟你说了，你是我从小到大最信任的人，我……"

卢茜避开卢珊的眼睛，将目光投向二楼窗户外瘦削的月亮。月光打在她清隽的脸上，棱角分明的脸敷上了一层银色绒光。

"我……忽然意识到，我是个男人。"

3

卢珊用了很长的时间来消化姐姐的这一句"我是个男人"，她的脑子乱乱的，卢茜看起来好像很淡定，但她宽大衣袖里的手指却攥得紧紧的。

也是，这样大的事，这样莫名其妙来势汹汹的意识……卢茜应该也很怕吧？

卢珊虽然也不小了，但她对这种状况还是闻所未闻。那她现在该改口叫卢茜哥哥吗？哎，这玩笑这个时候冒出来，只觉得不好笑，还挺悲伤的。她还记得小时候在大伯母家，自己总是闯祸，大伯母又不能打她，只能跟在后面收拾残局，说"珊珊啊你这是发神经哦！你得有个女孩样啊，你学学你姐姐呀。"

那时候的姐姐，一直是端庄的、秀丽的……

卢茜看起来不像"发神经"，但她非常笃定地说自己是个男人。至于之前为什么扮演着女性的角色，是因为她之前完全没有这个意识，而从昨天晚上开始，这个意识萌芽了，并且迅速长大，贯穿了她所有的脑细胞。

当然，暂时只是脑细胞，毕竟她现在除了发型，还是没什么变化的。

她暂时只能说到这里了，卢茜对自己这来路不明的意识，也在探索和磨合之中，但起码她可以笃定一点，这婚，自然是不能结的了。

看着卢珊眼里透露出来的不解，卢茜也知道自己这话有些无稽了，她叹了口气说："所以你明白我为什么让你不要告诉我爸我妈我在哪儿了吗？连你都觉得难以置信对吧？"

卢珊拼命点头，又拼命摇头。

"你知我从小到大都无条件相信你，这一次也是一样。不管你是要做我姐还是要做我哥……反正这血缘关系，咱们是跑不离的。再说伯父伯母的事吧，虽然我也知道你很难解释清楚，但我想……"她看了一眼手机，"我的手机应该也被打爆了。我走的时候他们急成什么样了,你也知道的,我做出什么出格的事我爸妈估计都习惯了,但你不一样,好歹该给他们点……循序渐进的过程啊。这样吧,咱先回去,不然估计就是警察来抓我们了,到时候我还得落个同党帮凶的罪名。回去后呢,你也别跟他们掰扯,就别跟他们沟通……等……"

其实不是不沟通,是不知道怎么沟通。别说爸妈了,连卢茜自己都还一头雾水吧。

"等到我们把事情弄清楚之后,再好好地摆到明面上说。伯父伯母也不是那么不讲理的人,不是吗?"

4

卢珊可以确定虽然卢茜的"心理变化"很大,但起码有一点没变,那就是她不想让父母担心,无论自己是男是女。

果不其然,卢茜一回家,刚平静了几秒钟的家里又炸开了锅。

大伯母可急了,非要打电话给新郎,被卢茜一把夺下了手机。

大伯父指着她说:"你这穿的什么玩意儿?赶紧换下来!"

"明天,不对,马上给我去林家道歉,婚礼再挑个时间……"

大伯母也接着道:"就是!茜茜啊,你不能这么不懂事儿。你是妈妈的小棉袄,你听话好不好?"

平时,这话卢珊听着也习惯了,只是今天,听着总觉得怪怪的。果然,卢茜的脸开始绷紧、涨红……完了,卢珊刚想要说什么来阻止这接下来的"火星撞地球"的局面,但似乎已经来不及了,成为众矢之的的卢茜忽然气沉丹田吼了句:"我不能嫁!我是个男的!"

屋子里瞬间静悄悄的,众人面面相觑,消化着这句难懂的话。卢珊只觉得脑袋边嗡嗡地响。

惨了。

卢茜被关进了她的卧室。虽然满口胡言乱语,但不管怎样,卢茜回来了。伯父伯母要求大伙儿开紧急家庭会议来处理这个突发状况。大伯母正准备打电话给新郎那边,大伯父表示,卢茜不知道发什么疯,但关她几天,估摸着就好了。

卢珊有些不知所措,忽然想到电话那头还有个人在焦急地等待消息,忙给周弦越回了一条:"她回家了。放心。"

那个人似乎守在手机前，瞬间秒回："没事吧？没受伤吧？"

卢珊还没来得及回，就见他又回了一句："哎，吓坏我了，她回来就好，那个……珊珊，你帮我个忙好吗？"

卢茜此刻坐在自己的卧室里，看着自己的婚纱。婚纱是法国一个很有名的设计师亲手做的，婚礼她没管，但据说非常华丽奢华，妈妈跟她说："茜茜啊！你多有福气，明天你将是人人都羡慕的新娘！"

是吗？人人都羡慕别人看上去的华丽和光鲜吗？她苦笑了一下，手指轻轻触碰婚纱那柔软的纱面。她闭上眼睛，仿佛看到墙上出现的剪影……仿佛是皮影人。

耳边有轻到几乎不可闻的歌声，像是在戏园子里，咿咿呀呀地吟唱。她将气息尽量调到微不可闻，竭尽全力想要听清……似乎是昆曲《牡丹亭》。

她的喉头慢慢跟上，跟着那韵脚一步步地追，轻轻地，那声音太弱了，追不上，她的脚步也停在这一方粉色的卧室里，忽然觉得心里一片迷茫，仿佛看到那大海里的一叶舟，慢慢漂到了她看不见的地方。

心口一热，太阳穴突突地跳，就在方才，在那真切得不得了的幻境中，她似乎听到有人叫她……冯生？

5

这已经是卢茜被关起来的第四天了，卢珊从古玩市场给她弄了个二手唱片机，是卢茜要求的，还有几张费了好大心思找来的古董唱片，清一色的昆曲，有《玉簪记》《烂柯山》《牡丹亭》以及《长生殿》。她实在弄不明白姐姐为什么突然之间性别意识有变，连爱好都变了，曾经的她连民谣都鲜少听呢，现在居然闲下心来听老掉牙的昆曲？

卢茜给的"报酬"是她成套成套还没有开封的昂贵护肤品。她说："用不上了，都是女式的，你拿去吧。"又看了一眼卢珊的身材和大脚，叹一句，"可惜。"

卢珊翻了个白眼，直接开了一瓶香水，味道真好闻啊。

这几天，卢茜的心情算不上太糟，有摊牌了破罐子破摔的架势，大伯母的劝诫她算是一点儿都没听进去，后来更是除了卢珊谁也不搭理了，成日把自己关着。别说结婚了，连正常的社交都不想有。

卧室已经变了天了，先前的毛绒玩偶全被她丢了出去，满脸嫌弃地说"大男人怎么能住这么脂粉味儿重的屋子"，又托大伯父找人在墙壁上重新贴了个青色墙纸，说粉红色瘆得慌。卢茜也变得越来越……卢珊不知该怎么形容，从前两个人还是可以一块儿泡澡的关系，现在她稍微举止亲密些，卢茜就一个闪躲，义正词严地说："妹儿啊，虽然你是我妹，但男女授受不亲。"

她本就有些英气的眉毛一耸，狭长的眼睛一眯，眼神里居然还带点撩人的意思。

卢茜倒像是不太愁的样子，但卢珊愁啊。她当初好歹是姐姐回来前的第一个接洽人，家里人觉得，这事儿卢珊肯定知道个大概，非要她说明白，可她哪能说明白呢，她自己都不明白呢。大伯母有天抹干眼泪拉着卢珊的胳膊问："你姐到底是怎么了？是不喜欢男人？"

卢珊一时语塞，不知道该如何回答。

这天，卢茜穿着一件不知从哪儿翻出来的中山褂子，翘个二郎腿，扇着一把大蒲扇，道："珊珊，我吧，真觉得我人很清醒，脑子也没问题。没错，你说得对，我以前也没喜欢过哪个女的，我甚至觉得女人很麻烦……我自己也挺麻烦的。但是……我真是个男的，虽然我也说不清这感觉是怎么来的，到底怎么形容……"

她忽然"啦"了一声，将手肘搁在膝盖上，抬起头，冲她道："你说，我是不是……找回前世的记忆了？"

"哈？"卢珊这一下彻底懵了，"所以你前世是个男的？"

"嗯。"她点点头，"如果没猜错的话，姓冯，好像在戏园子里……工作。"

卢珊拼命地眨巴眼睛，想消化她这句话。

"这样啊……啊？"

抱歉，消化无能。

"算了，说了你也不明白。"卢茜无奈地摆摆手。

"对了，姐夫……"眼见卢珊丢过来一个恨恨的白眼，她立马改口，"那个……林先生让我跟你说……让你好好想想……他还是……"

算了，那些本来挺感人的话，在这个氛围下说，估摸着会挨揍。何况卢珊本来就不太喜欢林先生，他先前表现出来的姿态，让她想起来就忍不住和周弦越比较……差太多了。从前姐姐和周弦越在一起的时候，她是真的觉得对方把姐姐当心尖尖上的肉来对待，至于林先生，她觉得虽然不差，但就是不如周弦越。

但是……

她酌情找了个委婉中立的词："反正他说，他再等等呗。"

第三章·婚礼

"等什么等！"卢茜忽然激动，"你让我一个大男人嫁给另一个大男人？"

情绪一激动，卢茜那原本故意气沉丹田压得沙哑的声音就露了本性，细细的，还有些尖。

反正……

这样的声音说出"大男人"三个字，十分不和谐。

卢珊笑了一下。

卢茜皱起眉头来，冲她怒道："别笑！"

"那姐你打算……"卢珊僵硬改口，"哥？"

卢茜没搭理她，给了个余光，示意她讲。

"你打算怎么做？即便林先生那边交代得过去，咱不结了……也不能……倒不是说不嫁不娶不行，单身一辈子也不是什么大不了的事，但……总不能……"

总不能这么性别模糊地过一辈子吧？大伯母估计得哭晕过去。

卢茜倒是很淡定，悠悠飘过来一个眼神。

"这样吧，我前些天上网搜了些东西，有个很特殊的研究所，据说还挺能整这什么稀奇古怪的事的……你帮我去联系一下？"

"研究所？你说的是个心理诊所吧？"卢珊也有听过。

"怎么的？"卢茜白她一眼，"难不成，我还找个神婆来给我通灵啊？"

卢茜不理她，径直过去开了唱片机，唱片轨道走动起来，唱针一起一伏……一曲幽幽的《烂柯山》。

"那你是承认你心理……有问题了？"

"回吧你。"卢茜淡淡道。

有没有问题很难说，但起码得找到问题的症结吧。比如……这个莫名出现的冯生，到底是何方神圣？

6

阿喜站在客厅的中央，手里拿着卢茜妈妈硬塞给她的苹果。她想放下，但记着赵央说的"要礼貌"，只好硬着头皮咬完，结果刚吃完，卢茜妈妈又给她塞了一个，生怕她闲着，她只能再次啃了起来。苹果可真难吃。大人们没点眼力见儿吗？看不到她快要崩溃的表情吗？

话说，卢妈妈倒真是没辙了，毕竟就这么一个宝贝女儿，黄掉一段足以保证下半辈子无忧的婚姻已经够她伤心的,而且她现在还这样作死自称是个男人……这真是叫她这个年过半百的人肝肠寸断啊。

不得不说,赵央的学历啊资历啊什么的还挺好用的。讲明自己师从哪一位大师,光那头衔就已经足够让眼前这位阿姨咂舌的了。虽然一开始觉得这小伙子长得这么精神可惜是个盲人,但后来卢珊悄悄跟她讲:"大伯母啊,这不,残疾人能做到这个份儿上,肯定更是能力超于凡人呀。"

所以,此刻卢妈妈握着赵央的手,拼命地说:"赵医生啊,你可一定要帮我女儿啊,要吃什么药,要几个疗程,都没关系的……只要……只要你把我原来乖乖的闺女还给我……"说到情绪激动,她直接就落了泪。

赵央笑着伸出另外一只手覆在卢妈妈的手背上算作安慰:"卢阿姨,我也不算医生,但我会尽力帮忙的。您呢,自己调整好自己,不要给累着了。"

卢妈妈拼命点头。

"那么阿姨,在这之前,我可能有几个问题想要先问您……"

卢茜那一直紧闭的门忽然打开,她大喇喇地站在那儿,面无表情地道:"有问题可以直接问我,我没不清醒。赵医生……还有你的助手,你们进来吧。"

眼见卢珊也起身,她又补了一句:"珊珊你陪我妈吧,顺便下楼买点宵夜,我估计会跟他们聊很久。"

卢珊的电话刚才一直在震动,她正缺个名目下楼,这时便应了姐姐,径直出门了。

楼下,周弦越穿着青灰色的风衣,落寞地站在路灯下,见卢珊出现,露出一个有些勉强的笑容:"珊珊长这么大啦?"

7

"你们怎么帮我?"话说这卢茜倒还真是爽快,开门见山。

赵央轻轻牵起嘴角。

卢茜用手指在他面前晃了晃,叹了口气:"哎,真是看不到啊,可惜了。"

"卢珊说,你怀疑自己找到了前世的记忆,对吗?"

"对。"

"还没有科学能证明前世是存在的。"

卢茜一愣:"那难不成……我脑子真出问题了?"

"别急。"赵央笑了笑,"有可以坐的地方吗?"

卢茜搬出一把椅子来,阿喜扶着赵央坐下,双手交叉放在胸前站到一边,像个小保镖,怪可爱的。

卢茜说:"不好意思,屋里还真只有这么一把椅子,要么我出去搬?"

"不用。"那少女低低回了句,"我喜欢站着。"

赵央这时缓缓开口:"刚说到什么来着?"

卢茜皱皱眉头:"刚刚你说,前世是不存在的。"

"不不不,我说的是,还没有科学能证明前世今生是存在的。但是……也没有科学能证明,它不存在。不知卢小姐……"

对方咳嗽了一下,赵央知错,抱了抱拳表示抱歉:"那我该称您为……"

"我也不知道该称呼啥,卢茜一听就是个女人名啊。"她的语气里有些抱怨,"当然,我其实对这个名字不反感的,就叫我卢茜吧。"

"好,那么我们开始。请问你是什么时候开始有这个意识的?"

"就……"卢茜想了想,"就结婚那天早上醒来的时候。"

"醒来的时候?"

卢茜皱皱眉头:"不对,应该是……结婚前一天晚上入睡的时候,我做了一个梦。"

赵央的食指和拇指轻轻摩挲了一下,心想,有些梦过于真实,的确会导致做梦者分不清现实与虚幻,出现梦境综合症也是大有人在。曾有过一个女孩,因为梦见自己和某个并不算太熟的异性交往,醒来以后,便以对方女友自居,被大家告知真相后,怎么都不肯相信这事没发生过。

"这个梦很真实?像确实发生过?"

卢茜却摇了摇头:"说实在的,我连梦见了什么都说不清楚。只是……有一些比较细碎的片段。"

"哦?"

在赵央的鼓励下,卢茜努力地屏息凝神,想将这个几乎改变她整个人的关键性的梦给还原呈现:"我梦见一个戏园子,戏台搭起的时候是黄昏。桌上有几碟花生米,周围的人……说的是吴侬软语,大概是苏杭话吧。"

周围人的脸记不清了,但记得戏园子里咿咿呀呀唱的戏,当晚唱的是《牡丹亭》,反串的花旦眉目清秀，台下掌声雷动。她发现自己的意识是跟着他走的，卢茜想，这大概就是自己。那个"自己"，在唱完戏后下台来，清清朗朗的一个少年，虽看不清五官，却让她无比亲切。她听到周围人叫他冯生，夸他演得入了骨。

那之后的梦，都是围绕冯生的。有在台上时的风姿绰约，女妆时的媚眼如丝，也有卸了妆之后的清秀俊朗，有对话，有争吵，也有缠绵……像是镜子里的自己，在演一出独角戏。

然后她又梦见火车轰鸣声、炮火声，有穿军装的人，但也看不真切。一枚手榴弹被丢到梦里，烟尘四起。身边有人被炸死，哭声、尖叫声连连。

她看到那梦里的自己开始飞奔起来，拼命地逃。

那感觉太真切，太真切了。

然后，一颗子弹冲进她的梦里，直射心房。

剧痛仿佛大雾一般蔓延，有人在说什么，但怎么都听不清。

"然后，梦就醒了。"

卢茜回过神来。阿喜看到她身子有些微微发抖，这些是阿喜必须观察到的。赵央说，一个人阐述时的神态很重要，他的眼睛看不到，她必须记下来。

卢茜不像在撒谎。

她的声音有些微微颤抖："我醒来之后，发现自己在流泪，一时之间，弄不清楚今昔何昔。我走到镜子前，看到自己的脸还是这张脸，只是泪流满面……就好像，真的死过一次，心口很痛。"卢茜将手放在左胸前，像是在安慰自己一样，她深呼吸，"我意识到我做了个梦，梦里我叫冯生。然后，我费了好大劲，来重新记起现在的事，我记得我叫卢茜，记得以前发生过的一切，我也记得，我今天要结婚。"

卢茜叹了口气："但我也知道，我不能结婚。所以我跑了。"

卢茜看到阿喜在赵央耳边说着什么，便问道："在说什么？"

赵央笑了笑："阿喜说你很漂亮。"

撒谎。要是从前，卢茜会为"漂亮"两个字而脸红高兴，可现在……何况眼前这个看起来酷得要死的小丫头，一点儿都不像是会在背后夸人漂亮的花痴小女生啊。

不过，她还是下意识地摸了下自己的下巴："哦，我知道。"

"卢茜。"赵央缓缓开口，"所以……这个梦，让你觉得这些事曾经真的发生过？"

"我知道你要说什么。前世记忆是吗？"卢茜坐了下来，"说实话，从前来讲，我是这个时代的新女性，也对那些神神叨叨的东西一点都不感兴趣。我不相信前世记忆，我现在只是卢茜。但是……"她顿了顿,似乎在想一个合适的说辞,"但是……"卢茜想不出来。

"但是,你觉得这个冯生跟你有关系。甚至,你觉得自己变成了他,虽然记忆是破碎的,但你却觉得自己有了他的意识,包括性别这件事。"赵央总结道。

卢茜打了个响指,赵央还真是聪明,尽管他连她的脸和神态都看不到,却还是这么精准地描述出了她心里所想。

这时,门忽然被叩响,门外传来卢妈妈的声音:"茜茜啊,妈妈打搅你们一下哈……你上次的马卡龙放在哪里啦?"

卢茜硬着头皮,朝着阿喜和赵央说了句"稍等"便出去了。

门被带上,但没关紧。阿喜看了一眼微开的门,轻轻带了一脚,她压低声音:"奇怪了,什么也没有看到。"

赵央眉头微微一拧,如果对方没有撒谎的话,阿喜怎么会什么都看不到呢?

阿喜补充了一句:"可以听到她心里的声音,但就是进不了她的画面。而且她心里的声音,也跟她本身说的没差,只是意识里好像很坚持地认为自己是个男人,起码上辈子是。她认为自己就是梦见的冯生。"阿喜咬了咬指头,"但是有点奇怪……不知怎么说。"

"没错。"赵央接过她的话头,"你刚跟我描述了卢茜的坐姿、神态,以及一些小动作。如果她在模仿当时的冯生的话,不会是现在的举止。"

"哦?"

"冯生如果的确是一位戏子的话,长期站在戏台上,还是会留下一些痕迹的,可不仅仅是爱听唱片。当然也不排除,有别的可能。"

赵央的眼睛微微一眯:"阿喜,我需要你,看到冯生。"

卢茜从外头拿进来一个点心盘,上面是精致的小点心,马卡龙居多。阿喜知道,这被称为甜品里的爱马仕。

卢茜看着那漂亮而精致的马卡龙,心里感慨,原本她是多么喜欢吃甜品啊,就连婚礼也指定要了这个牌子的马卡龙,但现在她对甜食一点都不喜欢了。

卢茜将点心盘递到赵央面前。赵央没讲客气,伸出手来,触到盘子,手指触碰到一个。

"这是草莓味的,你喜欢草莓吗?"

"我喜欢巧克力。"他笑了笑。

卢茜动手替他挑了一个,递到他手里,再将剩下的递给了阿喜。

这种马卡龙果然甜而不腻,入口即化。

"现在不喜欢吃甜品了,但我妈还是习惯性地每天都给我准备。"卢茜无奈地笑笑,赵央自然读懂了卢茜的潜台词。

"其实,口味改变是常有的事,不一定是冯生对你造成的影响。"

卢茜没有多加辩解,无所谓地耸耸肩。

"说实话,我也不知道该怎么跟我妈交代。她将我……"卢茜忽然顿了一下,改口道,"不管怎样,她将卢茜抚养这么大却碰上这事……"

赵央道:"是的,阿姨有她的诉求,但毕竟真正找我们的人,是你。所以,我们还是会以你的想法为初衷。你……想要什么?"

——她其实并不为"自己是个男人"的意识复苏感到挣扎和沮丧,甚至可以从她刻意压得沙哑的嗓音里听出,她乐在其中,并且不为之烦恼。

那么,她想要什么?

阿喜轻轻地冲赵央耳语。

卢茜看了一眼阿喜,心里明白了,这女孩充当的是这个盲人心理师眼睛的角色,于是她索性看着阿喜的眼睛道:"赵医生,我请你来,目的很简单。我想要弄清楚……"她指着自己的心脏,"我,到底是谁。"

"当局者迷,旁观者清。我们需要在你'入梦'时进行旁观。如果你不介意的话……"赵央抬头示意阿喜。

谁都不希望自己的隐私被探究,但卢茜此时觉得心口有什么东西重重地压着,像是一块大石头。她腾地站起来,走到门前,将门反锁,冷冷地看着阿喜,眼神十分坚定:"那我们开始吧。"

8

卢珊回到了屋里,口袋里有几张话剧票和一个厚厚的红包。

是周弦越给她的。

分手之后,卢茜将他的一切联系方式都删了。周弦越也不是那种死缠烂打的人,他全力给她选择的自由,尽管,他很喜欢她。那种眼神让卢珊一个没谈过恋爱的高中生,都觉得有些震撼。他原本想让卢珊转交一个红包,算是他给她的份子钱。当时卢珊还开玩笑说:"弦越哥哥,你包这么大啊?"

周弦越不好意思地笑了笑说:"从前没有很多钱,让茜茜跟我受委屈了,现在……我也顺利了很多,不再是以前那种穷酸小子了。虽然……一切都来不及了。"

卢珊听得有些心酸,便嘟囔了一句:"又不是不用还的。"

周弦越淡淡地说:"不用还,我又不可能娶别人。对了,还有这几张话剧票,你拿去吧。如果……茜茜愿意来看,我会很高兴。"

月光下,周弦越的背影显得落寞而悲伤。卢珊看得有些难过,她攥紧了那厚厚的红包和几张薄薄的话剧票,"蹬蹬蹬"地上了楼。大伯母正忧心忡忡地在厨房里洗苹果,心想刚才那小姑娘连吃了两个,一定很爱吃苹果,待会儿给她装一袋回去……

她是拿女儿一点办法都没有了,只能把所有的希望,都寄托在这神奇的二人身上。

回屋的卢珊过去帮忙,水声哗啦啦,她鼓足勇气说:"大伯母,我跟您说个事儿,姐姐,会不会和弦越哥哥……"

"别说了!"大伯母似乎很烦卢珊提起的这个叫弦越的人,重重关掉水龙头,"那个人,不可能的!一份稳定的工作都没有,茜茜怎么能嫁给这样没有担当的人呢?"

"不是啊。"卢珊替周弦越有些不值,"他很有才华的,只是现在……可能……搞艺术的不都这样吗?说不定哪天大火了呢?"

"珊珊,这点没得商量啊。你找男朋友也一样,不能去赌的!才华?才华没有用的!整天站在台上咿咿呀呀的,不做点脚踏实地的事,这样结婚要吃亏的啊!"

卢珊知道自己拗不过大伯母,也只能打消了这个念头,深深叹了口气,看向那紧锁的门,希望……他们能够帮上姐姐吧。

手机滴滴滴地响起来,那个叫周弦越的微信栏写着:珊珊,谢谢你了。替我祝茜茜幸福。

她打了一行字,又删掉,然后说:放心吧。

9

水晶球缓缓转动,卢茜的意识渐渐迷离。

赵央是看不见的,只听到阿喜轻轻发出一声低沉的音节。

他知道阿喜应该是看到了点什么,虽然他什么都没有看到,却仿佛跟阿喜一般将心提到了嗓子眼。

阿喜先是听到了唱戏声，她没怎么听过戏，分不清是越剧还是昆曲，但声音婉转，越来越近。

她跟在一个穿着军装的男人身后，走进了一个叫"桃凛台"的院子。

那人脚步轻快，阿喜不及看清他的脸，跟他上了二楼茶座，在视野还算不错的东南角长桌落席。

大概是提前预约的，桌上有些许点心，还有一盏还冒着热气的茶。

阿喜抬头，终于看清这穿军装的男子的样子，五官俊秀，棱角分明，二十出头的样子，肩上配着军衔。

阿喜不太懂，但猜想这是一个年轻的将领。他似乎对面前的茶和点心并无兴趣，那一双若是不笑便有些严厉的眼睛，此刻微微一弯。

顺着他的视线看去，台上的情景一览无余。

一个身着白衣的伶人上场，乐器声起，这是今日的最后一出戏——《长生殿》。

这小小的戏台子，唱的倒都是经典名作，她不懂戏，但也瞧得出台上那人唱腔婉转绮丽，时而明快，时而凄婉。难怪身畔这一位，要对其刮目相看了。时间像是被拨快，那台上的戏很快唱完，有穿着中山裋子的人过来向着军装的男子打招呼，唤他陆庆宇。

再过了一会儿，台阶上起了脚步声，她回头看去，是一个眉目俊朗的少年，有些清秀，张望着像在找什么似的。忽听陆庆宇打了个响指，嘴角一牵："冯生。"

阿喜心里一惊，忽想起之前的程小海来，也是这样的男生，唱出迤逦动人的女腔。

那台上的自是冯生无疑了，反串伶人，玲珑小生。

"方才唱得极好。"陆庆宇夸赞道。

冯生坐了下来，指着那绿豆糕道："玉玲珑的绿豆糕？"

"特地点来的。"

"我能尝尝吗？"

"自然。我不喜甜，都归你了吧。"

在冯生纤细的指尖将绿豆糕放入口中时，忽然风云巨变。阿喜只觉得头重脚轻，眼前一黑，再度见光，却只见灰色的天际，炮火声慢慢清晰起来。阿喜意识到，天空的灰色是战火带来的。

往周遭一看，都是逃亡的人群。

生在和平年代，真见着这夺命炮火和枪支，即便知道是幻境，阿喜还是忍不住觉得太阳穴猛地一炸。她不禁握紧了腰际挂着的刀,四处搜寻着冯生和陆庆宇的踪迹。

毕竟是当事人的幻境,她很快找到了陆庆宇,这才发现,那起了熊熊大火的地方,正是曾经的"桃凛台"。

戏箱散落一地,化台妆用的铅粉洒得满地都是,各色头饰蒙了炮灰。也有尸体趴在地上一动不动。

穿着军装的少年,正冲进大火之中去找冯生。

眼前火光熠熠,阿喜的心也跟着灼热起来。一个火舌朝她袭来,她整个人被热浪一卷……再醒来,竟是一个喜事现场,新娘打扮的陆庆宇和新郎在台下敬酒。

而戏台子又搭了起来,伶人上台,一出好戏引来掌声雷动。

却见那伶人打扮的冯生眼中掉下泪来……

眼前又是一黑,再度醒来之时,只见自己在街道之上,周遭起火,尸体越来越多。远处有枪声,阿喜看到冯生仓皇飞奔,一枚子弹从远处朝他射来,她下意识地举刀去挡。

她自然无法对这个记忆做任何改变,子弹穿过她,直射进身后冯生的胸膛……阿喜只觉得头皮有些发紧,炮火冲进她所在的世界,死亡的气息扑鼻而来,有人撕心裂肺,大喊着怀中已死之人的名字。

"冯生!冯生!"

阿喜没站稳,脚下一个趔趄,赵央下意识地摸索着扶住她:"还好吗?"

她点点头。水晶球前的卢茜,还闭着眼睛。

阿喜听到自己说话的声音:"老大,她不是冯生,是陆庆宇。"

10

卢茜转醒的时候,发现自己脸颊上挂着眼泪,迅速抹掉,抬头看着赵央,又看看阿喜。

"所以……"她的嗓子有些发哑,"我到底是谁?"

"卢茜,我接下来说的话,只是一种猜测。"赵央开口道,"虽然科学猜测里,的确有前世今生的说法,但至今也没有实证可以证明它的存在,但我想,有一种理论,可以对上号。"

"时空记忆。"赵央耐心地解释道,"有时候明明是第一次经历某些事,到一些地方,却有一种似曾相识的感觉。或许是梦里见过,但也有可能,是撞到了时空记忆。我们将人的灵魂称为磁场,灵魂其实就是一种记忆体,一个人的一世所保留下来的所有经历,都会容纳在这个记忆体内,这也是人之所以为人的根本。当肉体消亡,这记忆体是否消亡呢?不一定。所谓灵归各位,指的是记忆体随着肉身消亡而各就各位,去到它们该去的地方,暂且称为天堂也好,或是一个我们所不能触及的多维空间也好。总而言之,不是我们现在这个三维世界的人可以触碰到的。但……多维空间是否可能产生交集?"

赵央抛出的问题,显然是一个反问句,也就是说,这是一场多维空间交集导致的"记忆碰撞"。

卢茜听得很仔细,虽然赵央的话让人有些迷糊,但她努力去听了。

"所以……你的意思是,我只是不知运气好坏地接受了一个陌生人的……记忆体?而且这个人……是很多年前的人?"

"可以这么讲。我们再回到这个记忆体本身。这个叫冯生的年轻男人。"赵央缓缓开口说,"你讲的几出戏,都是民国时期的名剧。再加上你描述的周遭,车马行、铁皮军用车,还有炮火声、戏园子。冯生应该是个戏子,这点没问题吧?"

她点点头。

"而你喜欢听戏,你所接收到的片段,都是跟随冯生的画面,戏园子也好,逃跑时的子弹划破心脏也好……"赵央面向唱片机发出声音的位置,"这是第一视角,我认为你不是冯生,而是……冯生对面的人。"

"什么意思?"卢茜有些茫然,看着他的背影不解地问道。

"这么说吧,照相摄像的原理你明白吧?"

照相摄像是以旁观视角来记录的,但记忆通常以第一视角,也就是说,人们保存的记忆里,除了镜子里,是不会有自己的本身出现的。所以,卢茜的梦境如果是记忆的话,那所看到的冯生,就不是自己,而是这个记忆体记得最刻骨铭心的人。

卢茜的脸色变得有些苍白,她闭上眼睛,细想着让她误以为自己是冯生的那个人的脸,还有他死时的模样……他……是死在她的怀里的吧……她有些颓丧地坐在椅子上,喃喃地道:"那……那我是谁呢?"

"阿喜。"赵央叫了阿喜一声,示意她来告诉卢茜。当然,他们之前就已经对好了台词了。

"你……是冯生的恋人,是一个女军官。"

啊?卢茜一愣。

"可是我明明觉得自己是个……"

"对。是因为冯生的记忆让你误以为自己就是冯生本人,所以你才会去模仿。何况,当时你作为一个军人,并不喜欢女性所喜欢的东西,行为举止自然也像个男性。"

"可是……"卢茜有些将信将疑。

"我想,卢小姐,"赵央道,"我现在可以称你为卢小姐吧?你只是因为不想嫁给不爱的人,而感到抗拒,对不对?你有所爱,有所惦记。"

卢茜低下了头。

没错,在林先生之前,她曾有一个交往多年的对象,叫周弦越。只是因为家里反对,卢茜只能忍痛分手。

她一向都是乖乖女,从不忤逆父母,但其实内心里却有一股执念。而这一场"记忆风波",无疑让她的执念爆发,显露出来。

她喃喃自语道:"其实我很想知道前一世的那个'我'为什么没有和心爱的人在一起。不过我更弄不明白,自己为什么要放弃周弦越。我好像总是在屈服,总是听大人的话,可是我自己要什么,我居然……我居然一点都不知道。我该怎么办啊……"

卢茜掩面哭泣。赵央没再多说什么,这段时间发生的事已经让卢茜难以负荷了。他告诉卢茜,即便记忆体对她造成冲击,无法摆脱,但她也应该想一下,这样对"卢茜"是否公平。

记忆不该是覆盖的,拥有了一份跟自己无关的记忆是一件神奇的事,不该成为她的负累。起码,这个记忆可以让卢茜去真实面对自己,并不是坏事。

赵起身告辞时说:"卢茜,你不需要忘记自己曾经是谁,你只要记住,你现在是谁。然后,跟着你的心,选你最想要的那一条路。"

11

三天后,周弦越的大戏。

客人不多,他的话剧并不卖座,但不得不说,他非常有戏剧天赋,似乎天生就是该在这舞台上表演的人。

卢珊此刻就坐在姐姐身旁,她依旧还是男装打扮,似乎怎么都回不到从前那个娇滴滴的女孩了,但起码,她不再排斥自己叫她姐姐。

大幕落下之时，那台上的人鞠躬致敬，坐在黑暗之中的卢茜泪流满面。

那种感觉很复杂，曾经她无数次坐在无人的观众席，做他唯一的观众。那些没有她的注视的岁月里，不知周弦越会不会失落。

散场时，卢珊不断地拖延时间，卢茜知道为什么，但也由着她了。几分钟后，就看到台上还来不及卸妆，画着大花脸的男人冲到面前来。

他似乎很是惊喜，慢慢走近她："茜茜，你终于来了。你还好吗？"

卢珊在身后推了沉默的卢茜一把，卢茜脚下一个趔趄，险些摔倒，还好有双手拥住她。

一个熟悉又久违的怀抱，让卢茜的眼泪不住地下坠，她回以一双手，和他紧紧相拥……

几个月后，研究所收到了一封请柬。

上书："周弦越与卢茜的婚礼，邀您参加。"

话说，卢妈妈那头虽然对这个女婿不太满意，但这总比……总比她唯一的女儿，就这么孤独终老强吧，于是也就欢天喜地接受了这个结果。

请柬是俗气的大红色，烫金的字儿，却让阿喜莫名地觉得感动。

婚礼现场。

喜宴开始，婚礼进行曲缓缓响起，远处的卢茜着一袭白色的婚纱，明艳动人……

此时，站在舞台上的周弦越笑容灿烂，让阿喜心里忽然一咯噔。

那笑容，好熟悉。

"老大，你说……这周弦越，会不会就是曾经的冯生啊？"

一旁的赵央想了想道："有可能。"

阿喜的目光跟随着新娘，口中向赵央播报着进程。

她看到卢茜缓缓走向她今生要相伴的男子，白色的婚纱拖过幸福的红色地毯……她看到他们彼此眼中的爱和深情。

阿喜仿佛看到，空空荡荡的戏园子里，冯生着一袭女袍，幽幽地吟唱一曲《梁祝》。

台下穿着军装的陆庆宇，眉眼里都是爱。

生在太平年代，这两人终于不用被炮火分离，不会被社会所苛责，也不再为强权所耽误，也算是命运的一种特殊弥补了吧。

有部电影里说，我们都是世间的小人物，就不要太计较了。也正因为我们是这世间的小人物，只活这么一世，一定要珍惜自己想要珍惜的人，不要为任何的阻碍羁绊而后悔一生。

毕竟，有些事，有些人，千金不换。

第四章

·

匠魂

1

新星小学一年级一班,小雀咬着嘴唇在门口罚站。

她的眼眶里蓄满了眼泪,拼命地跟自己说"不能哭"。

半个小时前,手工课开始,负责的老师收了作业,几个小朋友被表扬后一脸洋洋得意。然后手工老师忽然板起脸来说:"但是有些同学,却不知为什么要撒谎。"

众人将目光投向了小雀,小雀低着头,听到老师傲慢的一声:"小雀同学,请你站起来再回答我一次。"

老师手里是一盒纸鹤,看样子得有一百多只,只只迷你却精致,就连翅膀都被捏得有了弧度,看起来,简直像是随时会活过来似的。

小雀站了起来,紧咬着嘴唇。

"这盒纸鹤,是不是你买来充当作业的?现在承认,也没有关系。"

小雀摇摇头。

"是你们院长帮你做的吗?"

其实老师并不太在乎家长帮忙这件事,毕竟这群孩子才不过七岁。

但是对于这个年纪的孩子来说,什么最要不得?

撒谎,最要不得。

她知道,这个叫小雀的孩子是住在孤儿院的,连幼儿园都没有上过,甚至拿到乐高玩具都无从下手。她每次手工课的作业永远是最简陋最敷衍的。

而现在,这个小雀却交出了连她这种专业的老师都做不出来的漂亮纸鹤。

好,她给这个孩子一个机会承认,如果她说是孤儿院的阿姨做的,她就打电话去问一问,这也不是什么大不了的事嘛。

"不是。"小雀抬起头来,她的脸上有些凝重,似乎在思考一个问题,然后她支支吾吾地说,"老师,我真的没骗你。是……"

她犹豫了一下,然后斩钉截铁地抬起头来:"是仙女帮我做的!"

教室里出现了两秒钟的沉默,然后哄堂大笑。这些七八岁的孩子,不像台上这个老师的童年一样天真,相信童话和仙女。其中有一个戴着眼镜的男孩捧着自己的腹部,哈哈笑着说:"你骗谁呢!我爸爸说了,现在是科学社会!哪有什么仙女啊!哈哈哈哈哈!你撒谎能不能靠谱点!"

小雀面红耳赤地瞪着那个男孩,大声地说:"我没骗人!"

"不要吵!"老师气得有些肺疼,她可是给了这个小雀机会的,"小雀,你再说一遍?到底是谁?好,这个仙女是谁?"

"是……"小雀的目光有些游离,这在老师看来就是说谎的心慌,但其实,小雀只是不笃定,她喃喃地说,"是……反正是仙女,反正就是仙女!"

"好啊,不诚实是吧?我待会儿会打电话给你们院长!让她过来领你回家!"

"不要。"小雀哀求地看着她,"老师,院长阿姨真的很忙,能不能不搅她?"

"呵呵,你还知道关心你们院长忙?那你还这么不懂事!撒谎?出去!"老师忍不住了,板起脸来指了下门口,"罚站去!好好反省反省!

老师将小雀的纸鹤倒进垃圾桶,小雀咬了她的手臂。

一个小时后,阿喜站在办公室里,尽管面上还是一脸的冰霜,但其实已经气得不行了。

要不是赵央给她上了好久的情绪管理课,她早就跳到桌子上炸了。

也是临时这几天有空,赵央提出给她放个假。她想起孤儿院里自己熟识的小妹妹小雀刚上一年级,还没去看过她。于是阿喜拿着赵央提前开给她的工资打算接她放学,没

第四章·匠魂

想到赶上这事儿。

她看到小雀灰溜溜地站在办公室里挨训,身上的校服也被撕破了,头发乱七八糟的。
她赶来找小雀的时候,正是一年级二班的混战结束。
据说,是小雀先动手咬了老师,老师倒是有些无辜,不过班上代表正义的班长却冲出来,将小雀一把摁住。
两个人扭打了起来。小雀是女生,虽然一开始有些失去理智,一副要拼命的仗势,但哪里扛得住一个比她高一头的男生的力气,很快就落了下风。
身上的校服被撕破,脸上有一道划痕,但这小丫头咬紧牙关,拒绝示弱。
之后她就被拎进了办公室。虽然是小学生,但手工老师表示,必须严惩,这对老师不尊重还打同学的罪名,实在不可大事化小,否则难以服众。
阿喜表示,明明打架的是双方,为什么只有小雀一个人受罚?可那手工老师见阿喜也不过是一个小姑娘,气急败坏地说:"他受伤了,去医务室了!还有,你是家长吗?这事儿,你说了没用,必须喊家长!"

小雀眼上的眼泪已经干涸,脸上却写着倔强,见阿喜走向她,她弱弱地带着哭腔说了句:"我没骗人。"

阿喜毕竟不是长辈,因此大家对她也没太放在心上,这时办公室里的几个人,你一言我一语地说着。
"这事儿跟家教可是划不开的。孤儿院的孩子……总归是欠了点……"
"是啊,小孩子撒谎这件事,可要不得咧!以后,可是会闯大祸的!"
"就是就是!应该好好管教啊!"
阿喜可以感觉到,一旁罚站的呆呆的小雀,肩膀微微动了一下。
阿喜最烦的,就是大人们这种口吻。她心疼小雀,忍不住在办公室里冷冷开口道:"因为一点点小错误,就把孩子钉在耻辱柱上,诸位老师是有多高洁?"
只见那位手工老师一下炸了:"你是谁啊?你是小雀的姐姐是吧?你这个小姑娘怎么对老师这么没礼貌!这还一点点小错误呢?这些千纸鹤,怎么可能是她折的,小朋友根本折不出这样的千纸鹤!"

阿喜没搭理，径直走过去，指着那堆手工作业道："老师明明知道小朋友办不到，却还要布置这样的作业，是不是也有点过分呢？"

这样一说，其他老师也觉得有点道理，登时就不言语了。手工老师年纪也不大，顿时急了："本来手工作业就有一项是亲子互动！如果她老老实实告诉我们院长没空，交白卷我也不会为难她，谁让她骗人呢！"

小雀一听到骗人二字，顿时也急了，大眼睛里蓄满了眼泪，跺着脚嚷嚷："我没有骗人！"

"她说了她没有骗人。"阿喜道，"请你跟她道歉。"

"我道歉，你怎么这么没教养啊！"

"说谁没有教养呢！"

这时，门口飘来一个声音，打断了这场喧闹。小雀吓得噤声，求救般地看向阿喜。

来人，正是钟阿姨。

钟阿姨来之后，跟旁边的阿喜打了个招呼，环顾了一下四周。在得知一切之后，她凶巴巴地瞪了小雀一眼，小雀吓得后退了一步。钟阿姨换了张笑脸道："各位老师，我想这是有什么误会吧。小雀哪有撒谎啊。"

"怎么没撒谎，她非说是什么仙女帮她做的！"手工老师气呼呼地道，"小朋友们都不信，还让我个成年人信啊？"

"呵呵。"钟阿姨冷冷笑了笑，站起来，背着手转了一圈，然后忽然扭头笑得让人觉得有些恐怖，"你怕是不知道吧，我就是小雀口中的那位仙女。"

她走到那位手工老师面前："听说你把我亲手做的火烈鸟给扔垃圾桶了？"

那慈祥的双眸，让那位被盯着的老师毛骨悚然，结结巴巴道："是……是千纸鹤，不是火烈鸟。"

钟院长皱了下眉头："管它是什么呢，不过老师啊，光这件事，您是不是要跟我家孩子道个歉呢？"

那原先还占理的老师脸色一僵，本来就是二十出头的小姑娘，一下子被吓住，半晌说不出话来。

"一年级的学生，你布置的作业，有点过重了。"旁边一个老师出来做和事老，向手工老师道。

"这不是帮着他们更好地成长嘛!现在小孩的动手能力多差啊!"

钟院长拎起桌上的一只千纸鹤:"叠一百个千纸鹤?这怕不是在为难孩子,是在为难家长了。老师,我希望你在布置作业的时候,能够考虑孩子们以及家长们的实际情况。现在的家长都很疼孩子,为了他们,可以在工作累得要死的时候挤出时间,只为了让孩子不掉链子。但是……"

她看了一眼小雀。

"总有几个懂事的孩子,是怕自己叨扰到大人的。不是吗?"

手工老师却仍在争辩:"可是……毕竟手工课有手工课的规矩!那不如取消算了。"

钟阿姨冷冷一笑,冲着她说:"作为老师,是不是应该对孩子多点耐心?还有,我不希望我们家孩子,因为她是孤儿的事被人另眼相待。我告诉你们,我们揽山虽然是个孤儿院,却也是个大家庭,我就是她们的家长!有我钟小玉在,谁也别想欺负我们揽山的孩子!我现在要求你,还有那个跟我们家孩子动手的那个男同学,跟我们家孩子道歉!"

阿喜一听,眼见着面前的几个人都有些发怵,心里还真是解气啊!

2

就这样,钟阿姨将小雀和阿喜领出了校园。

经过一家文具店的时候,有个女人跑了出来,似乎认识钟阿姨。她瞧着小雀的狼狈样子,有些焦心地问道:"钟院长,这是怎么了?小雀被谁欺负了?"

钟阿姨没回答,而是问道:"老板娘,小雀是在你这儿买的折千纸鹤的纸吗?"

"没错啊。"老板娘长相清秀,只是看起来有些憔悴,"怎么了?"

"你……给她叠纸鹤的?"钟阿姨犹豫了一下问道。

"没有啊,她说就是买纸……"老板娘反应过来,"不会是没完成手工作业吧?哎呀我应该帮帮她的……"

这时,小雀忽然铆足劲朝着钟阿姨抗议道:"阿姨你不信我!我说了,是仙女!就是仙女!我没有撒谎!"

钟阿姨一把揽过一脸委屈的小丫头:"好好好,没撒谎。咱们回家说。"然后,她向着老板娘,鞠了个躬,"我们先回去了。您不用担心。"

可阿喜却看见老板娘忧心的眼神一直挂在小雀身上，一直到她们走出老远。

不过，护犊子归护犊子，把小雀带回揽山之后，钟阿姨的脸立马就拉了下来。

阿喜过去将带来的礼物给孩子们发完回来，小雀已经不知去向。

钟阿姨坐在院子里的秋千上，叹了口气，回头见阿喜出现，招招手让她过来。

秋千还是从前老院长扎的，阿喜小的时候，常常坐的那一个。那时候揽山还没现在这么冷清破旧，院子里也常常都是孩子。

阿喜坐下来，问了句："小雀呢？"

"死活不认错，我让她关禁闭了。"

阿喜头皮一炸："院长，这可能……"

钟阿姨知道阿喜对她这个略显粗暴的决定会有非议，但也只是叹了口气："阿喜，我现在管着那么多孩子，尽管我爱他们，但真的没办法一个个去细心地关照。"

阿喜理解，虽然说手心手背都是肉，千手观音也没办法对每个手心手背了若指掌。

"这些孩子，跟揽山都是有缘分的。小雀第一次被送来，是老院长接的她。第二次是我。第一次被父母抛弃倒还小。第二次，她却记事儿了。那之后，其实也有个女人，很喜欢她。哦，你见过的，就是那个文具店的老板娘，她很喜欢小雀，加上她的孩子也去世了，所以她曾经有过领养孩子的想法。"

阿喜脑海里闪过那个女人的脸，想起她对小雀的关心，确实是真的。

"那为什么不带走小雀？"

"小雀被人屡次丢掉，其实对她来说，伤害很大的。虽然被领养是个好事，但我真的很担心她再次受到伤害，她自己也很抵触……哎……"

阿喜继续听她说，侧过头看钟阿姨的脸。

阿喜看到钟阿姨的身上有些重影，淡一点的那个影子，尤其疲惫发灰，阿喜不免心一沉。

"但凡是揽山的孩子，不管他们能留多久，我都希望他们能够真诚，善良……老院长也说过，这是为人的根本。这是孩子们该有的纯洁灵魂。小雀很善良，但是……撒谎，是我不能接受的品质。我也不忍心罚她，但是没有办法啊。她的手指的问题，不是我不愿意给她治疗……我很心疼她的。"

小雀的手指粘连，不仅仅是皮肉粘连，她左手其实只有四根手指。食指和拇指的指心骨是共同生长的。动起手术来麻烦不说，也无法根治。

钟阿姨对这些孩子其实算很好了，起码她没有放弃他们，只是有时候，总是分身乏术。

"院长是觉得小雀在撒谎对吗？可我觉得小雀的回答很有趣啊。"阿喜皱着眉头想，"记得我小时候，老院长就常常跟我讲，揽山孤儿院里住着仙女，会照应所有的小朋友的事儿。我们大人不能说了这些童话，又去否定这些吧。"

"我刚问了揽山所有的阿姨，都说没有帮过小雀。"钟阿姨叹了口气，"这孩子很懂事，但有时候真的是太犟了。就拿毛毯的事来说吧，到现在她还戒不了。现在我有点担心这条毛毯会害了小雀。"

"就是那条……小雀被送到孤儿院时包着的毛毯吗？"阿喜不懂，"为什么一条毛毯能害人呢？"

钟阿姨脸色一变："不吉利啊！"

然后她语重心长地说道："阿喜，我知道你现在长大了，也成了一个心理咨询师的助手。不然这些话，我是不该跟你说的。但我最近觉得小雀越来越孤僻，还经常跟毛毯自言自语。我有点怕那条毛毯……"

阿喜眯着眼睛，示意她说下去。

"她过分依赖这条毛毯，刚抱来的时候她的小手就一直攥着毛毯的角。当时你还小，在孤儿院门口，出了一次车祸，有个年轻的女工就这么没了……就是小雀抱来的那一天。"

"是小雀的妈妈吗？"阿喜的心漏了一拍。

"应该是。"钟阿姨点点头，"只要毛毯一离身，小雀就哭，我也没办法了。这么多年，她一直很依赖这条毛毯，好几次跟我说，毛毯有她妈妈的味道。我听得心里难过啊。阿喜，我很担心小雀出问题。"

小孩子，在刚来到世界不久的时候，总是会依恋某个人或者某样东西，比如奶嘴，比如安心毯。小雀今年七岁了，是不该再太过依赖一样物件。但无论是什么，要戒掉，都不是一件容易的事。

原来，小雀是这样被送来的。

"阿喜，所以阿姨也希望你今天留下来。你开解开解小雀，给她做做心理辅导，好吗？"钟阿姨为难地说，"撒谎倒没什么，我是真怕她糊涂了。"

"当然可以。"阿喜爽快答应，她也想弄清楚，小雀说的仙女，到底是怎么回事。

"太好了！"钟阿姨面上露出了喜色，但那个淡一点的影子似乎一点波澜都没有，还是耷拉着脸,面如死灰,"我立马让人去给你收拾间屋子。"

"不用了,我晚上和小雀一起睡吧。我们俩都瘦,小床挤得下。"

阿喜从秋千上起身,冲钟阿姨笑了一笑:"阿姨,要注意休息,如果忙不过来,就要及时说,您要是累倒了,揽山的孩子该怎么办啊。"

那个淡淡的影子上的五官,像是有了一点情绪的波动,和钟阿姨一起抬起头来,冲阿喜笑了笑。

"好。"钟阿姨答应了一声,然后说,"阿喜,见到你现在这样,阿姨和老院长,也放心了。"

"放心吧。赵老大对我很好。"

"你……还能看到那些东西吗?"钟阿姨迟疑地问了一句。

"看不到了。"阿喜露出了一个洁白无瑕的笑容。

这是一个谎言,钟阿姨说她最讨厌谎言了,但阿喜知道,有时候,谎言可以让人心安。

比如此刻,她明明可以看到钟阿姨身上有个疲惫的影子,却告诉她,她什么都看不到。

疲惫的影子,倒不是什么大不了的事,赵央之前跟她说过,人在精力透支的时候,表面上还是一副打了鸡血的样子,灵魂却先败下阵来,露出疲惫不堪的真面目。

常出现在过劳者身上,但只要稍加调养,便能再次合而为一。

3

此时的小雀,被关了禁闭。

揽山孤儿院是西式建筑,层高不低,房子也老,加上市中心南迁,本就在郊区的它渐渐就处在了晏城的边缘。

禁闭室在最里的一间屋子,什么都没有,灯也很暗。

犯了错的孩子会被关在这个屋子里。对于大人们来说,这是让孩子面壁思过、冷静反思一下自己的过错。但对于孩子来说,在这样的禁闭室里关着,是一件可怕的事。

小雀知道,其实只要拜托一下阿喜,自己就能逃过这一劫,可她心里赌着气,觉得委屈,于是蹲在禁闭室的角落里默默落泪。

灯太暗了，还一闪一闪的，僻静的夜晚，小雀仿佛可以听到四处蛰伏的妖魔鬼怪。她整个人开始发抖，蹲在角落里，强迫自己去想一些别的事。比如一些开心的事。可她居然想不起来有什么开心的事能分心了。她伸出自己的手，幽暗的空间里，她看到这双曾经吓到别的小朋友，被他们称为怪物的手，这是属于她的，魔鬼的烙印。

她的左手食指和中指黏连在一起，和别人灵活的双手不太一样。

其实小雀曾经有被领走过，被一个很漂亮的阿姨带走，那时候她才不到三岁，是被领养的最佳时期，阿姨觉得她很漂亮也很可爱。后来，阿姨有了自己的小宝宝，跟她的丈夫商量了一下，就把小雀给送回来了，以"要养自己的孩子，没有余钱替小雀治疗手上的残疾"为理由。那时候，孤儿院领养的规矩还不像现在那么多，"退货"也很顺利。

但小雀一直想，或许是因为手的原因，她才被抛弃。

所以，在上小学之后，小雀几乎很少将左手掌露出来，这是她最自卑的地方，比她是个孤儿还要令她难过。

这也让她在手工课上非常烦恼，越是做不好的事情，她越是想要死磕到底。可是双手不听话，她怎么都没办法在手工课上表现好。

昨天的作业也是，她根本没办法折出一百只千纸鹤，她的手，连完成一只都够呛。她的手实在是太笨拙了。一想到交不出作业就会被手工老师批评，她就难过得要命，但她实在是不敢去麻烦钟阿姨。她最近太忙了，有一次还晕倒了。

她试图回想昨天的场景，但她一点也想不起来，只记得自己早上起来，桌上摆了一百只千纸鹤。她记得从前钟阿姨给她讲过一个叫田螺姑娘的故事，田螺姑娘是个仙女，那么，帮她完成这件事的，应该也是仙女吧！

可是所有人都不相信她，钟阿姨甚至关她禁闭。她太伤心了，在这黑黝黝的屋子里，她的神经变得极其脆弱，整个人微微发抖。

要是毛毯在……有毛毯在的话，她就不会怕了。

此时，那扇紧闭的门被轻轻地叩响了，紧接着吱呀一声，阿喜和门外的亮光一起进入了这间冰冷的屋子，角落里的小雀看清楚来人，猛地扑上去，一把抱住了阿喜，将眼泪鼻涕揩得她身上都是。

其实阿喜跟小雀并没有真正一起生活过。只是数年后，她回到揽山孤儿院的时候，这个缩在角落里被再次遗弃的孩子的眼神，让阿喜有些心疼。她小心翼翼地讲话，小心翼翼地走路,似乎生怕得罪任何人。手里,一直拎着一条毛毯。

4

几分钟后,揽山孤儿院发出了一声撕心裂肺的哭喊。

当阿喜带着小雀回到屋里,小雀第一时间就去找了自己的毛毯,她对毛毯的依赖程度,超过了阿喜的预料。在发现毛毯不见了之后,小雀整个人脸色惨白,她几乎是以闪电般的速度冲出去,一个踉跄摔在地上,阿喜正要心疼地上前扶她,她又一骨碌爬了起来,朝着钟院长的屋子跑去。动作快得像一头小豹子,而且像一头最心爱的宝贝被人抢走了的小豹子。

阿喜几乎追不上她。

当她赶到时,只见小雀死死地抱着钟院长的腿,大哭着说:"求求你!钟阿姨,小雀以后再也不犯错了,求求你不要扔掉我的毛毯!"

钟阿姨的手里,此时就拿着那条小雀所依赖的,看起来旧旧的,洗得掉了色、变了形的毛毯。她眼见小雀的反应这么大,更坚定了自己要强制戒掉她的"毛毯依赖症"的决心,于是凶巴巴地说:"小雀!你是一个大孩子了,阿姨还指望你帮我照顾新来的小朋友呢,你不给他们好好树立榜样,怎么做一个大姐姐!松手!"

可小雀死死地抱着她的腿,只顾歇斯底里地大哭。

"求你……求你了……"

阿喜顿时不知道该怎么做好,她觉得钟阿姨做得没错,却哪里忍心小雀哭成这样,她已经够可怜了。

这时,钟阿姨看向阿喜,寻找说客:"你让阿喜姐姐评评理,阿喜姐姐跟你一样大的时候,也没有这么依赖一件东西!你是一个大孩子,要懂得独立,情绪要学会控制!"

小雀什么都听不进去,可阿喜忽然像是懂她了,她上前一步,说道:"钟阿姨,把毛毯还给小雀吧。"

"什么?"钟阿姨万万没想到,自己的帮手居然做了"叛军",一愣之下,小雀一把将毛毯抢了过去,紧紧抱在怀里,大哭变成了啜泣,一副失而复得的惶恐。

"你看看,你看看这像什么样子!"钟阿姨气得跺脚,不理解地看着阿喜。

阿喜却笃定地对她点了点头："阿姨，今天可能不适合……我会好好跟小雀说说。拜托了！"

钟阿姨虽然生气，可毕竟阿喜现在是客人，她只能作罢，摆摆手说："算了，算了，明天再说吧。"

阿喜陪着小雀回房间。小家伙脸上还挂着眼泪，将毛毯死死攥在手里，似乎怕有人随时会抢走似的，直到回到屋里，才心有余悸地叹了口气，回头冲阿喜说："姐姐，谢谢你。"

阿喜过去捏捏她的脸，问："这条毛毯，就这么重要吗？"

"那是当然啦！它是我最好的朋友！从我到这里来，它就一直陪着我。我不能没有它。"小雀的尾音带着些颤抖。

阿喜握紧了自己腰间的那把瑞士军刀，她忽然懂了小雀。有些东西，是一种象征，或者是安全感，或者是陪伴，谁要是妄想拿走它们，简直跟要了命一样。

小雀和她一样，都是没有安全感的孩子。

这时，小雀委屈地抬头看着阿喜。

"姐姐，我可以告诉你一个秘密吗？只是说出来，我怕你不相信我。"

阿喜脸上露出一个坚定的笑容。

"我相信小雀。"

小雀看了一眼自己怀里的毛毯，抽着鼻子说。

"我的毛毯朋友，是有生命的。我……觉得，它可能就是帮助我的那个仙女！"

阿喜一惊："啊？"

"真的！"小雀认真地说，"昨天晚上……"

头天晚上，小雀含着眼泪睡着，几乎梦到了自己挨训的样子，刘老师勒令她伸出手来，打她的手心，她将手一伸……

那双让小雀不愿意示于众人的手，就这样，在众目睽睽之下……

所有人在笑。

"那是怪物的手！哈哈哈哈哈！怪物的手！"

小雀在梦里哭到不行，然后突然就醒了。小夜灯还开着，平时她倒是记得关掉，虽然她很怕黑，但因为要替揽山省电，她宁可缩在被窝里把整个脑袋蒙住也不愿意浪费电。

当时，她张开迷迷糊糊的泪眼，正要将手伸过去拉灭夜灯的时候……

小雀看到了令她惊奇的一幕。

那条毛毯正浮在空中，不疾不徐地叠着纸鹤……

毕竟小雀现在也不小了，加上白天这么多人不相信她，嘲笑她，说完这些的时候，小雀去看阿喜的脸色，生怕她也不相信，极其委屈而小心翼翼地道了句："姐姐，我真没有撒谎。我真的……看到了。"

阿喜坐到她旁边，虽然满腹存疑，但还是抱着她的肩膀说："嗯，我相信你啊。"

"可是你不觉得……毛毯……这个……很奇怪吗？"小雀有些语无伦次。

"小雀是怎么想的？"

赵央说过，在不能下定义的时候，倒不如先问一问，当事人自己的主观想法。

小雀温和一笑："我想，一定是我对毛毯许愿，它听到了吧……"

她又是惶恐地道："可是我真的很怕，钟阿姨会把它扔掉。你可以帮我求求她吗？"

阿喜郑重地点点头："当然，钟阿姨很听我话的。"

"真的吗？"

"我相信小雀，小雀也该相信我啊。"阿喜眨巴了一下自己的眼睛，"我保证，钟阿姨不会再扔掉你的毛毯。"

大概是阿喜的许诺让小雀放下了心里的恐慌，她终于舍得把毛毯撒手，在完成自己今天的作业之后，和阿喜一起躺在了小床上。

其他的孩子看到阿喜还有些害怕，毕竟阿喜不太爱笑，但小雀很喜欢她，她絮絮叨叨地讲了很多学校发生的故事。她也告诉阿喜，其实同学们平时都还挺好的……包括今天和她打架的陈霄，有次因为小雀没带作业本，还把自己的借给她呢。

小雀仰着头看着天花板说："阿喜姐姐，其实我没有什么可抱怨的对不对？我有钟阿姨，有你，我们班主任也对我很好……虽然手工老师不是很喜欢我……但是没关系，她二年级以后就不教我了！还有……我还有毛毯啊……你不要批评我哦，其实我现在已经不需要抱着毛毯睡觉了，也不会时时刻刻惦记着它，只是有伤心事的时候，我还是会想要它陪着我……但是有时候，我看到同学们……有妈妈来接……我也会想，我妈妈现在在哪儿呢？"

阿喜抱了她一下。

"小雀希望妈妈过得幸福吗?"

"当然希望啊!"小雀侧过头,斩钉截铁地道,"虽然她当初……她肯定是因为没办法才离开我的……啊……好困啊……今天大概是打架打累了……"

小孩子还真是好,小雀才刚打了个哈欠,下一秒,居然已经头一歪睡着了。

阿喜微微用手肘撑起脑袋,笑着看这个小丫头。

这么可爱的小丫头,为什么没有人想把她带回家当女儿呢?尽管钟阿姨也很喜欢她,但毕竟作为揽山孤儿院的管理人,她连自己的家庭都没时间去建立,又怎么可能给小雀完整的爱呢?

那句话是怎么说来着的?

给你一个家,这个家,是要阻挡风暴的,是要在围墙之内,将所有的温暖都兜住的。

那些来领养孩子的大人们,更喜欢还少不更事的幼儿,觉得他们可以忘记自己被领养的事实,成为他们真正的孩子。但是小雀这样,牢记着别人的好的孩子,难道不更值得被爱吗?

"小雀,你想……再有个家吗?"

小雀的嘴巴嗫嚅了一下,阿喜凑近耳朵细听。

她在说:"对不起……衣服撕破了……陈霄也不是故意的……对不起……不要生我的气,不要赶我走……"

阿喜的心里忽然一空,她想起了钟院长口中毛毯的真正秘密。

七年前,一个制衣工厂的女工,刚生下孩子。

那是晏城的冬天,灰扑扑地下着雨,很冷。

制衣工厂倒闭的时候,她身上再没有一分钱。因为营养不良,她奶水不足,连孩子都喂不饱。

这个女人的命很苦,她从小没有爸妈,被亲戚收养,寄人篱下,后来流离失所。遇到自己丈夫的时候,满以为有枝可依,却没想到,那人跑了。

她就住在一个小小的地下室里,寒冷,逼仄,身旁还有孩子沙哑的啼哭,因为饥饿,因为寒冷。地下室里,她脚底下有一台缝纫机,她一边哭一边踩。她要给自己的孩子,做一条厚厚的毛毯。

听说城里有一家孤儿院,那里的院长和阿姨都很好,很多孩子都被送到富裕的家庭,不用挨饿挨冻……

　　她绣上了小雀的名字。她希望，小雀不像她一样四处漂泊，能像一只家雀，被温柔豢养……

　　女人连夜将孩子抱到了揽山孤儿院的门口。高高的围墙里，有欢声和笑语。孩子像是懂事一般，不哭了，咬着自己的小奶拳头，静静地安睡。

　　毛毯很柔软，是她用自己攒的最好的布料和毛料做的。她那么不舍，眼泪滴在毛毯上，滴在孩子不知事的睡颜上……

　　她亲吻着自己的孩子，足足有好几分钟。直到墙那边传来了脚步声。

　　她迅速将孩子放在最显眼的位置，用毛毯再将她裹紧一点，然后飞速地跑开了。

　　有人出来了。她躲在阴暗的角落里，看到一个年迈的老人，将孩子抱了起来，朝着里面大声地喊。那个老人应该就是老院长吧，她看到他将脸颊贴紧孩子，似乎在哄她。

　　她又听到了女儿的哭声……让她本来就因为寒冷而战栗的身子不断发抖。

　　她得走，必须得走了，再不走，她又要舍不得了。

　　女人飞快地从墙根处跑出来。此时，一辆运送物资的大货车忽然冲出来，煞白的灯光打在了女人惊恐的脸上，一旁抱着孩子的老院长大声地喊着，一只手举起来向货车司机示意。

　　可是来不及了。

　　女人倒在血泊中，旁边是老人和他怀里的婴儿。婴儿真是有一双漂亮的眼睛啊，一双不谙世事的眼睛。

　　这条毛毯，是小雀关于母亲最后的记忆了吧。或许，的确有他们不知道的人，帮助小雀完成了手工课的制作，只是小雀对毛毯强烈的依恋，让她产生了假想的嫁接，并深信不疑。所以，才幻想出了一个仙女？

　　而这时，身旁的人忽然坐了起来。这一下吓了阿喜一跳，心跳都漏了半拍，她刚抚了一下胸口，忽然见到小雀爬下了床。

　　"小雀。"阿喜叫了一声，"小雀……"

没有回应。这个小小的人儿，坐到了书桌前。

她打开抽屉，似乎在翻找什么，一旁的椅子上，耷拉着她换下来的制服，被撕破了长长的一个道子，原先的蝴蝶结，也松散开来。

这是……梦游吗？阿喜知道，梦游的时候是不能叫醒对方的。

但她已经打起了十二分精神，紧紧盯着小雀的动作。

小雀的肢体算不上僵硬，她从抽屉里掏出一个针线盒，高高地举起，灯下，穿针引线，无比娴熟。

那双本来有些笨拙的手，忽然变得奇巧无比。

阿喜忽然反应过来。

那么千纸鹤……应该也是小雀自己叠的，只是，这算什么呢？明明平时连写字和普通孩子相比都有些吃力，在睡梦中激发潜能，四根手指就能完成对她来说难度很大的精细工作？

小雀一点点地缝着那件衣服。

阿喜爬下床，在小雀的身后，看着她像个大人一样穿针引线，动作娴熟得令阿喜有些诧异。

——说不出哪里不对。

和赵央一起工作之后，也接触过几个梦游症患者，在梦游的时候像是变了个人，甚至拥有神奇的力量。

但阿喜还是觉得，哪里不太对劲。

她想了想，绕到了小雀的面前。

小雀的眼睛半睁着，表情明明是睡着时的安稳，嘴角甚至带着微笑。

阿喜定定看着她的眼睛。

5

毛毯……

阿喜的呼吸停了几秒钟，有些难以置信地揉揉眼睛，当她看到昏暗的灯光下，那条毛毯缓慢起伏，像被施了魔法一样，悬在半空中。它像是跟小雀的手指有了某种联系一般，起起落落。

阿喜凝神，深呼吸。

眼前看到的，分明是小雀像是提线木偶一样，做着手里的活！

"你是谁……"阿喜的声音，压得低低的。

小雀的手顿了一下，那条毛毯，停止了动作。

针正在收脚，银色的一点，停在制服上。

阿喜似乎感觉到，有一双看不见的眼睛在注视着她。

但她也知道，对方没有恶意。阿喜能够看到太多有形的东西，但头一次，是面对一条像人一样的毛毯。

阿喜沉下气来，又问了一句："是你帮她……做的千纸鹤吗？"

那条毛毯又动了起来，伴随着小雀的肢体，将针脚收完。

破裂的制服再次完整起来，只见小雀的手伸到蝴蝶结前，一个连阿喜都觉得复杂的打法，行云流水地呈现。

那双稚嫩的甚至有残缺的小手，像是被施了魔法。

阿喜看到小雀站起来，重新爬到床上，双眼闭上。毛毯的一个角，像是一只无形的手，掀起被子的一角，给她盖上。

之后那条毛毯，在空中停了几秒钟，却在某个瞬间，嗖一下回到了方才所在的位置，蜷缩成一团，摆出跟之前一模一样的折痕来。

这一切结束了，周遭依旧平静。阿喜走到那件校服前，看到上面的针脚，整齐而漂亮。

凌晨的月光洒进这间屋子的角落里，阿喜的心，如同月光一样平静。

她勾起嘴角，笑了笑。

6

阿喜知道，小雀没有撒谎，但是，赵央说过，对于当事人，真相不一定是治愈良药。真正的良药，是人所或缺的东西。比如，爱。

次日早上，阿喜先把小雀送到了学校，然后回了"家"。

是的，家……她现在好歹是个有家的人了。

回到家的时候，赵央正在摸索着起来做早餐。效率还算可以，他只砸了一个碗，打破了一个鸡蛋。然后，他手里的东西就被一双手抢走了。

"回来了？"赵央笑着问道。

"嗯。"阿喜熟练地打鸡蛋，搅拌，然后往锅中倒油。

秋天的晏城，满城都是桂花香。赵央满意地回到桌边继续学习盲文。桌上收音机的声音很低，电台女主播的声音温柔而沙哑，像一只手拍打着背，正在以纪录片的方式讲晏城古胡同里为数不多的工匠坊。赵央的眉头忽然一皱，眯起眼睛细细地听。

"于国，匠心之士为重器；于家，匠心之士为顶梁；于人，匠心之士为楷模。然而，在这个极速发展的工业化社会，在这片浮躁的狂潮里，匠心却在一点点地流失……"

过了一会儿，鸡蛋香溢满了整间屋子。

阿喜端上桌，坐到赵央对面。

"怎么样？"赵央问道，"哇，鸡蛋很香。"

被他夸得心里一开心，眉头松了松。

"老大，我想……给小雀找个妈妈。"

"唔？"赵央嘴里咬着炒蛋，抬起头来。

小雀一直没离开揽山孤儿院，是因为她之前所经历的曲折，还有手上的残疾，再加上年龄大了。其实阿喜知道，钟阿姨也算是很疼爱小雀，小雀刚被再次遗弃的时候，她便很小心地在甄选领养人。先前因为领养的事，出过不少岔子。被送回来的孩子也不是没有，对年幼的孤儿们来说，二次遗弃，对身心都有巨大伤害。

于是，小雀就这么被耽误了。

此时，阿喜认认真真地看着赵央的眼睛，尽管对方看不到，但似乎这样才能表示自己的真诚。

"小雀太孤单了，也太懂事了，我怕她……出状况。"

赵央将鸡蛋吃完，然后将盘子推到一边。

"别着急，你先说说。"

阿喜一向不太爱说话，但她还是努力事无巨细地将经过讲了一遍，包括她觉得自己所看到的那个可能是小雀想象出来的仙女，那条她视为生命、永远不会离开她的毛毯。

赵央一直没有接话，在阿喜讲完时，他的眉头一松。

"阿喜，或许你不用担心小雀的状况。我觉得，问题出在毛毯上。"

阿喜虽然从小跟别人不一样，但好歹现在也是正式的心理咨询师助手，难不成真让她相信毛毯成精这种"子不语怪力乱神"？她不解地"咦"了一声。

"你的意思是……我不太懂。"

"正如你所说，小雀的手指灵活度，不足以完成手工活，而做出来的纸鹤，不像她所为。"赵央顿了顿，"我认为，叠纸鹤，还有缝制衣服的，是毛毯。"

他的手指，轻轻敲了下桌子："这是一张桌子。"

阿喜抬头："难不成我一直当它是椅子吗？"

赵央笑了笑："不，不是这个意思。这是流水线上生产出来的东西，虽然贵，但成千上万地批量生产……这只是一张桌子。你能跟我讲一下那条毛毯是怎样的吗？"

阿喜细想了一下，那条毛毯……的的确确，和普通的毛毯一样，虽然也使用了这么长的时间，也变旧，变皱，褪色，但她可以看到上面的针脚，整整齐齐。

上面，甚至绣着小雀的名字。

应该是小雀的妈妈，亲手绣的吧。

赵央站起来，背过身去。

"我曾听说万物有灵理论，其中有一条，讲匠心。是说在这个飞速发展的时代里，沉下心来打磨一件物品，将自己的心魂倾注，这样东西，就会栩栩如生，拥有生命力，甚至，强大的信念和爱会导致小概率的匠魂出现。"

阿喜愣住。

"只是，这样的匠人，这样的耐心，这样的产品，都少之又少了。匠魂，也就很少出现了。"

阿喜喃喃道："可是，那只是一条毛毯……"

是啊,匠魂不都该是那些……艺术品柜里收藏的做工复杂的工艺品吗?

但事实上,并不一定。这一章节里提到的匠魂,赵央自己也没遇上过,甚至很少听说。当时记载匠魂的书籍,也只是一种野史杂谈,时常会被和"子不语"混为一谈。

"阿喜,小雀很幸运啊。"他感慨地道,"有人,在以这样的方式,来爱着她。"

"那个人……会是小雀的妈妈吗?"阿喜问。

"不管是不是,一定是愿意用生命来爱她的人。"赵央坚定地答道,"我可以见见那条神奇的毛毯吗?"话音一落,他忽然又意识到自己说错,笑了笑,"会一会吧,虽然看不到,但摸一摸也是好的。人生里,能碰到一次匠魂,也是很庆幸的。"

7

揽山孤儿院,其实不在揽山上,这座山,有个孤独的名字。

叫寂山。

揽是拥抱的意思,或许真的有神灵,拥抱这座孤独的山呢?

也不一定。对不对?

阿喜和赵央此时正陪着一个中年女子,一起走到了院外的高墙下。

这个女子,就是校门口文具店的老板娘。她单身离异,一个人带着一个女儿。两年前,她的女儿因为白血病离开了这个世界。

对于老板娘来说,她将店开在这里,看着这群和她女儿年纪差不多的孩子蹦蹦跳跳活力无限的样子,会得到些许安慰,当然,也偶尔有忍不住触景生情落泪的时候。

她说,那天,那么多孩子看到她哭,只有小雀一个人走到她面前,用稚嫩的小手给她擦掉了眼泪。老板娘说,这孩子,真的是一个天使啊。

其实,老板娘曾经来过揽山孤儿院,但当时的小雀非常抵触,甚至都不愿出来见是谁要领养自己,将自己关在小房间里大哭抗议。

钟阿姨没辙,只能婉拒了要求,问老板娘,要不要看一下别的孩子。

钟阿姨知道,小雀是怕,怕走进了一个家,然后再次被抛弃。这个小丫头能承受的,不能再多了。没什么比拿走一个人拥有的幸福更残酷的了。从此,再不懂事、再小的孩子也会变成一朝被蛇咬、十年怕井绳。她小心翼翼,生怕惹任何人生气,却不敢再奢望有一个家。

这一天,在阿喜的说服下,小雀总算见到了打算领养她的老板娘。她似乎有一点点意外,还有些抵触,手里紧紧地抱着那条毛毯,怯怯地看了一眼钟阿姨。

"阿姨,是不是我不乖,你不要我了?"

钟阿姨有些不忍,不看她,背过身去,眼角有泪。

"你是最乖的孩子了好不好?这个阿姨,是个好人,她会对你很好很好的。"

"可是……我怕……"小雀低下头,"我怕自己万一哪天不乖,阿姨也不要我了。"

老板娘看着她,蹲下来。

"你可以不乖,阿姨喜欢的不是你乖,是你就是独一无二的小雀啊。只要小雀不离开阿姨,阿姨绝对不会离开小雀。我们拉钩钩好不好?"

老板娘的手指悬在空中,半晌无人回应。

小雀抬头看看阿喜,又看看钟阿姨,却不敢勾勾手指。

"你会嫌弃我的手吗?"

"当然不会啊!"老板娘认真地回答。

"我可以带上我的毛毯吗?"

"当然可以!"

可是小雀还在犹疑。赵央咳嗽示意了一下,阿喜点了点头,附在小雀耳边说:"你可以问问你的毛毯仙女,要不要拉钩钩?"

小雀抬起头,看了一眼阿喜,然后她鼓足勇气,将头埋进毛毯里。

小雀的声音低不可闻。

然后,她的手慢慢抬起来,手指轻轻一伸,勾住了老板娘的指头。

除了阿喜,没有人看得到,正是那条毛毯,缓缓起伏,轻轻地掀起一角,勾起了小雀的手指。

像……把最宝贝的东西,交到了另外一个人手中。

她轻轻地撞了一下一旁赵央的胳膊,赵央会意,深呼吸了一口:"小雀,我能摸一下你的毛毯吗?"

小雀犹豫了一下："那……好的。"

手下的触感是温暖的，上面有小雀的体温，因为洗了很多遍，毛毯上的毛已经疏松，但仿佛丝毫不影响到它的柔软。

赵央的心慢慢地舒缓下来，仿佛被匠魂包裹，仿佛被爱和温暖包裹一般感到安全。

这就是毛毯里的匠魂吧。

8

钟阿姨其实有些不解，这个赵央，年纪轻轻、相貌堂堂，却成了盲人。真是可怜！但阿喜居然要带着他参观自己小时候长大的地方。

他看得到吗？

不管怎样，看到这小丫头脸上偶尔的笑容，钟阿姨却是宽了心的。

总算是把自己最担心的两个小丫头给落实了呢。自己最近也检查出了一些毛病，医生建议静养，但一直放心不下这里的事，宁可累，也要为这些孩子多做一点是一点。

最近，揽山的事情也到了尾声。这里的孩子，很快就会被送到城里的孤儿院，虽然有些遗憾，但那里的管理和设施更加完善，孩子们也会得到更妥善的安置。

她也算对老院长有个交代。

此时，她坐在院子里的秋千架下，忽然觉得肩上的担子轻了一些，脸上的疲惫，也渐渐散去……

这时，身边忽然多了两双脚，钟阿姨回头，看到阿喜带着赵央，走到了院子里。

她向赵央介绍道："这里，是我以前最喜欢的地方。从前老院长养了一只老猫，我经常在这里逗它玩。还有秋千，是老院长亲手给我们扎的……"

阿喜和钟阿姨对视一眼，她笑了一下。

"我记得就是在这秋千旁边，我后来的妈妈问我，要不要跟她回家。"阿喜低下头，"那是我最开心的瞬间了。"

钟阿姨温柔地朝她笑了笑，她很乐得看到这个曾经让自己负罪感很重的孩子，如今能告诉自己，她现在很开心，当初……和他们在一起，也很开心。

阿喜想起一件事来，对钟阿姨道："钟阿姨，其实本来还想跟您商量，不要丢掉小雀的毛毯。没想到，现在……小雀却有了更好的结局。"

钟阿姨叹了口气道："其实那天，我也不是真想丢掉那条毛毯，而是找个地方把它收起来，戒掉小雀的依赖性。以后，等她长大了，还是要还给她的。因为我知道这条毛毯对于小雀的意义……"

钟阿姨侧头看了看阿喜和赵央："小雀，她没有问题吧？我怕她到了那边还是会胡言乱语，惹人家不高兴……"

阿喜笃定地握住了钟阿姨的双手，看了赵央一眼。

"钟阿姨，你相信奇迹吗？"

"唉？"钟阿姨一愣。

"我老大告诉我，这个世界上，有一种神奇的存在，叫作匠魂。我一直觉得，揽山孤儿院，也是有匠魂存在的。那个人就是老院长。尽管他已经离开了我们，却因为他太爱我们，所以，这份爱，会一直存在……而钟阿姨，您也是一位匠人，用细心和耐心来完成对我们的爱。谢谢你。"

当年，揽山就是先前的院长一砖一瓦建立起来的。

这么多年过去，这份爱，却一直传递了下来，传到眼前这个女子的手中。她们不是匠人，又有谁是？

阿喜看到眼前的钟阿姨落下欣慰的泪来，喃喃说着："这是我应该做的啊。"

她坚信，来揽山孤儿院的孩子，都有悲伤的过去，但在这些匠人的努力下，一定会有更好的未来。

关于小雀的事情真相，阿喜用一种更加迂回的方式解释给钟阿姨听，尽管她并不完全相信，却对小雀的未来放了心。

这是个命苦的孩子，以后，岁月一定会还给她该有的幸福。

此时，那个慢慢长大的孩子，在经历了苦涩的岁月之后，抱着她的毛毯，和一个满眼都是柔情的女人走在回家的路上。

小雀抬头说："阿姨，我可以叫你妈妈吗？"

"当然可以啊！"那个女人脸上有惊喜的表情，她停下脚步，将这个孩子，紧紧地抱进了怀里。

第五章

约定

1

  从揽山回来的那天,已经是夜深了。

  阿喜开门之后,赵央总会先开灯。虽然他看不见,但这个习惯一直保持着。灯,是开给阿喜的。他像往常一样往沙发的方向走,却没有听到脚步声,回过头,向着进门的方向,奇怪地叫了句:"阿喜?怎么了?"

  阿喜没有回答,许久,赵央听到她深深地呼吸了一下,然后从口中小声地有些僵硬地吐出了三个字:"谢谢你。"

  赵央还没反应过来,就听到阿喜"嗖"地一声从他身边越过,嘴里嘟嘟囔囔着"这几天真是累死了,明明说好休假的呢"……

  赵央的嘴角浮现出一个无奈却宠溺的笑容,他知道阿喜在掩饰她的尴尬。

  他轻车熟路地回到了他的书房,打开了音响,音乐从老式音箱里浮出来,那是赵央世界里流动的画面,尽管他什么都看不到,可到了这个地方,仿佛就会有一种周遭温暖而明亮的感觉。因为,这里是家。

  他不由自主地想起自己第一次见到阿喜时的场景,那时候他还是个大学生,看得见,却还不是那么能看懂这个世界。

阿喜,是他真正意义上的第一个病人。

2

十多年前,揽山孤儿院迎来了一对夫妻。

女人叫赵菲菲,在一所中学教音乐,男人是个军人,两人看起来十分相爱。他们结婚八年了,女人肚子却一直都没有动静。军人丈夫在军区服役,长期不能在家陪伴她,似乎命运也不眷顾他们,不能赐给他们一个可爱的孩子。于是,他们求助了当年的揽山孤儿院院长。赵菲菲,几乎对当年才4岁的阿喜"一见钟情"。

阿喜的记性很好,她明明才4岁,却将之前在揽山发生的很多事,记得一清二楚。虽说领养孩子的家庭都希望这些孩子能够忘掉过去,但赵菲菲从来不强求。她也不逼着阿喜叫她妈妈。阿喜倒也不怕生,除了不管赵菲菲叫妈妈之外,她很快就和菲菲情同母女了。军人叔叔每次回基地上班的时候,她会像模像样地敬军礼,表示她会保护他的妻子,让他放心。

她像一只小白兔,也像一棵小白杨,源于赵菲菲的爱和包容,也源于军人叔叔的教养和榜样。

赵菲菲是个音乐老师,尤其是钢琴弹得相当好,按理说这样耳濡目染,阿喜也该有些音乐细胞。她很喜欢听赵菲菲弹钢琴,却在钢琴前一刻都坐不住,她更喜欢的是军人叔叔带给她的各种玩意儿:废弃的子弹、玩具枪、从军区带回来的军用水壶、万花筒……她还想要军人叔叔腰间的一把军刀,不过叔叔说她还太小,等她再长大一点,就给她买一把。

女孩长相,却男孩气,赵菲菲不忍心去调整孩子的天性,就让她这么长吧,她开心就好。像她的名字那样,她总是能逗乐自己,让自己一洗疲劳,让自己不用过度担心和思念丈夫。这小女孩,与她没有血缘,却像是她生命里旁生的侧枝,牵动她的神经。

那也是阿喜,人生中最快乐的几年。

直到那一天的来临。

军人叔叔,在一次任务之中,牺牲了。

阿喜不太想得起来从听到噩耗到彻底崩溃的过程,她没有见到军人叔叔的遗体,可赵菲菲出来以后,就昏了过去。自那以后一直都没有下床。

叔叔的追悼会上,大家为了不再刺激赵菲菲,并没有让她出席。只有小小的阿喜,身披孝服,抱着遗照,站在列首。大家都说,这孩子,太可怜了。

葬礼办过几天之后,阿喜终于见到了赵菲菲。据说她的情绪稳定了下来,回忆起了大多数事,甚至非常平静地问了自己的丈夫是不是牺牲的事,在得到无声的沉默之后,她只是叹了口气,然后忽然皱着眉头说:"我们家阿喜呢?她还好吧?她在哪儿呢?"

毕竟是烈属,当时赵菲菲住在特别好的VIP套房里,有位姓高的心理学博士亲自负责她的恢复治疗。护士姐姐拉着阿喜的手到了套房里,千叮咛万嘱咐她要小心一点,然后将她留在了门外。

阿喜看到赵菲菲坐在雪白的病床上,脸上虚弱,却在看到她时有了笑容,朝她挥手,让她过去。阿喜走了两步,看到她那双弯弯的眼睛里含着温柔。那股温柔还在啊,小家伙莫名地就觉得眼泪快要落下来了。可走了两步,她忽然发现病房里还有人,是一个跟她岁数差不多的漂亮女孩,坐在角落的椅子上,冲她眨巴着一双水汪汪的眼睛。

阿喜一诧异,问:"阿姨,她是……"

"嘘……"赵菲菲竖起一根手指,轻轻地说,"新朋友。"

一个月后,赵菲菲出院了,母女俩回到了从前住的那个排屋。

院子里杂草丛生,钢琴上积了灰,可大大的落地窗里还是透进来暖融融的阳光。一个大女人一个小女孩,费了好几天才把院落和屋子收拾干净,屋子里再次亮堂起来。好像和以前没什么不一样,只是那个穿着绿军装的男人再也不会回来了。

最开始的时候,还有些人来探望,慢慢的,来的人就少了。

开春的时候,阿喜到附近的一所小学做插班生。而赵菲菲因为精神不佳,暂时停了音乐老师的工作,在家休养。这一休养,就是五年。

3

从7岁到12岁,阿喜直接跨跃成了一个大人。

每天放学铃声还没响完,阿喜必然早就跑得没了影,一路穿过人海,穿过马路,穿过一片金色的麦田,冲回那个她叫家的地方。

那个因为一个人的离开而有些摇摇欲坠的家,她和赵菲菲,都咬着牙想要拼了命地保护。

遗憾的是，阿喜似乎没有什么念书的天分，成绩永远是中等偏下。赵菲菲看到她成绩单上的分数，偶尔皱皱眉头，到后来，也接受了阿喜在念书上比较平庸这个现实。

　　但其他方面，阿喜一点都不笨，甚至有些早慧。

　　赵菲菲不喜欢外出，她会编造无数个谎言替阿喜躲过家长会。学校的老师因为知道这个可怜孩子的境遇，也不太为难。

　　对于同龄人，阿喜也不太热衷交往。那时候，阿喜唯一的同龄朋友，就是那个在赵菲菲的叮嘱下"嘘，不要告诉别人"的女孩。

　　这个女孩，阿喜叫她阿白。

　　她长得跟赵菲菲有点像，有时候阿喜会想，如果军人叔叔和赵菲菲能有个孩子，应该就长得像阿白那样。她们很少对话，但阿喜早就接受了家里有另外一个孩子的现实。赵菲菲甚至会对阿白更亲一些。她们常常一对话就是一个通宵。

　　赵菲菲不上班以后，也经常失眠。偶尔阿喜半夜起来上厕所，会看到她屋里的灯亮着，赵菲菲会和阿白有一搭没一搭地讲话。

　　阿白比阿喜更懂赵菲菲，她似乎总是能找到适当的措辞来安慰赵菲菲，有时候她哭，阿白就会逗她笑。

　　相比阿喜的少言寡语，阿白要可爱得多。换作从前，阿喜会吃醋吧，觉得有个孩子来跟她争宠了，但现在她不会。尽管她也不知道阿白到底从哪儿来，为什么不用上学，为什么赵菲菲让她将阿白的身份保密……阿喜只想看到赵菲菲脸上的笑容。不管是谁，能够哄她开心的，阿喜就喜欢。

　　除了阿白，家里常常来的，还有一个戴着黑框眼镜的男人。这个男人常常在赵菲菲偶尔焦虑得不成样子的时候出现，过来给她上一堂课，给她讲很多大道理。

　　这个时候，阿白会缩在一边一言不发，睁着一双漂亮的大眼睛，望着窗外。赵菲菲会从崩溃的情绪里一点点地平复。之后，戴黑框眼镜的男人便离开。

　　尽管后来阿喜因为客气，或者因为好奇，好几次追在他旁边问他："你要喝茶吗？要留下吃饭吗？要……"他都像看不到她似的，一次都没有回应过。

　　哦，是个很冷漠的人呢。阿白就好多了，阿白跟赵菲菲讲的话很多，跟阿喜却很少，偶尔阿喜在跟赵菲菲讲学校里发生的一些事的时候，她会在一旁认真地听。

　　赵菲菲的情绪越来越不好，后来她连钢琴都很少弹了，终日卧床，也不哭，那双漂亮的弯月一样的眼睛，变得越来越呆。

　　她已经是个大孩子了，赵菲菲卧床的时间越来越长，她就在课余承包做饭的活计。

早饭比较随意，做好了端到她屋里。阿白一份，赵菲菲一份，但每次她们都只吃一点点。晚上，她多了一个任务，就是在回家的路上去一趟农贸市场。才12岁，阿喜已经会做很多很多菜了，虽然她觉得味道很一般，但暖融融的食物和烟火气，会让这个家更像个家。

赵菲菲也不全是精神萎靡的，她偶尔也会把自己打扮得很漂亮，坐在院子里等阿喜放学，尽管，门铃声还是会让她觉得惶恐不安。后来，阿喜就把家里的门铃给拆了。

阿喜觉得，就这样过下去吧，热热闹闹的，赵菲菲会一点点好起来的。她长大了，好好地孝顺她，不管她还是不是当初那个优雅的音乐老师，笑起来的时候是不是像春风一样温和，也不管周围怎么变化。

毕竟，这是她懂事以来，第一个真正的家。

4

要怎么保护赵菲菲呢？除了尽一个孩子的全力，买菜，做饭，在她半夜惊醒的时候迅速到她身边，除了多吃几碗饭，快点长大，好像还是不太够的。

她需要快速地强大起来。放学之后，是她"快速强大"的开始。

没有老师，阿喜就自己练，从学校到家，那段田野的过程，她掐着表来跑，最初喘得不行，腿部胀痛，到后来，越来越轻松。再接下来是她给自己安排的进阶训练，都是从军事节目里学来的，给自己设置无数的障碍。这还不够，她偷偷去了附近的跆拳道馆，看着那些女孩在老师的训练下伸展拳腿。学渣阿喜似乎对这些招式有着不一样的天赋，不久之后，她就觉得那些人都是绣花枕头，学的那些一招半式，练习的时候还行，但在真正的危险来袭的时候，却不顶用。

尽管那个跆拳道馆的教练在赶了她几次没辙之后，问她要不要来学，可以让她学费减半，她却觉得兴味索然。

钱倒是不缺的，尽管这些年顶梁柱走了，但抚恤金加上赵菲菲的工资，支付她们的生活绰绰有余。

阿喜是觉得没必要。整座小城，除了那场跟她有关的绑架案之外，太平得很，太平得狗在太阳底下打盹儿，人人都不防备。可阿喜总是害怕，害怕有坏人会突然出现，再次带走她身边的人。她拼命地练，将假想中的魔鬼当作敌人，没有人知道，一个小小的少女会对自己进行这样一场魔鬼般的训练。骨骼生长加速，她几乎是一瞬间长高，但大概是天生的基因的缘故，再也不能往上蹿了。

阿喜对自己的"身体"很失望，但几天之后又接受了这个事实，小个子有小个子的好处。

再往下，阿喜想要有个对手。在空气中用所有的招式和想象的对手过招总是没趣的，真正的对手都是出其不意地出现的。

最初的对手，是附属中学的那帮小混混，那群比她高半个头的初中生，书包半耷拉在肩膀上，凶巴巴地勒索同学的钱。

阿喜观察了他们好几天，又忽然有些瞧不上。这些家伙好像不是真正的对手，他们连招式都不会，就知道瞎忽悠人，破锣嗓子吓唬比他们年幼的孩子，还靠人数多，胜之不武。尽管没把他们放在眼里，阿喜却忍不住在班上一个有哮喘病的男孩被抢走药剂，被威胁他从此上缴一切零花钱的时候出手。

当时，那个男孩握着自己的喉咙发出嘶哑无助的呼救，整个脸色都铁青了。

都是半大的孩子，哪里知道这样会出大事，如此的场面也不知道见好就收，直到破墙边冲出一个女孩，夺过为首那个大男孩手里的药剂，一把塞到男孩的手里，然后，那双锐利的眼睛横扫向那几个学着社会青年一样吊儿郎当的初中生。

毕竟是一个黄毛丫头，人家哪里怕，为首那个伸手就来抓她的书包。

正是这个时候，阿喜迅疾地一闪，几乎毫不费力地反手将那少年摁到墙上。初次"揍人"的小阿喜，并不知道力道的控制，一把摁下去，中学生的脸被死死摁进破墙，一只手差点别不过劲儿来。她用手狠狠地摁住他的肩膀，一面踹向他的腿，身后听到一阵劲风，少年们似乎还不懂得打架不该靠吼，有一个喊着"看砖"！

她又是一躲，只觉得手上一振，那砖砸在被自己控制住的少年脑袋上……

大家都傻了眼，阿喜一下子反应过来，飞快地拉起半蹲在地上的哮喘男孩的手。

见好就收，临危脱逃，这也是避开危险的一项技能。

那群人没有追上来，她跑得飞快，差点把刚捡回一条小命的哮喘男孩给跑废了，这个时候停下来，看他喘得跟破风机似的。

阿喜听到他一句上气不接下气的"谢……谢谢你啊女侠"，忽然笑了，她喜欢女侠这个称呼。男孩忽然从书包里拿出了一把钱，摸了摸鼻子递给她。阿喜一愣。男孩红着脸说："反正，放我这里，再碰到他们，还是要被抢走的。还不如给你呢。我零花钱还挺多的。"

男孩叫何驰，她知道他，尽管他们从三年级同班开始，没有说过一句话。他成绩好，家境好，是天生的赢家，但上天很公平地给了他一个跟她差不多矮的个子和哮喘病。

她犹豫着要不要接这些钱，然后指了指旁边的商店说："如果你非要谢我，给我买样礼物吧。"

阿喜大大咧咧地走进了旁边的商店，感受到身后的男孩迈着小步伐跟上来，好奇地问："你想要什么？"

和那些喜欢洋娃娃的女孩不一样，阿喜梦寐以求的是一把正宗的瑞士军刀，据说是瑞士军方为士兵配备的。以前，军人叔叔就有一把，看起来，总会让赵菲菲觉得安全和快乐。她有一把刀，应该能更好地保护赵菲菲吧？

她要做一个武士，要保护她的家人。

她收到了一把瑞士军刀，尽管这一把，并不像之前军人的那把专业，小刀出鞘的时候还有些钝，但这毕竟是这个小卖部里最好的一把刀了。

何驰对于自己的"女侠"喜欢刀这件事，有了一秒钟的困惑，但估计后来他想明白了，女侠就是女侠，自然跟一般的粉红少女不一样，她毕竟是救过自己命的人，喜欢瑞士军刀有什么的，喜欢菜刀他也要买给她啊。

阿喜就这样有了第一个小跟班，小跟班何驰有很多零花钱，也有一个很真实的潜质，就是欠揍。他常常挨揍，一来因为他个子小好欺负，二来因为他有时候特别爱得罪人。

有时候阿喜就很想揍他，因为他老是不知道什么事该提，什么事不该提。比如，他当然知道阿喜的妈妈生病，她的养父因公殉职了，因为他爸爸就是知名的心理学专家。他会问："我爸爸之前的同事就是负责你妈妈的病情的，说她创伤后遗症有点严重。她现在还好吗？为什么不待在医院里呀？"

阿喜很想说，要你管。

"我跟你说啊，精神病很难治的，我爸爸说了，一旦得上，就很麻烦的！你长大以后想做什么呀？我长大以后可能会跟我爸爸一样成为一个心理医生，你要是生病的话，我可以帮你哦！"

说得一脸诚恳，像极了一个美好诚挚的祝福，阿喜目光如炬地盯着他，一字一句地恐吓："我不知道我长大了想做什么，但我现在，随时可以让你永远长不大！"

何驰当然怕阿喜凶，但他跟得了健忘症似的，下一秒又屁颠屁颠地管她叫女侠了，而且这个讨厌的小脑袋瓜还真的继承了他的博士爸爸的好基因，懂得特别多。很多艰涩的知识，阿喜都是从何驰叽里呱啦的絮叨里学到的。

日子就这么看似平静地过着，新一年的雨水充沛，阿喜自学的功夫和那悄悄别在腰上的盗版军刀，没有一次派上用场。

5

赵菲菲的情况还是老样子，眼镜男和阿白"来"的次数越来越多，而新的一位朋友，在赵菲菲发着高烧的一个午夜，来到了这座日渐衰败的老房子。

那天阿喜回到家，发现赵菲菲浑身发烫，她吓坏了，阿白在一旁寂静地看着她，阿喜问了一句："怎么办呢？"阿白摇摇头，一脸懵懂无知。眼镜男不知什么时候来的，他站在屋外说："去医院吧。"

阿白腾地站起来，很生气，也很恐惧的样子："不要！不要去医院！"

眼镜男推了下眼镜，凶巴巴说："不去医院，就这么病死吗？"

阿喜知道，赵菲菲讨厌医院，阿白也讨厌，在阿白嘤嘤的哭声里，阿喜冲下了楼，连伞都没有拿。她的脑子里当时有些混乱，也许是太怕失去的感觉了，她冲进雨里朝着田野外的药店跑去，雨天路滑，她连摔了好多跤。

她满身是泥地冲进那间常常光顾的药店，火急火燎地讨要退烧药的时候，才发现一分钱都没有带。药店的店员知道阿喜，知道这个个子小小、眼神像鹰一样锐利的女孩有值得人同情的身世，她把药递给她，想说钱先欠着不要紧，却见那孩子从腰上卸下军刀，犹豫了一下拍在桌子上："这个抵押在这里，可以吗？"药店店员让她收回了自己的刀，给了药让她赶紧回家，病人要紧。

阿喜浑身湿透地回了家，来不及换一件干燥的衣服，她模仿着电视里的人，给半昏迷的赵菲菲喂下药。她浑身滚烫，滚烫传递给阿喜，和潮湿混在一块儿。

恐惧和不安让这个一向冷静的姑娘焦灼而发抖，她将头靠在赵菲菲的胸前，那么久以来，第一次落泪，呢喃着："不要死……妈妈……不要死……"

赵菲菲的眼皮动了一下，这是她第一次，听到阿喜叫妈妈。

尽管，她们早就比真母女还要相依为命了。

这时，一个白发苍苍的男人，凭空出现在沙发上，走过来，对着赵菲菲说："丫头，你这样下去，不行啊。"

老头儿又看了一眼阿喜说："这丫头，这样下去，也不行啊。"

赵菲菲的眼皮剧烈地动着，她的身体几乎不能动弹，但她也很着急。她该怎么办呢，她拿自己也没办法啊。那个年迈的男人有着老树皮一样的皮肤，却无比温和，他坐下来，轻轻地抚摸着阿喜的头，向着赵菲菲说："你要坚持……要坚持下去，这个孩子需要你，需要你……"

次日，阿喜没有去上学，她昏睡在一张软软的床上，头一次睡得那么沉。

她是在赵菲菲的床前哭着睡着的，先是感觉自己像身处一个火炉中，大火伸出带着倒刺的舌头舔着她的皮肤，然后，潮湿的火舌像是裹住了她，温度不断升高，滚烫滚烫。

她拼命地挣扎，想要从腰上拔下那把军刀，砍断这条让自己窒息的火舌。然后不知从哪里飞过来一把刀，一把将那火舌砍断了。她跌进一片柔软里，额头上一片清凉，几乎干裂的嘴唇开始湿润起来，有什么液体，往她喉咙里慢慢地流动。

她站起来，在火海烧过的灰烬里，在无边的黑暗里，寻找出口。

她又害怕，又担心，脚步越来越快，好像又成了在田野上狂奔的人，只是这一次，头顶的不是雨，而是和煦的阳光。她的脚步慢下来……阳光真好，还有钢琴声，她紧绷的心弦，像是被一双手轻轻地抚弄，松了一点……再松一点，彻底松开了。

阿喜醒来的时候，闻到了粥的味道，她有些恍惚，想起昨天，大概是发了高烧，但怎么也想不起来自己是怎么回到屋里的。

赵菲菲呢？

她忽然又紧张起来，冲出门去，看到了客厅里坐着的人。

眼镜男坐在沙发上，正若有所思，而阿白正坐在钢琴前，似乎刚弹完一曲。至于那一位看起来很亲切的老爷爷，正抬起头来温和地冲她笑："阿喜醒了？"

这时，厨房的门被推开，虽然犹有倦意却系着围裙拿着锅铲的赵菲菲，让阿喜的心忽然就放了下来。她飞奔过去，一下子将赵菲菲紧紧抱住："知道吗，我吓坏了，吓坏了。差点以为又没有保护好你！"

6

对于新多出来的这一位慈眉善目的老人家，阿喜并没有多问。这些似乎不请自来的人，对她没有任何的恶意，从眼神就能看出来。他们待在一个屋檐下，相安无事，这是阿喜所期望的平静的热闹，虽然比不得从前军人叔叔还活着的时候一家三口的其乐融融，但总比那死一样的寂静要好。

但很快，这份寂静就被打破了。

何驰找上门来，纯粹是因为对阿喜的关心，她一天没有来上学，问了老师才知道，下午的时候赵菲菲打过电话，说阿喜发烧了。何驰这个小木脑袋，虽然不觉得他的女侠会出什么岔子，但还是觉得，得做点什么表示一下。

从班主任那儿弄到阿喜的住址并不难，他拍着胸脯说要代表全班同学去探望阿喜。

结果，当他气喘吁吁地抵达阿喜家门口的时候，发现门铃是坏的，他在门口大声地喊阿喜的名字。

或许是因为封闭自己，或许是因为她没有闲暇去交同龄的朋友，除了家人，这是头一次，有人对她这么好。

这是第一次有朋友到她的家里，阿喜不知道该怎么招待，这时，赵菲菲下了楼。

她的身后，还跟着阿白和眼镜男，老头儿并不在。

阿喜愉快地跟赵菲菲介绍："这个是我的同班同学，他说，代表全班同学来探望我！这个是我妈妈，阿白，阿白你打声招呼……"

阿白躲到了赵菲菲身后，好像有些抵触。

赵菲菲弯起眼睛来，笑了一下："你先陪你的朋友玩一会儿好吗？我有些累，想休息一下。"

赵菲菲躺在阳光下的躺椅上，合上了眼睛。

"阿白是谁？"何驰压低声音好奇地问，"你刚才说……"

阿喜朝着他嘘了一下，认认真真地解释道："阿白，是我的好朋友，也是我妈妈的好朋友。但是她好像有点怕你，她就坐在那儿呢。"

何驰听得一头雾水，眼镜底下眨巴着一双小小的眼睛。

此时，阿喜看到，刚才仓皇跑到楼上的阿白，正坐在角落里，冲她摇摇头。阿喜屏气凝神，她忽然反应过来，何驰是看不见阿白的。除了她和赵菲菲，没有人可以看见阿白。

其实从前也隐约知道，只是后来太习惯他们了，反而当了真。这时候如同当头一棒。

在何驰的额上冒出汗来的时候，阿喜笑着说："逗你玩的。"

话是这么说，可在何驰松了一口气说出"吓死我了，还以为你脑子也出问题了呢"时，她心里越发彷徨。

阿喜强装镇定，问了句："为什么这么说？"

何驰毕竟和阿喜一样，还太小了，尽管在他父亲的言传身教下，对心理学有那么点一知半解。在阿喜拙劣的试探下,这孩子叽里呱啦地说了一通。大致意思是,所谓的幻觉,其实都是脑子出了问题,他之前有一次听他爸爸说,青少年尤其容易出现这个问题,就是因为脑子还没长齐全,但也因为脑子没长好,相对大人来说,更好引导。

阿喜陷入了思考,这思考让她有些焦灼,莫非是她的脑子出问题了吗?

这时,何驰有些惊恐地伸出手在她面前拼命地晃,声音仿佛从外面的世界传来:"阿喜!阿喜!赵小喜!"

阿喜不耐烦地打开了他的手:"我没事。"

那天,把何驰"轰走"之后,阿喜蹲在了赵菲菲身边,静静地看着她的睡颜。赵菲菲这几年,瘦了太多太多,也老了很多,她会定期去医院复查,因为当时出院的时候,医生说她患了重度抑郁症。

她常常整宿睡不着,下雨的时候更甚,春天的时候她会变得很焦虑。

阿喜越长大,就越担心她,她看着身后的阿白、眼镜男,还有不知道什么时候走出来的老头儿,他们齐刷刷地站成一排看着她。

阿喜避开了自己的眼睛。她不能再和他们讲话,她要忽视他们,她要战胜自己的"臆想",不然,她怕自己没办法保护越来越孱弱的赵菲菲。

那年,阿喜升上了初中部,是侥幸以吊车尾的成绩进去的。初中部离她住的地方更远了。打从她心里笃定要和这些念想说再见之后,她再也没有和阿白说过一句话,更不要说老头儿,还有眼镜男了。阿白的表情也变得怏怏的,钢琴弹得越来越忧伤。

其实这并不是一件容易的事,她曾经把这些"人"当作家人,现在,却得装作看不见他们,他们是她内心里要战胜的敌人。

赵菲菲的情况并没有因为她的意志力好转而好转,往年春天才是她常发作的低潮期,但那年寒冬,久违的极寒天气里,赵菲菲的情绪越来越差。

7

那年冬天,阿喜第一次见到赵央。

那时候他还只是个大学生,因为专业成绩特别好,被当时的何教授,也就是何驰的爸爸特别看重。

那时候，阿喜已经不和何驰一个班了。他也没长高，还是个小矮子，但到了初中，所有人都知道他是何教授的儿子，好像何驰就高了起来。没有人会围在他身边欺负他了。他也不再缠着阿喜，因为当名声可以保护他的时候，阿喜就没有了用武之地。

他们上的初中，开设了一个心理部门，因为何教授的缘故，学校特别关注青少年心理健康问题。门口有个树洞，经常会收到各种来信。当时赵央的学姐就是这个部门负责人，何驰成了她的小帮手。

对于阿喜，那个树洞，像是有无穷的吸引力。

越长大，未知的世界就越开阔，阿喜就越不能自拔地想要弄清楚，自己到底怎么了，还有抑郁症到底要怎么治。每天看着赵菲菲日渐衰颓的身体和意志，对于13岁的少女来说，如同煎熬，何况，还有聚集在赵菲菲身边的那些奇怪的"家伙"。

曾经，她不觉得他们奇怪，可现在越看越奇怪。

何驰曾告诉她："书上说，臆想出来的'人'是有杀伤力的，表面上和善，但很有可能会给你致命一击。"

她害怕那致命的一击在她猝不及防的时候到来，在电光石火间，把她努力想要经营这个家的最后一块坚石给毁灭了。

在犹豫了很久之后，阿喜写下了她的第一封倾诉信。没有署名。

信是这么写的：

你好，我不知道该怎么描述我现在的情形。我能看到一些……别人看不到的东西，当然，我研究过，不是别人口中的见鬼。我可以看到形形色色的奇怪的东西，他们对我并没有恶意，甚至对我很好，可是别人好像看不到他们。我不知道该不该继续跟他们做朋友，我曾经把他们当作家人，可是懂心理学的一个~~好朋友~~旧朋友告诉我，他们是不存在的，而且有着致命的伤害力，像是毒蘑菇，会侵蚀我的意志。

我还听他说，小孩儿是神经病的高发年纪，但是我觉得我的意志很明确，是不是长大了，这些东西就会看不到了？

还有，他们很可怜，我并不想消灭他们。我该怎么做呢？我是不是得神经病了呢？

另外可以问一下，抑郁症怎么治？除了不停地吃药，还有没有什么特别好的办法？我有个很重要的人，得这个病很久了。

如果可以的话，希望你把信放到后山的第二棵树下。我每天都会过去看一看。

期待你的回信。

第五章·约定

这封信,就这样被有些志忑的少女塞进了树洞邮箱,然后,它阴差阳错地到了赵央的手里。很多年以后,赵央会想,这算不算是命运的安排?

命运早就写好了所有的程序,只等一一就位。不然怎么会是那么巧的那一天,偶然去某中学看望师姐的他,被因为肚子疼而突然停止读信的师姐委以重任,然后,看到了这封信。

其实树洞常常收到很多奇怪的信,孩子们有无限的想象力,也有真实的烦恼,但真的罹患心理疾病的,并不多。大多数写得云里雾里的,都可能是恶作剧。如果当时是师姐看到的话,大概会不屑一笑放到一旁。

可赵央将信读了几遍,觉得字里行间都是真诚。

无论是不是恶作剧,赵央不想错过这个孩子的求助,但他没办法从这信里所描述的情况给出一个准确的答案和建议。于是他认真地回了一行字:"你好,来信已阅。你所提到的情况,我觉得比较特殊。精神病(P.S. 并不是你说的神经病)的诊断分很多种,也许,你只是一个比较热爱幻想的孩子也有可能。我小时候也曾幻想出只有我能看得到的朋友,现在,我反倒觉得再也看不到它很遗憾呢。如果你愿意的话,我们可以见面聊一聊。明天下课以后,在这棵树下见,可以吗?"

赵央将信遵循来信人的要求,埋在了后山的第二棵树下,还在上面放了一朵小花。

次日,赵央回到那棵树下的时候,发现土还是他埋上去的土,回信也依旧还在。

那个孩子,并没有如约来拿回信。

8

此时的医院里,阿喜正跪在出来的医生面前,求他再救救她妈妈。

她浑身颤抖,指着里面的人说:"那是我在这个世界上最后的亲人了,我求求你!"

赵菲菲是出车祸走的,这天她发现自己的安眠药吃完了,便去了一趟医院,开了一份处方。对方怀疑她有自杀倾向,所以只给她开了一小瓶。

她揣着那个小瓶子,准备回家,突然又想去接阿喜放学。阿喜上学以来,她都没有去接过她。可是那辆车,还没到学校,就和另外一辆大车撞在了一起。

警笛声凄厉地叫,赵菲菲意识迷离地想,她这辈子都没这么想活过。她总是想死了算了,可舍不得阿喜啊……舍不得啊……她要是走了,阿喜怎么办啊……

其实阿喜赶到医院的时候,赵菲菲就停止呼吸了。

她跪在地上，哭得上气不接下气，哭得近乎昏厥。在医生无能为力的眼神下，她冲进了抢救室。抢救室里静悄悄的，赵菲菲身上插着呼吸机，还有一下两下的抽动，但心电图已经没有波动。

阿喜缓缓地走向她，看着赵菲菲那张苍白却平静的脸。而这时，她看到床旁边，站着几个人。阿白、眼镜男，还有老头儿。阿白冲她笑了笑，眼镜男摇了摇头，老头儿叹了口气。然后，他们转了个身。

"你们要去哪儿？"阿喜大声地问道，声音在空空荡荡的抢救室里特别响亮，也有些凄惶。

有些担心的护士小姐闻声跑过去，看到阿喜在朝着空空的墙壁愤怒而悲伤地质问。

阿喜看到眼镜男拉着阿白的手，一点点走向窗户，阿白不住地回头，眼中有泪。老头儿揽住了她的肩膀，拍了拍她的背，像是安慰一般。可眼镜男，却一直将阿白往床边拉。

"你们要去哪儿，到底要去哪儿，连你们也要走吗？"

在阿喜大声的质问下，眼镜男头一次有了回应，他深深地看了阿喜一眼，那一眼，将阿喜心里原有的认知体系全部击破。那个眼神太真实了，比她以往见过所有的眼神，都要真实。他弯起了眼睛，笑了笑。这个眼神让她想起了4岁那年在院子里和赵菲菲的第一次见面，她笑着问她要不要跟她回家。

"求求你们，跟我回家好不好？"阿喜一步步地向他们走去，哀求道，"你们不要走了，跟我回家吧！"

你们要是走了，家就真的没了。我再也不否认你们了，你们是我的家人啊！

然而，她看到眼镜男纵身一跃，消失在黑暗里。

阿喜哭喊着奔过去，看到阿白不舍地看着她。阿喜扑了个空，阿白也跃进了黑暗里。

只剩下老头儿了，这个最晚遇到，却给足了她温柔的老人，如果她有外公的话，他应该就长这样吧？

阿喜朝着身后惊恐的护士小姐大喊："快去叫人啊！他们跳楼了！跳楼了！"

抢救室里赶来了很多医生，护士小姐紧紧地抱住大哭的阿喜，听到她指着窗口说："你们快去救他们啊……快去啊……"

窗户是紧闭的，而且，这里不过是二楼。在他们互相传递的眼神里，充满了同情。

他们想，这个孩子也真是可怜，妈妈刚死，她就疯了。

是她疯了吗?

或许是吧,但她此刻什么都不想掩饰了。

从被送进这个治疗所开始,她就一口咬定,那天在医院,她看到自己的母亲躺在抢救台上,而她另外的三个家人,纷纷跳楼身亡。

从最初崩溃悲伤的情绪里平复下来以后,无论医师怎么引导,这个满脸倔强的女孩,一句也听不进去,也不配合任何治疗,甚至在他们最初接近她的时候,她拔出了腰间的瑞士军刀,指着他们说,谁敢过来,她就不客气。几个医生好不容易才抢下她的刀,她又崩溃了一阵。她后来想明白了,她已经没有要保护的人了,要刀又有什么意义?

当时正值"青少年心理健康活动",以何教授为首的一群人的贡献,让晏城成了模范城市。在这个节骨眼儿上,阿喜被当作重点的研究对象,一众优秀的心理学专家都发誓要治好这个孩子。

每天都有无数的心理访谈和诊断治疗,可这个孩子越来越沉默寡言。她低着头,不再直视任何人的眼睛,身上再也看不到朝气。她一副"随便了,怎样都行"的样子,却拒绝接受任何人的教诲和开导。她心里那扇门彻彻底底地关了,里面是一片废墟,拼不成一个家的形状了。

再也拼不成了。

赵菲菲并没有别的家属,她的身世虽不如阿喜那么凄凉,但 20 岁那年,父母离世,其他远亲都已断了联系。倒是军人叔叔有家人,只是这些人,当初因为军人叔叔违背媒妁之言娶了一个对自己仕途毫无帮助的女子之后有心结,又加上一直都没有孩子,他们对这个领来的孩子,毫无感情。

唯一的希望寄托在孤儿院。被领养之后,赵菲菲为了照顾阿喜的情绪,和孤儿院仍旧保持着联系,在军人叔叔出事之前,她甚至常常带她上山,去见老院长。只是前些年,院长也因病去世了,继任他职位的钟女士,也是把阿喜一手带大的阿姨。

阿喜只有在见到她的时候,才偶尔愿意说几句话,露出个笑脸。新院长离开的时候摇了摇头,告诉医生:"阿喜说她的家没了,她不愿意回孤儿院。"

从最初在独立病房足不出户,到后来走出了自己房间的大门,阿喜才发现,自己竟处在一个光怪陆离的世界里。

那些眼神呆滞、行为怪异、穿着跟自己一样病号服的人们，仿佛穿梭在不同的时空。阿喜这才意识到，原先自己看到的根本就是冰山一角。

最初阿喜很怕，但后来，她反而像是打开了新世界的大门一样，像观看一部部电影一样好奇地张大眼睛。

如果说真的如医生说的，她的脑子出了问题的话，她也不再畏惧。

但是，如果眼前的东西都不存在的话，那出现在她视野里的那些该怎么解释？

她并不觉得阿白是自己幻想出来的。如果他们是假的，那到底什么是真的呢？

可是没有人相信她，她对出院也没有那么强烈的渴求。她在这里交到了一个朋友，一个不会说话，只会发出小猫一样叫声的女孩。

有时候阿喜会和她在角落里"聊天"，说是聊天，其实都是阿喜在说。说完了问一句："你相信我吗？"

她回答："喵。"

阿喜心满意足地想，就当你回答"是的"吧。

10

后来，阿喜等来了一个真正愿意相信她的人。

这是个访客，像很多懂心理学的行家一样，坐在那儿，她以为会听到很多问题，她早就疲于回答那些无聊的问题了，显得她像个傻子。

她只是能看到一些东西，凭什么就要让她像个囚犯一样困在这里？

"我看你和小猫关系好。"套路一样，用旁敲侧击的方法来打开话匣，阿喜不屑地一笑。

"你知道吗？"她有些懒散地道，"她其实并不是在幻想自己是一只猫，恰恰相反，她是在幻想我们都是猫，她在和猫对话。"

阿喜其实并没有奢望有人相信，她的说法听起来像是一种天方夜谭，正是因为打消了让对方相信的念头和希望，她的笑容里带点狡黠："我看到的，她眼里的所有人都是猫。"

这是一个英俊高大的男人，看起来年纪并不算太大，跟那些老资历的心理学教授不太一样。

他的眼睛弯弯的，笑起来还有两个酒窝。

这是一个真诚的笑，和她之前看到的那些假装慈眉善目和耐心的人不一样。

他说："我相信你。"

她有些困惑："你相信我？"

那双琥珀色的眼睛里，倒映出一个满脸怀疑的她。

他点点头。

"为什么相信我？"

"因为我相信，这个宇宙之间，或许不止这个世界。"他想说一些生涩的道理，比如所谓的调频理论，也就是我们这个频道，会不会出现一种并接的可能性？人类的大脑还是个未攻克的难题，就没有可能有一个人的脑电波，可以对接到我们所看不到的那个世界吗？但怕女孩听不懂，毕竟他的老师们，都觉得他的理论太不靠谱了。所以他找了个比较中规中矩的答案："我相信一切皆有可能。"

存在即合理，根据他的追踪，这个女孩所描述的"臆想"跟他们追测的各种病人的可能性都非常吻合，当然，老师们都说，这不过是个巧合罢了。

赵央看得出，阿喜有些动容，于是他接着说："我叫赵央，阿喜，你愿意让我帮你吗？"

阿喜讪讪笑了笑，一个13岁的女孩露出了一个世故又有些绝望的笑："你怎么帮我？所有人都说要帮我，可是没有人帮得了我。"

当她最在乎的家已经没有了，她是不是病了，能不能走出这里，将走到哪里，又有什么意义？她虽然只有13岁，但对于未来，她已经不再奢望什么了。

没有人会像赵菲菲一样疼爱她，给她一个家了，也不会再有阿白、眼镜男，还有白发老头儿。

或许她这一生，只能顶着这个"疯"了的头衔，在这个她看不懂但也不想看懂的世界继续生活下去，孤独地生活下去，她连刀都不再需要了。

何驰来看过她一次，他终于长高了一些。他带来了一个消息，就是之后她的监护权，可能会回到孤儿院里。13岁的阿喜，又变成了孤儿。她顶着赵家的姓，却再没有一个姓赵的人来把她当作自己人。

作为朋友，也作为负责阿喜的医生的儿子，何驰特别认真地跟阿喜说："你要配合治疗。"

"我没疯。"阿喜看着他的眼睛，黑框眼镜下，少年的眼睛开始有了锐气，她问，"你相信我吗？"

何驰说："记住，你看到的东西都是假的。我相信你可以战胜它们。"

阿喜的心理评估和反应能力都很正常，但教授们认为，她的认知出现了问题，如果这孩子拒绝接受"事实"的话，对她的治愈将毫无帮助。

阿喜笑了笑，她知道了，何驰说着相信，却和他们一样，不相信她。

直到赵央出现。真巧，不知是不是命运的眷顾，赵央也姓赵。

阿喜不知道是不是因为这个缘故，她对眼前这个长着好看眼睛的男人，没有向对其他人那样抵触，甚至，他像是比何驰还要亲切一点。

"我不需要帮助。"阿喜犹豫了一下，咬了咬牙说，"我不想知道自己到底出了什么问题，没有意义，医生，我觉得有些累了，我先走了。"

少女猛地站起来，椅子和地面发出摩擦声，赵央忽然大声说道："那你不想知道，他们到底是谁吗？"

阿喜一愣，缓缓回过头去。

"阿白，老头儿，还有你说的眼镜男，那天跟你告别的人，跳进黑暗里的人，他们是谁，你不想知道吗？"

女孩没有回答，可她的脚步却停了下来。许久的沉默之后，她轻声地问："他们说，这些都是假的。这件事，我也已经描述很多遍了……"

"嗯，我听过别人的分析，但我想听你说你眼里的世界，你愿意再跟我说一遍吗？"

那些老教授都很佩服赵央的耐力，这个年轻人今年要毕业，没有选择继续深造，而是想进基层工作，实在是可惜了。在赵央自己看来，与其从课本上学，不如多亲身经历一些案例。

没人想到他会在那间问诊室里呆那么久，那个一点都不配合的女孩，让人同情的同时也让人生气。

当夕阳西下，她的故事总算说完了。

他听出了阿喜对刀的执念，听到了赵菲菲的一切，听到面前这个一开始表情冷漠、玩世不恭的女孩，露出了这个年纪该有的惆怅，也露出了这番经历该有的悲伤。

"他们到底是谁？是我幻想出了他们吗？"

"我不敢肯定。但我敢肯定的是，你妈妈她很爱你。"

赵央告诉阿喜，或许她看到的，就是赵菲菲为了和抑郁症斗争，为了更好地陪伴阿喜而努力的结果——就是分裂出这几重人格来，给予陪伴。

他们是赵菲菲，又高于赵菲菲。

阿喜曾觉得自己再也不会流泪，但这一刻，眼眶却瞬间湿润了。

"她很努力很努力了……是我没有保护好她。"她自责地趴在桌上。夕照透过高高的窗户落在少女的身上，她强大的伪装终于卸下。

赵央淡淡地说："阿喜，等我的消息。"

11

关于人类的大脑，科学家还有很多可以探索的领域，如今显露出来的不过是冰山一角。赵央也说不出来，对阿喜的信任，像是从那封信就开始建立了，有些莫名其妙，但存在即合理。他愿意相信她，甚至有些羡慕她。

你看，这是高于读心术的一种存在啊，可以读出患者幻想世界的一种能力，这种能力却被视为一种病态，甚至连赵央打上去的报告都被驳回，他也被臭骂一顿："简直异想天开！这怎么可能！"就因为选择了相信她，赵央都开始被视为异类。

所有的诊断都表示，阿喜所看到的人格，是她自己幻想出来的。尽管人格已经消亡，但并不代表这个女孩以后不会有问题，起码，他们要努力修正她的认知，帮助她走回正常人的轨道。

可赵央觉得，奇迹的爆发本来就需要不理解的代价，何谓正常？大多数的人就是正常？大多数的意见就是真理吗？

并不一定。

再次见到阿喜，是赵央要离开这个城市的头一天，他被学校保送去欧洲读研。

这天，天气晴朗，阿喜换上了一件漂亮的衣服，坐在他的面前："他们还是不相信我对吗？"

赵央没有正面回答："人们对未知的领域总是习惯性地怀疑，也习惯用已知的常识去解释未知，即便已经超出理解。但是没有关系，这个世界本来就是很奇妙的。"

他看向阿喜的眼睛，笑了笑："我昨天去了你家，看到院子里你妈妈栽下的百合花一夜全都开了。你该回去看看。还有,她留了一笔钱给你。你以后想做什么?"

"我能离开这里吗?"

"很快。"赵央说,"你的心理评估能力其实不错,只是……因为一些特殊能力的原因,让你和他们口中的正常人不太一样。我相信你,阿喜,但我有个小小的请求,能不能……让这个能力,成为我们之间的秘密?"

"秘密……"阿喜喃喃道,她犹豫了一下。

"当然,我也不喜欢撒谎,但是如果一点点谎言,可以让那些执意相信所谓真理的大人给我们自由,我觉得是件好事。阿喜,我不希望那些治疗,伤害到你的天赋。你长大了想做什么?"

阿喜摇摇头,对于未来,她很迷茫。

"我希望你快点长大,如果有机会的话,你愿意加入这个行业吗?做我的眼睛。"赵央伸出手,摸了摸阿喜的脑袋,"这是我们的秘密约定,好不好?"

12

两个月后,阿喜出院,回到了孤儿院,转了一所学校。

五年后,阿喜从学校毕业。她的成绩还是一样烂,对于未来,还是迷茫得不行。那所老宅子,她一直都空着,舍不得卖。赵菲菲给她留的钱足够她的生活和学习。

五年后的某个雨天,她根据约定来到了赵央的身边。

虽然她不知道为什么赵央那双漂亮的、曾经将她拉出泥潭的眼睛再也不能看到东西了,但没关系,她答应过,做他的眼睛。

五年前,她出院的时候,根据赵央临走时的提示,在母校后山的第二棵树下,挖出了一封信。

信上说:"家永远都不会倒塌,家,在心里,保护好你的心。"

树下,还埋着一把瑞士军刀。

此时,这把刀就贴身别在阿喜的腰间,她连睡觉都不会卸下。刀是安全感,就像小雀的安心毛毯一样。但她现在更明确的是,赵央才是那安全感的来源。

她懒洋洋地躺在沙发上,听到书房里的音乐,觉得浑身的疲倦都疏缓开来。她很喜欢现在,喜欢这个家。

第六章

尘埃

你知道吗？尘埃虽然只是尘埃，但是每一粒尘埃，都有创造宇宙的能力。

这一章，写给琐碎生活里，平凡却又不那么平凡的我们。

1

刘天明活到 17 岁，一切都平平。长相平平，家境平平，成绩也一直徘徊在中游，似乎他的一生就要在这样平静无澜、近乎枯燥的岁月中度过了。

今天是高三的动员大会，天明念高二，但因为帮着布置会场也旁听了一会儿。有几个优秀的学姐学长代表发言，他们光彩四溢，站在台上激情澎湃地告诉学弟学妹们："我们可以的，你们也可以，只要今天努力，锦绣灿烂的明天就在前面等你！"

"是吗？"站在侧边的天明，在如雷的掌声中不禁自问了一句，然后神色黯然地笑了笑。根本不是这样的。有些人生来就注定能成功，而大多数人都不过是背景里的炮灰。乱世里出英雄，可英雄踏在满地尸骨上，成千上万个普通人的尸骨——平庸如他，命如草芥。

就如台上的几个毕业生，每年毕业的人好几千，可能站上这个舞台的，却只有眼前这几个人。

凤凰只有那么几只，我们是成千上万的野鸭。或许野鸭凭着努力能扑腾一下翅膀，但野鸭永远都只是野鸭。他喃喃道："努力,是没有用的。"

发言结束,天明也已经在那掌声中将自己暗淡的目光收了回来。当看到台下他的学姐学长们艳羡并且跃跃欲试的表情时,他不由得笑了笑。

最可怕的就是,野鸭以为努力就可以变成天鹅。

2

刘天明在路上买了一个饼。他抽到了动员大会"劳动"的签,忙到现在连饭都没来得及吃。但他不觉得饿,往日爱吃的大饼此时味同嚼蜡。

书包里有一张成绩单。天明的成绩一直不好,妈妈狠心花了一大笔钱在教学中心给他找了个名师,辅导了大半年,然而天明收到了一张几乎和从前一模一样的成绩单。

"哪怕退步也好啊……"天明喃喃地道,然后深深叹了口气。在这个少年心里,即便是变坏,也比没有变化要好。

天明恶狠狠地咬了口大饼,猛地骂了一句:"这种生活真是烂透了!"

天明回了家,他家在市区里一个房价平平的小区,去年搬过来的。天明有些焦虑,他在小区里徘徊了很久之后才上楼,跟他一起进电梯的是一个卖保险的中年男人,住天明家对门。

这个中年男人少言寡语,长得其貌不扬,拿着一个土得掉渣的包,有个 7 岁的女儿,长得跟他几乎一模一样。他的妻子常常开着门做饭,天明有时会听到他的妻子在厨房里骂丈夫没出息,又骂女儿没出息,最后骂自己,边骂边哭,觉得自己也没出息。骂得天明觉得她在骂他,因为他也没什么出息。

电梯缓缓上升着,天明心里忽然有了一个悲观的想法,这个中年人就是未来的他。平凡得从生活里生出些焦虑,在庸庸碌碌中老去,甚至懒得抬头看看天上飞的那些雄鹰,根本不记得自己也曾想过要飞翔。

他忽然觉得心里堵得慌,刚囫囵吞咽的大饼像是要呕上来似的。电梯门打开,他快速地冲了出去,只觉得和未来的自己待在一起,让自己有点恶心。

那个男人被他撞了一下,却没有什么表情,只是默默地跟在他身后走了出来。

那时候他没想到,自己平凡的生命里也会出现小小的奇迹。

寻常夜,天明随意扒了两口饭,看着母亲期待的眼神,抽出那张试卷:"我的成绩还是老样子,要不,补习班您替我退了吧?"他说这话时甚至不敢看母亲的眼睛,怕看到失望,更怕的是母亲掩盖失望。

天明头也不回地往卧室走去,果然听到母亲在身后说:"不急的,努力一点就可以啦!妈妈不奢望很多,你只要努力就可以啦!"

天明无比焦灼地合上了门,心里像是有头发怒的猛兽,呐喊着:努力?努力没有用!

天明的房间里贴着一幅巨大的星空图,上头有数不清的星星。他狂躁地过去将它撕了下来,揉碎,一大片星空变成了一团废纸,直接被塞进垃圾桶里。

他连星星也不是,他不过就是一颗小小的尘埃,再努力,也只是一颗努力的尘埃!

天明慢慢平复了自己的心情,重新回到自己的轨道上,重新"努力",或者说,起码要努力地活下去,努力地做出努力的样子。黄冈题库里的题,每个字都像是一种煎熬,明明每个字都认识,组合起来却显得陌生无比,天明需要很认真地看好几遍才能下笔。一道简单的题做了老半天,一看参考答案,心如死灰。

他烦躁地将笔丢到一边,有点想哭。他多想做天才啊,做站在舞台上对着台下说加油的人。

天才是怎样的呢?那种天生被命运选定、不费吹灰之力得到一切的人,又岂是努力就可以成为的呢?

而他这辈子,却只能吃力地⋯⋯做个普通人了吧。

天明是哭着睡着的,但不敢哭太响,只是蜷在被窝里无声无息地落泪。他不知道自己该怎么去向往明天,一个平庸的今天,又怎么可能会去向往明天?

3

天明在睡梦中,忽然听到了一阵悠然的音乐声,睁开了眼睛。他记得自己明明是关了灯睡的,此时眼前却朦胧地亮着光。天明猛地眨巴了一下眼睛。

——等等!他瞬间一个激灵。卧室的灯什么时候换的?他腾地坐起来,整个人像是被什么电了一下,又闭上眼睛,喃喃自语着强迫自己平静下来。

——是个梦,这是个梦⋯⋯然后他倏然躺下,胸膛缓慢地起伏着,几秒之后,耳边的音乐停了下来,他听到了一声少女的尖叫!

天明猛地睁开眼睛,腾地坐起来,却像是大梦初醒一样呆住了。等等⋯⋯他这是在哪儿？

明明是他的卧室，可卧室怎么这么奇怪呢？墙上被他撕掉星空图的地方，贴满了各色各样的获奖证书和奖状，他那空空如也的书架上，居然全是各种各样的奖杯。而地上正搁着一把大提琴，一把粉红色的椅子被刚才尖叫着跑出去的女孩踢翻在地。墙上挂的他从二手市场淘来的钟停了，停在正午十二点。

一股凉意从尾椎顺着脊梁爬到头顶，天明的手微微有些发抖，他看到卧室门被踢开，一个跟他年纪相仿的女孩，正操着一把拖把冲过来。那把拖把朝着他挥过来时，天明下意识地一躲，硬生生地撞在了墙上。他摸着撞疼了的头，一脸仓皇无措地看着她。

"你是谁？！"那女孩小鼻子小嘴巴，长得十分漂亮，眉间里有股小小的傲气，但此时，声音还是有些发抖，"你为什么会……会在我家？！"

天明哪里知道该怎么回答她？他从床上翻下来，感受到了剧烈的疼痛和摩擦，却没有醒，证明眼前的一切都不是梦，不然他也梦得太深了吧？

眼看姑娘再次操起拖把要往他身上砸，天明求饶地举了手："那个……你等一下！我们先搞搞清楚！"

少女大概也觉得，如果天明是坏人的话，看起来也太没杀伤力了吧？所以她狐疑地将拖把放下来："什么搞搞清楚？"

天明说话有些底气不足，一来是因为眼下的际遇太奇怪了，二来他没怎么和漂亮女生说过话，更不要说是穿着睡衣在卧室里对话了。

天明局促地一抹额上的汗，心情相当复杂。他抬头看着女孩："你确定这是你家吗？"

只见女孩柳眉倒竖，凶巴巴的，好像他问了一个很愚蠢的问题。

"对……对不起……可是我也不知道我是怎么……我睡着睡着，醒来我就……"天明边说边抬头，看到那满墙的奖状上有她的名字，叫沈洁茹。证书和奖状大部分是关于大提琴的，他看向洁茹，忍不住道："你好像很厉害耶。"

洁茹正好奇地打量这位不速之客，在确定这个人大概脑子缺根筋之后，她放下了拖把，将板凳扶了起来，坐下，目不转睛地盯着狼狈的天明，然后她像是灵机一动，激动地道："你不会是穿越过来的吧？"

穿越？对对对，天明这个时候也觉得恍然大悟，莫非，他真的是穿越了？

而洁茹指着他身上的睡衣道："看你的睡衣……你是不是70年代穿越过来的？"语气里忽然带了些遗憾和嫌弃，"怎么不来个古代的呀……未来的也行啊……穿越的时间也太近了吧。"

刘天明此时满脸窘态："睡衣是我爸的……我……我是00年生的。"

"你也是00后啊？"洁茹瞪大眼睛，"那你……"

"是的，我在期蓝一中念书。"刘天明望着她，认真地说，"念高二。你呢？"

"我……"洁茹脸上闪过一丝茫然，"我没在念书了，我妈打算明年送我去瑞士学大提琴。等等啊，那我就奇了怪了，你不是穿越，那是梦游过来的？"

可是……她抬头看看窗，窗户关得严实，而且就算没关上，眼前这人也不可能顺着水管爬到八楼吧？

天明的脑袋里乱糟糟的，他那颗本来就不怎么灵活的小脑袋瓜，实在没办法解释自己是怎么来的。这时，他的目光忽然锁紧了书架上，他那被奖杯遮掩下的乐高玩具。

——等等，如果这是女孩的卧室，那他的乐高玩具怎么会在这儿？天明轻轻"嗷"了一声，嘴巴惊讶地微张着站起来，指着书架："你你你你看啊！"

"有什么好大惊小怪的。"洁茹的脸上写着骄傲，"都是我的奖杯啊！"

她目光忽然一定，扑到书架前："这是什么？"

天明在身后激动地道："我的乐高玩具！还有，你看到那个钟了吗？"

"钟？"洁茹顺着他的手看过去，看到原先空空的另一面墙上，果然挂着一个奇怪的老钟。

"那是我从二手市场淘回来的！"天明跺着脚说，"哎，这到底是……"

这到底是谁的家啊？两人无比震惊地对视了一眼，洁茹回过头去，屏息凝神地将手伸向书架。此时，站在她身后，也屏住了呼吸的天明，只觉得有一股莫名的力量将他往后一拉，他眼前猛地一黑……

短暂得像是只有一秒钟，天明再度睁开眼睛的时候，发现自己站在卧室的中央，屋子里黑黢黢的，灯关着，他立马扑过去摁亮了屋里的灯。光线充满了整个卧室，可卧室还是那个卧室，有些冷清，有些无聊。墙上被他撕掉星空图的地方空空如也，像他那一片空白的青春一样干干净净，哪有什么满墙的奖状？而墙上的钟并没有停，午夜十二点，秒针正缓慢地走动。

天明有些发怔，太阳穴突突地跳动着，他猛地冲出门，看到洗手间里的拖把稳稳当当地站着，呆呆地看了它一会儿，然后抬头看到镜子里自己的脸，脸上有些发红。是梦吗？大概是梦吧，可是怎么会做这么真实的梦呢？从前也会梦到陌生人，可头一次，那个叫沈洁茹的女孩的脸，清晰得让天明觉得惊讶。

他开了水龙头,又洗了一把脸,笃定地想,应该是个梦。

4

第二天天明去了一趟图书馆,借了一本《梦的解析》。他很想弄明白,自己做这个梦到底是因为什么。可弗洛伊德的书对于天明来说真是艰涩,他逐字念着:"梦的发生……与人在睡眠状态下快速动眼和非快速动眼的周期性相关……一般来说,梦发生在快速动眼睡眠阶段,梦的内容也有规律。"

天明皱皱眉头,然后快速地眨了一下眼睛,想要消化这句话,结果梦没给研究透,倒把他给研究困了。

天明合上书颓丧地站起来,看到床上丢着的睡衣,莫名想起昨天梦里被女孩揶揄的一句话,脸瞬间红了,朝外喊道:"妈!有没有别的睡衣啊?我能不能不穿我爸的?"

天明的妈妈有些诧异,心想现在的小孩儿也真是,睡觉都要帅帅的啊?于是叉着腰说:"过几天你爸爸出差回来,我让他给你去买一件。你要什么样的?"

"什么样都行……适合00后的就行。我去睡了。"

大概是弗洛伊德的书特别催眠,天明很快就进入了梦乡。

他仿佛置身于星空之中,看到一颗颗耀眼的星辰唾手可得,天明伸出了自己的手……

"刘天明……刘天明!"星空的深处有人叫他的名字,天明猛地从床上惊醒,紧接着,他看到一张脸凑到他面前。

"喂!你总算醒了!"是沈洁茹的脸,她坐在他的床边,将他上下打量了一番,啧啧道,"今天这件美国队长的T,看起来倒是像跟我同时代的。"

沈洁茹这样说着,却见刘天明像是灵魂出窍一样,直接无视了她,仰头又倒了下去:"是个梦,是个梦!"

"喂!"洁茹大声地叫他,"刘天明!这不是梦!你给我起来!"她下意识地去拉他,手掌却直接穿过了天明的身体,可她似乎也不觉得怕,倒是天明,眼睛瞪大到了极限:"这这这……我……"

"你什么你!"洁茹的凤眼一挑,凶巴巴地道,"给我清醒一点!这不是梦!我是熬夜熬到这个点的!"

洁茹的手指指向老式时钟，钟又一次停在了十二点钟："你是刘天明对吧？我看你课本上写着的。"

天明瞪大眼睛猛烈点头："这是怎么回事？"

"我也不知道这是怎么回事。"沈洁茹耸耸肩，然后忽然笑起来，"不过我觉得还蛮有趣的！"

真是活见鬼了！刘天明这么想着的时候，洁茹展示了一下自己的发现："昨晚你凭空出现在我房间里，今天这个点你也出现了……不过你睡着了，我发现我根本碰不到那些乐高，它们好像是虚幻的投影。"

洁茹忽然打开了衣柜："你看！"

刘天明看到，衣柜里少女的礼服和他颜色惨淡的各色校服，像是融在了一起，有一层覆盖着透明的薄膜似的光，他"啊"了一声，看向洁茹。

"我只知道，我住在天澜小区的7栋801。你也是吗？"洁茹的眼睛凑近天明，天明猛地一怔："对，我也是……"

洁茹得到了答案，眉头拧紧："还真的是……"

她伸手穿过天明的身体，天明整个人像是虚幻的投影，可是他脸上的震惊，是如此逼真。

洁茹喃喃道："那如果你不是我的想象……"

"或者你是我的想象？"天明呆呆道。

她的手伸到他脑袋上作势一敲，尽管没有任何感觉，天明还是皱了下眉头："那你觉得这是怎么回事？"

洁茹皱皱眉头，摇了摇脑袋："我虽然是个天才，但我不是什么都懂的！你明白吗？"

刘天明并不是第一次见到活的天才，但却是头一次听到有人把"自己是天才"这句话挂在嘴边，明明话里透着十足的骄傲，却是一副理所应当的样子。

"你那里现在是什么时间？"

"没错的话……是2017年12月1日。"

"那就奇怪了……如果不是穿越……"洁茹认真地分析道，"我和你，都住在这小区同一幢的801号房间……就只有一个可能性了。"

"是什么？"天明眯着眼，好奇地问道。

5

奇迹。昨天晚上,那个神奇的、虚幻的却又逼真到不像个梦的女孩跟他这么认真地说道。

天明没想到,平凡至极的自己竟会遇到这样的奇迹。他们挤破脑袋也没有想出这个奇迹之所以会发生的原因,而天明的眼前再次陷入了黑暗。再开灯的时候,洁茹,还有洁茹的大提琴,以及她所有的一切荣耀,都不见了。此时此刻,天明却清醒地知道,这绝对不是个梦。

这个发现,让之前每天都像敲丧钟一样的天明振奋无比。第二天晚上十二点的钟声响起的时候,坐在书桌前的天明听到了大提琴声,他猛地回头,看到身后的那面墙上,再次出现了那闪闪发光的"战绩"。

而这些战绩的主人,此刻正闭着眼坐在卧室的中央。一个音节,轻轻地戳破了夜的寂静。

洁茹拉的是柴可夫斯基的《忧伤的圆舞曲》,大提琴略带沧桑的声音慢慢起伏,不像是从琴弦上飘出来的,而像是从她的灵魂深处走出来的,低沉的音乐伴着舒缓而优雅的旋律恣意流淌,将天明紧紧环绕。

他觉得心里一醉,嘴角迅速扬起敬佩的笑容,举起手来想要拍掌,却又生怕自己打搅了这美好的一刻。

而洁茹像是没有察觉到天明的到来一般,沉溺于自己的世界,全身心投入这首曲子上。

天明只觉得无尽的忧伤在优美的旋律之后席卷而来,心里猛地一坠……周遭的空气像墙上时钟的秒针一般凝滞了,光线退散,小小的卧室仿佛是洁茹的舞台。她拉大提琴的样子,高傲又孤冷,而天明仿佛看到她身后有一双隐形的翅膀,正缓缓扇动……

天明的心里忽然无限惆怅,这就是天才吧?一个仿佛天生就和大提琴融为一体的女孩,一个有资格骄傲的幸运儿!

这时,洁茹缓慢地睁开了眼睛,当看到眼前的天明时,她露出了欣喜的笑容,看向墙上的挂钟。

"啊,十二点了!不好意思啊,练琴练得有些忘记了时间。"洁茹这么淡定,倒让天明不好意思再惊讶一次"奇迹",他腼腆地笑了笑:"你都练到这么晚吗?你妈妈不催你睡觉吗?"

"我妈?我妈上夜班呢。"洁茹的脸上有微微的惆怅,"她挺不容易的,你妈妈呢,是做什么的？"

"哦。我妈妈……在百货商店上班，卖儿童玩具的，就是那个……乐高。"天明走到书桌前，将乐高玩具拿下来，递到洁茹面前。

可是洁茹接不了，她只是眼波含笑地看着他："看起来很好玩的样子啊。你拼这个是高手吗？"

天明红了脸："不是……我不太会。"

"那你会什么？"洁茹的话并没有恶意，却像是戳中了天明的软肋一般，他一时不知该怎么回答。

"我也不知道。"他抬头看着漂亮的女孩，她可真好看啊。天明不由想到，如果……如果不是这个奇迹的话，像洁茹这样的女生，或许都不会多看他一眼吧。

"我就是个普通到不能再普通的人。"他叹口气。

洁茹有些不太理解地问道："为什么这么说啊？"

"因为我成绩也不好，也没有什么特长，我长得也不好看，个子也不算高……还长青春痘。"

洁茹被他逗乐了，爽朗大笑："你可真幽默。"

啊？他幽默吗？天明更不好意思了。在学校时，像洁茹这样的女孩，他都很有自知之明地退避三舍。闪闪发亮的人是只愿意跟闪闪发亮的人打交道的吧，就像星星和星星。星星是不会和尘埃做朋友的。

"放轻松放轻松啦！"沈洁茹停了笑，看着天明说，"我今天去学校查过你的档案了……并没有找到你。或许我们在彼此的世界里是不存在的吧。"

天明一愣。

"你别这种表情，这不是好事儿吗？"洁茹笑着说，"那我们就可以共享一切秘密！想想都刺激！"

天明问："你想知道什么秘密……"

洁茹嘟嘟嘴："我其实也不知道……随便聊吧，对了，你长大想做什么呀？我长大了应该会是一个大提琴手，可能会去合唱团，我已经开过演奏会了。"

洁茹的话里并没有炫耀的意思，不过是一个陈述，毕竟她和天明刚认识嘛。

"我也不知道我长大会是怎样的，可能……"他想起隔壁的那个男人，"可能以后，会去卖保险吧。"

"那也不错啊！卖保险也可以赚很多钱的！"洁茹鼓着掌说，"哎，不知道我们可以聊多久呢。"

"哦,对。"天明有些恋恋不舍地看着她。

"没关系的。"洁茹说,"如果来不及,我们可以明天再聊。为防突然消失,我提早跟你说声晚安。"

6

那些百无聊赖的孤独夜晚,突然有了一抹神奇的色彩。沈洁茹像是从天而降的一颗星星,落到了刘天明的凡间。他突然开始有了期待,那个浑身仿佛散发着光芒的女孩,像是一颗天然的钻石,她滔滔不绝地告诉他,属于天才的生活。基本都是洁茹在说,天明在听。

他们也摸索出来,虽然时钟是停的,没有任何的计数工具,但大概,他们能见彼此十分钟左右。

"我很小的时候,就被发现很有音乐天赋,最开始学的还只是一些比较简单的乐器,5岁开始接触大提琴……我拿了很多奖,得到了很多人的认可。

"你知道吗天明,我第一次上台独奏时才7岁。

"班上那些人都不太敢跟我说话,有人还会在背后说,不就是熟能生巧嘛。好啊,你倒巧一个给我试试!我现在不用上学了,经常有报纸来采访我,说我是大提琴天才,说我进了柯蒂斯音乐学院,就是城市之光……"她的语气依旧是不咸不淡,好像在说一件再寻常不过的事,"其实现在我也不用着急学费的事,都有赞助费的,可是妈妈却觉得她应该给我更好的生活……天明,你怎么不说话?你也说说你的事呗。"

天明不是不愿说,而是人生乏善可陈,你要一个普通人去跟一个天才讲什么呢?就好比一粒尘埃要在星星发光时也铆足劲冒一下火星子一样,不合适。

虽然他和洁茹已经有了数个十分钟的见面了,虽然他们不能"触碰"到彼此,但这感觉却比视频通话要真实和清晰得多。他们因为搞不清这件事的原因而放弃了思考,天明一直觉得不太真实。

在他以为自己会平凡地度过一生而特别失望时,忽然从天而降一个不平凡的女生,命运是要刺激他吗?

"好羡慕你……"他不由自主地说,"其实我以前喜欢画画,可是画得很一般。老师说我要是走这条路可能也没什么前途……我妈就让我放弃了。"

洁茹忽然愣住了，倒不是脑子蒙了，而是不知道该用什么心态来面对刘天明。她忽然意识到，自己刺痛了天明，她止了自己的话头，看着天明。

天明只是腼腆地笑笑："没什么的，我知道自己很普通，如果不是……我们这样碰到，你或许都不会注意到我，而我也只能仰望着你。哦，对了……"

天明忽然起身，在床底下扒拉出画板，那是他初中时候的用具。后来因为放弃了走这条道，他再也没有拿起过。颜料已经干了，天明掏出一堆稿纸，都是他从前画的。正如他所说的，他的画中规中矩，并不是让人眼前一亮的那种。洁茹是个实诚人，也说不出什么假话来恭维天明，天明不好意思地将稿纸收起来，摸了摸鼻子："像你们这样的天才，是不会明白我们平凡人的苦衷的。"

洁茹陷入了沉默，许久她忽然叹了口气："天明，如果我告诉你，我其实更希望做个普通人，我也很羡慕普通人，你会对我失望吗？"

话音刚落，天明还没来得及对洁茹的"羡慕"表示疑惑，更来不及看清楚洁茹眼神里的失落时，他们的"通话"又一次中断了。

面对再次空空如也的墙，天明激动地道："普通人有什么好羡慕的，真是饱汉不知饿汉饥啊……"

等明天晚上见到她，一定要好好跟她理论。

7

天明并不知道自己的改变，这仿佛天赐的"十分钟"，让他整个人有了变化和期待。

哪怕只是十分钟，为了防止像之前一样没话找话，甚至没话可讲，他得让自己有那么点素材。两耳不闻窗外事的他，开始留心周遭的每一个变化，他也像怀揣着一个小秘密窃喜的少年一样，抑制不住地兴奋。

这灰蒙蒙的世界好像有了新的颜色。

这天晚上，天明穿了新的睡衣，还特地去楼下新开的理发店，剃了一个新潮的发型。一整晚，他都处在惴惴不安中，像一个等待夸奖的小孩。

昨天的对话进行到哪儿他记得很清楚，他打了腹稿，想好好让洁茹知道，拥有一样天赋是多么了不起，多么让他羡慕的事。

马上要到十二点时，天明的心提到了嗓子眼，他感觉到那个世界在显影现形，紧接着他听到了一阵哭声。

这是……怎么了？天明的眉头一皱，他看到洁茹趴在大提琴旁压抑地哭着。天明一眼就看到她手掌上有血迹，心一紧："手怎么了？你的手！"

他想要扶起洁茹，可是又扑了个空。他意识到自己根本帮不上洁茹任何忙，连触碰她的手都做不到。

洁茹这个时候也不再掩饰什么，抽噎着说："没事……是我自己不小心弄伤了。"

"你自己？"

"对不起，天明……"洁茹一开口，眼泪就止不住地流了下来，她像是崩溃一般地大哭了起来，"我快要撑不住了，天明……我真的快要撑不住了！"

活到17岁，天明并没有真正和"天才"交过朋友，只见过他们站在大舞台上，荣光满面、骄傲满怀地告诉你"我也没有什么了不起的"，潜台词却是"我得到这些就是这么不费吹灰之力"。

可是此时，天才忽然在他面前崩溃，像是橱窗里那个众人仰慕的模特，轰然倒塌。

后天就要比赛了，大浪淘沙之后，是高手和高手的对决，稍有不慎就会失败，失败之后却没机会感叹虽败犹荣，因为，从一开始，天才就被赋予了最高的期盼啊。

那是你不会输，也是你不能输。

这也是洁茹为什么每天会练琴到半夜的缘故，可是她拉得越来越力不从心。一切好像又回到了五年前，那时候，因为别的小朋友都可以去游乐场玩，而她只能在琴房和家里练琴，洁茹曾憎恨过怀里的这把大提琴。

这一次，面对新的"荣耀之战"，并没有表面上那么坚强和自信的洁茹，仿佛又回到了脆弱的孩童时代。

这件事她从来没有对别人说过。最开始是练琴，后来是失眠，离比赛越近，洁茹就越焦心，就这么恶性循环。她遇到天明时，最开始还能保持自我的骄矜，可天明的眼神越是羡慕，她越是感到沉重。

"你知道吗？我多讨厌你们的羡慕，你们可以去尝试各种东西，我却被告知要专注！不然就会输掉一切！我表面上拥有别人没有的东西，可你们拥有的我也没有啊！起码普通人不用每天练琴练到半夜，不用因为后天就要参加柯蒂斯音乐学院的面试而睡不着，不用承担那么多希望，也不用有那么多压力！我五年前就该放弃的，我不该这么执迷不悟……你懂吗？"

天明望着她崩溃的样子，却不知该怎么说"我懂"。

洁茹忽然苦笑了一下："不，天明，我们不是一个世界的，你不会懂的。这条路，太孤独了。"

这句话仿佛一语双关，深深地刺痛了天明的心，他自卑到有些自闭，平凡到有些平庸，怎么够格去安慰一个天才？可此时天明却觉得有无数的话要说，他再次从床下揪出他的那堆画，胸膛起伏，情绪有些激动。

"没错，我们不是一个世界的……而且，就算我们是一个世界的，或许我连跟你说话的机会都不会有。你看，我是一个没天分的人，画画连一般水平都算不上。我连选择自己的人生都做不到，可是你可以！你当然也可以退缩，把上天给你的礼物当作枷锁，可我们呢？天才的路是孤独的，就像天上的星星是孤独的一样！可你以为我们这些尘埃就不孤独吗？身无长物不孤独吗？你以为普通人那么好当，那你就放弃啊！不就是一场考试吗？只要熬过一次又一次失望，你就会变成一个普通到所有人都觉得你只要'活下去''混下去'就还不错的人，但你以为那样的生活是快乐的吗？"

他大声地说，说出了眼泪，说出了自己那堵在嗓子眼下的压抑和痛苦："但是你说得对，或许，我想要的你那星星一样的光芒，也不是我所能承担得起的吧。但我只想说，你有机会站在你的舞台上，那输赢又有那么重要吗？既然是个天才，为什么要怕失败？沈洁茹，请你珍惜你的手！那是上天给你的礼物！"

看到天明爆发的样子，洁茹呆住了，她的情绪慢慢平复下来，朝着同样哭得有些狼狈的天明伸开了双臂："天明，我知道。对不起，我不该让你失望。"

天明愣了一下，看着女孩虚空的双手，他也伸出了双臂。那仿佛是一个实实在在的拥抱。

"我会努力的，我还是输得起的，对吗？"

"对。"他点点头，"不要有太大压力，我妈妈说压力很大导致失眠的话，可以试试灵芝孢子粉，睡前再喝一点热牛奶。你马上要考试了，其实你的专业水准已经很好了，主要是看心态。你不能输给自己呀。"

洁茹重新坐回她的板凳，抹了抹眼泪："你说得对。天明，没想到你懂的还挺多的。"

天明露出了腼腆的笑容："我其实什么都不太懂。"

"天明，你很喜欢画画吗？"洁茹忽然问道。

"唉？也没有吧……反正我又没有天赋。"

"可是你喜欢不是吗？管它有没有天赋呢？"洁茹笑了笑，"我最早接触大提琴也是因为喜欢，只是我可能比一般人多点运气，有点天分。但是这次考柯蒂斯音乐学院的中国选手里还有一个人,老师说是我最大的敌人,她比我学得还早,比我还刻苦,因为她没有得到任何'天才'之类的称号,她是凭着努力走到今天的位置的。"

"所以你……是在说……"

洁茹抱住她的大提琴,轻轻地拨出了一个迷人的音弦:"我看过你的书本上画的小插图,你一定是很喜欢画画的,但你却认定自己努力没有用……你不是说让我不要输给自己吗?人生难道不是每个人和自己的比赛吗?所以你只是不愿和自己比,不是吗?"

天明望着那堆满地都是的稿纸,它们是他平庸的佐证,此刻赤裸裸地陈在脚下,他心里百感交集。

不愿意和自己比吗?他不知道,他只是想起中学时心血来潮去学画画,旁人受到各种称赞,他却只被冠以"没有天分",不管怎么努力和勤奋,都好像连别人的边角料都比不上。能被放到教科书上的,都是那些顶级的天才,什么毕加索、梵高、达·芬奇和莫奈。

此时,洁茹抱着琴说:"天明,我给你拉我这次要参加考试的《野蜂飞舞》吧!虽然可能拉不完我们就又要说再见了。明天我会试试你给我推荐的秘方,我会好好迎战的。如果输了的话,你要记得安慰我!"

天明点点头,随着洁茹的手指律动,音乐像一群神奇的精灵,在世界和世界交汇的地方相撞,而天明脚下的那些画纸,忽然像是有生命了一样,在向他召唤。

"你不是喜欢画画吗?平凡又怎样!平凡难道就不可以做自己喜欢的事吗?万一努力有用呢!万一奇迹像沈洁茹的出现一样,发生在我们身上了呢!"

眼前的洁茹,仿佛渐入佳境。天明莫名觉得悲壮又兴奋,他朝着洁茹大声地说:"洁茹,你拉得非常好!你就用这样的状态去面试吧!肯定没问题的!"

"刘天明你大半夜在喊什么?"天明的话音才刚落,洁茹和她的世界消失了,母亲气哄哄地打开了门,"大半夜不睡觉,你是要上天啊!"

然后她看到了儿子脚下乱飞的稿纸,一怔,抬头看到天明咬着牙坚定地问:"妈……我能买新的画具吗?"

8

这天放学,刘天明像怀抱珍宝般抱着新画具,就连路上买的饼都变得好吃起来。回家路上他看到了一张告示单,上面写着"柯蒂斯音乐学院招生",天明只觉得精神一振,就好像那个梦成了真。

那个和自己不在一个世界的女孩，或许……或许就在他的身边吧？只是他为什么没有听说过她呢？

这时候，他看到一个背着大提琴的女孩从身边经过，那是他的校友罗玲玲，只是他们从来都没有说过话。

从前，在天明心里，这可是如启明星一样高高在上的女孩，可此时他想，她不是洁茹的对手。

于是天明小跑上去："罗玲玲，罗同学！"

罗玲玲狐疑地回过头来，下巴抬了一抬，倒是有着优秀的人如出一辙的骄傲："有事吗？你是哪位？"

"我叫刘天明，我想请问你一件事情。"天明不再发怵，而是堂堂正正地直视她的眼睛，"你学大提琴，是不是也要参加柯蒂斯的考试啊？"

"是啊。"罗玲玲答道，"怎么了？"

"我想请问你……认不认识一个叫沈洁茹的女孩？"提到洁茹，他有些引以为豪，"据说，她5岁开始学琴，是个大提琴小天才！"

他恨不能告诉她，那个天才……是我的朋友呢！

只见罗玲玲忽然从嘴角冒出一个讥诮的笑："得了吧，她几年前就放弃了，觉得太累。天才又怎样，不努力，还不就是个普通人吗？"

远处的车子鸣笛，罗玲玲看了一眼一脸木讷表情的刘天明，便小跑着离开了，嘴里嘬嚅着："真是个奇怪的人。"

天明好半天才回过神，什么……沈洁茹……几年前就放弃了？

他忽然想起她昨天跟自己说的那番话："我五年前就该放弃的！我不该这么执迷不悟！"

他觉得天灵盖被猛地一劈，到底发生了什么？

9

那天晚上天明十分不安，心里有无数个疑问。等看到洁茹出现的时候，她却已经睡着了，桌边放着一杯喝得只剩下底的牛奶。天明看到书桌前有一封摊开的信：

天明，明天就要比赛了。我早早就准备睡了，不想再徒劳练琴了。说句实话，没有你的话，或许我又再一次走到了放弃的边缘。我很累，但是你说得对，欲戴皇冠必承其重，我有皇冠呢！虽然……不知道明天的结果会怎样，但我一定会好好应对。就像你说的那样，像开心地拉给你听，像我最初喜欢拉琴一样。天明，不知道你有没有打算重新拿起画笔，如果我们在一个世界就好了，我一定会亲手把新的画具交到你手上。

好了，今天的十分钟，我可能要爽约了。明天见。

不知怎的，看到这番话，天明澎湃不安的心潮平静了下来。他很想告诉洁茹，他希望重新拿起画笔画的第一个模特，就是她和大提琴。虽然他画得不怎样，但是努力一些，总是比从前要好些的吧。天明看了一眼熟睡的洁茹，心里想，明天见啊，洁茹。

那时的刘天明和沈洁茹，都以为奇迹会一直延续下去，他们有明天，有值得期待的明天。

10

"可是，我再也见不到她了。"刘天明忍住眼泪，想让自己像个男人一点，却没办法止住自己的伤心和绝望，"之后我就再也没见过洁茹。直到今天放学时，我看到有个人特别像她，就跑过去叫了她的名字。"

回过头的女孩果然是洁茹，依旧漂亮的五官和骄傲的小下巴，可是她眼里却没有半分熟悉的感觉，像看陌生人一样看着天明："你认得我？"

天明怔住了，像是一个被这句话给点了穴的孩子，半晌才回过神来："我是天明啊，刘天明……"

"我不认得你啊。你好奇怪啊。"

尽管天明心里清楚，眼前这个洁茹，可能和之前那个世界里的并不一样，可熟悉的样子和口气，还是让他觉得心里无比压抑和难受。

"我……"他有些支支吾吾，"我只是想知道，你为什么放弃大提琴啊？我已经开始画画……真的！"

这好像触到了洁茹的软肋，她忽然脸色一变："你问这个干什么？我不想学行不行啊？你到底谁啊，干吗问我这些奇奇怪怪的问题？你画画关我什么事啊！"

这句话像一盆冷水泼向天明，让他措手不及。他只是想告诉她，他在她的鼓励下，重新拿起了画笔，可洁茹不认得他了，洁茹也不再学大提琴了。

天明仿佛置身于一个黑暗的宇宙中，眼前的人像星星一样闪过，他似乎被现实猛地击中，又变成了那个胆怯的、平庸的、身上一点光芒都没有的刘天明。

汽笛声接二连三刺耳至极，有人伸手将他拖回了路边。天明回过神来，看到身旁站着一个很凶的女孩。

"你不要命了吗？"阿喜冷冷地训斥道。

赵央的工作室里，少年如同一个无助的孩子，抱着自己的书包，哭得令人心碎。

赵央脸上依旧是那个平静而宽厚的笑容，他循着声音过去，轻轻拍了拍他的肩膀，却只听到他重复着："她不认得我了……"

阿喜在一旁却毫不留情地加了句："这个时空的沈洁茹，本来就不认得你好不好，你还像被朋友背叛一样，我看沈洁茹才被吓得够呛呢！"

天明抹了抹眼泪。赵央轻轻地叹了口气，开口道："阿喜的话，你不要放在心上。天明，你心里其实明白，今天这个沈洁茹为什么不认得你，对吗？"

天明抬起头来，含着泪说："因为……我跟之前认识的洁茹，不是一个时空的，对吗？"

赵央点点头："对。按照你的叙述，洁茹可能是与我们相近的'平行时空'里的人。而最近因为彗星降临，能量场不稳定，可能在某些节点打开了一个豁口。"

这个豁口，让时空神奇地出现了一个交叠，当然，这也是物理学上的奇迹。奇迹，就落在了一个平凡少年的卧室里，而在另外那个时空里，继续学琴的洁茹，就恰好住在同一个小区的同一个房间里。但因为能量守恒定理，能源场也在慢慢地修复这个小小的问题，所以，平行时空的交叠也会恢复正轨，按着自己的轨道前进。

赵央尽可能地用比较简单的语言叙述，天明像是听懂了。他其实早就有心理准备，只是在得到这个解答之后，还是觉得有些失落。

"那么，赵医生，为什么会有平行时空呢？"

"平行时空……"

平行时空也叫多重宇宙论，其实在物理学界，是尚未被证实的理论。1957年的时候美国普林斯顿大学的休·埃弗莱特最早提出，假设所有孤立系统的演化都遵循薛定谔方程，波函数不会崩塌，测量只能得到一种结果。也就是说，处于叠加状态。但后来也有不少的理论认为，概率事件导致叠加，也会产生不同的排序方式。关于时间旅行的很多电影，就是根据这个理论拍的。

赵央心里清楚，这理论不要说天明听不懂了，就连好歹也受过他熏陶的阿喜都会翻好几个白眼，他想了想，举了个例子。

"天明，比如说，你今天在见到洁茹时，如果没有鼓足勇气喊她，你知道会怎样吗？"

"那我或许……不会在这里。"天明回答。

"对。你的这种或许，或许也已经发生，而我们因为你的一个举动走进了另外一条轨迹，就是说，你的一个小小的概率性的决定，开启了另外一个宇宙。"

天明腾地站起来，眼睛瞪得圆圆的："什么意思？我……我怎么可能开启一个宇宙？"

"天明，或许你不相信，其实我们周围就有成千上万，甚至是数以亿计的平行宇宙。那里有我们，也或许没有我们，有一样的我们，也或许有不一样的我们。这些都是我们每个人做出的决定所导致的量子变化。就拿你的好朋友举例。她的一生，或许是你所说的，早就被谱写好了的，会通往某个结局。但洁茹是一个有主意的人，她或许不是一个被命运牵着走的人，她会犹豫不决，会退缩，也会放弃，她会做各种各样的选择，她是个动态的因子，正如你所认识的洁茹，或许就是你今天下午见到的洁茹，在12岁那年，因为一个举动而创造出了平行世界的一个分支。在我们的时空里，洁茹放弃了自己热爱的大提琴，过上了她或许想过的没那么大压力的生活，而另一个时空的洁茹却选择了迎难而上，或许她已经收到了柯蒂斯音乐学院的录取通知书。"

天明倍感震撼地听完，却在最后赵央的那句"假想"里，微微扬起了嘴角。

"那就太好了……只是不知道……她的那个时空里的我，会不会……也很差劲。"他想起洁茹说没有查到他的资料，也不知道另一个自己在做什么。

"没有人会是差劲的。"赵央笑着道。

"洁茹是星星，我就是一颗尘埃而已。"

"天明，就算是尘埃，也有开启新的平行宇宙的能量。你还会觉得，尘埃只是尘埃吗？"

天明抬起头来，望着赵央："可是……赵医生，对于很多人而言，可能努力也没什么用。虽然不是所有成功者都是天才，但平庸的人想要靠着努力成功，却是很少很少的吧？我真的很差劲……"

这个时候，阿喜将一盘洗好的水果端过来，一下打断了天明的话："刘同学，我觉得你这个人也真是的。平行时空都能让你遇上，你都交到了另一个世界的朋友了，奇迹都已经发生过了，你却觉得见证奇迹的你仍旧很差劲。那我只能说，你这个想法很差劲。"

赵央轻轻咳嗽了一下，暗示阿喜不要这么伤人，却十分包容地接过她的话："阿喜说得也没错。没有两片相同的叶子，当你的行为轨迹改变之后，你就不再是之前那颗尘埃，至于能不能成为星星……"赵央笑了笑，"不试试，怎么知道呢？"

11

当天明仿佛重新振作了起来、离开了工作室之后,阿喜凑上来,问道:"老大,你说的是真的吗?那那个时空的我们,在做什么呢?"

"或许在告诉洁茹这个道理吧?"赵央开玩笑道,"其实我也不能完全肯定。但是,心理学的存在,如果能让像天明这样的孩子变得不一样,也很好不是吗?"

阿喜歪着头,感慨了一句:"哎,如果说……真的有平行宇宙,那我希望,在那里的我过得更开心一点。这么一想,好像眼前解决不了的麻烦也没有那么讨厌了。毕竟兴许有一个我,成功地迈过去了。并且,每每孤独的时候,想着这无数个宇宙里,有那么多个我在努力地生活着,心里莫名好受了些。"

赵央欣慰地点了点头:"说得很棒。但是你可不可以开始做晚饭了?"

"好啦!等等,我要是现在选择不做,是不是又开辟出了一个新宇宙?"

"或许是,但这里的我们都会饿死。"赵央眯着眼笑道。

眼前是黑暗的世界,但他仿佛置身于刘天明所描述的那个世界交叠之处,推开门,门外是浩瀚的宇宙。

此时,天明走在路上,嘴角慢慢浮现了一个笑容,他原本沉重的步伐变得轻快起来。

"洁茹,虽然我不能保证你那个时空的我不让你失望,起码……现在的我,一定会努力,向你看齐!"

也许,我们每个人都只能过自己的一生,或许曲折,或许平淡,可我们每个人,都曾经创造出无数个宇宙,无数个宇宙里,有无数个我们,虽在不同的时空里,却并肩作战。

我们不孤独,也不平凡。

第七章

囚鸟

1

当我睁开眼睛时，发现眼前的世界和以往不太一样。我的视线范围变得很小，看到的景象却变得很清晰，清晰到我有些不太适应。

我发现自己窝在床上，床是江其楠的床，他常常坐在那上面跟我讲话。可此时我不知道他在哪儿。

床很大，屋子也很大，墙上贴满了各种海报，还有无数金灿灿的奖杯，显得我那个鸟笼子如此突兀。

我昔日的笼子此时笼门大开，而我在离它半米的地方，脖子不能动，喉咙也发不出一丝声音。我像是被封印了——从笼子中，封印到了一张柔软的床上。

我使劲想要动一动自己的爪子，可它一点儿反应都没有。我转了下眼珠，看到了一床很厚重的被子。

我有些喘不过气来，一时也不知道该怎么解释。

毕竟，我只是一只黄嘴朱顶雀。灰褐色羽毛，暗褐色斑，淡灰色腹部，深褐色尾羽，头顶朱红。我只是一只鸟而已。

几分钟后传来了拍门声，一个穿着黑色西装的矮小男人出现在门口，喊着："其楠，你怎么还不起来？记者们都等很久了。"

我的眼珠骨碌碌一转，江其楠在哪儿？是啊，他从来不迟到，是个兢兢业业的男艺人，像上了发条的闹钟，从不赖床，甚至常常彻夜不眠。他去哪儿了？

我看到那个矮小男人——也就是他的经纪人朝我走来，心里有些怕。我很想扑棱翅膀逃开，他从前就反对江其楠养鸟，认为鸟这种东西，会让他玩物丧志。

可是我动弹不得，眼巴巴地看着他踢翻了地上已经熄灭的蜡烛，然后被融化又重新凝脂的烛油给滑倒，摔了个大马趴。我很想笑，可是我还是笑不出来。

直到那个男人的脸出现在离我不到几厘米的距离，脸上写满了惊讶："其楠，其楠你怎么了？"

我不知道我怎么会这么受欢迎，我不过是一只没了自理能力的鸟，连抖抖自己的翅膀都做不到，眼珠子也只能转到这个幅度，看不到身后，只能看到自己的身前，我甚至看不到自己的喙，我那黄色的喙啊。

可是有无数人出现在我面前，包括江其楠的父母，那两位老人此时垂着泪，还有他的经纪人，那个矮小的男人正在手忙脚乱地打着电话，从他严肃的脸上可以看出焦灼，他说："媒体必须封锁消息！就说伤风！重感冒！演唱会？没问题的，你放心吧！"

有个身穿白大褂的人出现，接着一只戴着白色手套的手伸向我的眼珠，我下意识地闭了眼，却被它掀开了眼皮。

强光像是刺破了眼球，往我的体内扩散。

我昏了过去。

那之后的三天，我被放平，只能躺着看天花板。

耳边是各种哭声。江其楠的妈妈、嫂子、绯闻前女友，以及他快要订婚的那个富家女，在我的床边轮番轰炸，朝着我各种哭诉。还有那天用刺眼的光差点弄瞎我的白大褂，他又无数次拨开我的眼皮，无数次地唉声叹气，朝着身后的人说："找不到病因。我无能为力。要不，还是去更大的医院吧。"

我听到一个很有磁性的中年男声，严肃地说："那不行！要是让媒体知道了，其楠的前途就毁了！"

江其楠的妈妈哭着说："再找点医生过来啊！"

那白大褂叹了口气说："我想我是您能找到的最好的外科医生了，但是我实在是找不出病因，江其楠的身体虽然虚弱，但真的没有太大的问题。我怀疑……"

他压低了声音，我想要听清楚他在说什么，可我的听觉好像没有从前那么灵敏了，只听到无数的沙沙声。是谁没有关窗户？外头的风，吹得我觉得有些冷。

这几天一直有人悉心地照顾我，可我没有再见到江其楠。第四天的时候我面前出现了一个男人，一个跟之前的白大褂不太一样的男人。他有很深的法令纹，从鼻翼两侧兵分两路，强捏出一个很和善的笑容。

这个像鸟贩子一样的白大褂拿出一根项链一样的东西，开始在我面前摇摆，像从前江其楠逗我时那样。我的视线跟着项链下头坠着的大水滴，开始一下两下骨碌碌地打转。不知转了多久，我忽然觉得这个摇摆游戏很无聊，翻了个白眼。

我看到他向一旁满心期待的江家父母摇摇头，两位老人一副悲痛欲绝的样子。

我很想安慰他们，江其楠会回来的，叫他们不要着急，但是我无法控制这个身体，只能任由他们悲伤。老江先生拼命地抽烟，而他的妻子，泪流满面地捶打着他，口中喊着："都是你，都是你把孩子逼成这样的啊！"

我又被放倒了。这些天，可能是我这只朱顶雀的一生中最受关注却也最痛苦的几天。我盯了一会儿天花板，索性闭上眼睛。不知道过了多久，我听到有人在我耳边呼唤江其楠的名字。

我睁开眼睛，再次被扶正，这时，我看到面前有一对男女。男的是一个有着英俊脸庞、锋利轮廓、高挺鼻梁，但笑起来很温和的男人。我紧盯着他的眼珠，发现他的眼里没有一丝神采，像个很深很深的旋涡。

女孩长得很漂亮，但看起来神情有些冷漠，正目光如炬地盯着我，然后她抬起头来，向身旁的那个男人说："鸟。"

我一愣，很想替她鼓掌，大声说，对对对，你是个聪明人！然后，她忽然皱皱眉头说："是一只……头上有一点红的，长得奇奇怪怪的鸟。"

我忽然不大想跟她说话。

2

"哎？他把眼睛闭上了，拒绝跟我们交流。"阿喜道，"喂，鸟先生，你怎么这么没礼貌啊？"

眼前的男人眼皮都没抬一下，一脸的高冷。

而赵央听了阿喜的话，手指微微一动，心头有了想法。这间屋子里，此时只有他、阿喜，还有眼前这个容貌出众的大明星。赵央好不容易才说服那对爱子心切的父母，给他们一个私密的空间。不过即便如此，他们似乎还是信不过他，竟然要求他和阿喜两人将电子设备留在屋外，似乎生怕他们会像粉丝或者狗仔队一样，拍下此时植物人一般的江其楠。

"阿喜。"赵央淡淡地道，"我总觉得，这间屋子里，除了我们，还有一双眼睛。"

"哈？你别吓人。"阿喜胆子不小，但这么一说，忽然觉得阴森森的，床上那个像植物人一般的家伙，此时微合着双眼，那还有一双眼睛，在哪儿？

"别怕。"赵央笑了笑，忽然对她做了个口型。

——是摄像头。

阿喜的头皮一紧，心想这个江其楠是有点变态吗？在自己的房间里安摄像头？

关于江其楠，赵央其实并不了解。从小到大，唯独娱乐圈是离他最远的一颗星球。阿喜倒是个适龄少女，但对漂亮面孔似乎也不感冒，不过还是像个百度百科似的告诉他："江其楠，国内知名男艺人，28岁。3岁那年接拍了一个沐浴乳广告，因酷似混血儿的面孔走红，成为童星，少年成名却也没有辱没自己的天分，出道后25年间人气不减。最近还被评为'晏城之星'和国内某个奖项的最佳男演员。一路算得上顺风顺水，而且邀约不断、高产至极，每部作品的质量也还不错。几乎没有什么负面新闻，也没有不良嗜好。履历完美得像造假。"

赵央点了点头。阿喜会了意，环顾四周，学着福尔摩斯的口气道："可以说是很典型的男艺人的房间，不过品位还算不错。"

她摸着下巴继续道："很自恋，贴着很多海报，大多数是自己的，不过也有几张是国外的，不认识。国内的有一张是张国荣某个电影里的……"

她忽然看到什么，"咦"了一声走了过去："鸟笼子。"阿喜拨了一下鸟笼的门，"很精致的鸟笼子，不过笼子里没有鸟。"

"如果没猜错的话。"赵央道，"你刚透过他的眼睛看到的鸟，就是江其楠养的鸟。不过没听他父母说起过。"

阿喜耸耸肩："儿子都成这样了，他父母还念念叨叨演唱会的事，毕竟投了那么多钱，到时候要是出不了场……"阿喜的声音里有些淡淡的冷漠。

"对了，张国荣的海报，是哪部电影的？"

"不知道啊。"阿喜道,"很重要吗?很年轻,很好看,穿个灰色衬衫,站在门前……"

"《阿飞正传》?"赵央接道。

"你怎么知道?"阿喜诧异地道。

赵央没有回答,而阿喜忽然情绪激动地说:"他……他又睁开眼睛了。好像……好像有话要说。"

空气像是凝滞了一样,可眼前人徒劳地瞪了瞪眼,嘴唇似乎有些嗫嚅,但……什么声音都没有发出来。

然后,他像是很丧气地又一次闭上了眼睛。

阿喜将一切汇报给赵央,赵央却问:"阿喜,那你看到的鸟,在干吗?"

赵央听到阿喜说:"鸟在扑棱翅膀,然后翻了个白眼,倒下了。哇,鸟又翻了个白眼,太贱了!"

耳边是阿喜跟"鸟"的较劲声,赵央眉头一皱:是什么让一个事业如日中天、炙手可热的男演员,忽然认为自己是一只鸟?笼子里的鸟又去了哪儿呢?似乎用什么手段都没法让面前这个男人开口,只能与他们面面相觑,就好像……灵魂已空。这又是怎么回事?

思索之间,只听到阿喜一声"哎哟",然后地板上传来重重的声响。

"怎么了?"

"地板好滑。"阿喜下意识地摸了一把地板,表情忽然又凝重起来,把手凑到鼻前闻了闻,"老大,是蜡烛油的味道。"

然后她爬起身,皱起眉头仔细地看着地板上的痕迹:"还有粉笔灰的痕迹,不过已经被脚印踩乱了。看不出是个什么图形。"她站起来转过身去,"还有,那只鸟一直在扑棱翅膀、叽叽喳喳。老大,要不要我学一下……"

赵央笑着摇头:"我也听不懂鸟语。走吧,出去再跟他父母了解一下情况。"

3

那两个人终于走了。他们一直在我面前唠唠叨叨,分析着我的主人江其楠心理出了问题。

临走的时候,江家爸爸妈妈一脸期盼地问他们怎么办,能不能在演唱会前恢复,他们俩还打了一轮太极,让两位老人家不要太担心。他们可真自以为是。

奇怪的是，那个女孩好像能看到我，这让我有点振奋，觉得他们好像也是知情人。但很快，我又觉得他们是歪打正着，鬼扯呢！

她背了一遍主人的履历，还说他自恋，她以为自己很了解他？他其实一点儿都不自恋，甚至有点儿自卑。而且，他一点儿都不快乐，更别提什么正能量了。

我敢打赌，这世上没有人比我更了解江其楠，也没有人比我更相信他会回来。三个月前他从花鸟市场把我带回家那天起，我就是他最好的也是唯一的朋友。

对了，他那个矮小的经纪人，一直以为自己是江其楠的朋友，但其实不然。江其楠算不上讨厌他，但绝对不喜欢他。很多次，我都听到江其楠在电话里跟他撒谎，说自己现在很忙，其实他是在陪我说话。

他说很多很多的话，从小说到大。说他家里出了几个老艺术家，于是要求他2岁就学琴，结果他也不负众望，3岁那年就出道了。二十多年来红遍大江南北，他成为很多人口中的榜样和偶像。

我发誓，他说这些话时，并没有刚才那个女孩说的"自恋"。江其楠是悲伤的。他是个从小就活在计划里的人，从3岁那年开始，就注定得像上了发条一样忙碌。因为成绩斐然，他成为众人眼中的偶像和榜样，他其实并不快乐，却要捏造出笑容来。

现在他28岁，每天活跃在各个大屏幕当中，那个矮个子经纪人会给他各种各样的标签，告诉他现在的粉丝喜欢听什么话。他被迫和他最喜欢的女友分手了，因为他爸爸妈妈说他不能太早结婚，不能和一个给他带不来任何效益的人传绯闻。他有很多想做的事，却一件都不能做。他连深夜吃个大排档都做不到，他曾经笑着问我："你知道，深夜大排档的味道吗？"

我怎么会知道呢？我不过是一只鸟，本来挺羡慕人类，觉得他们不用待在牢笼里，不用精神抖擞地取悦自己的主人。可我听他说得多了，就觉得一点都不羡慕了。他可真可怜！他自己也说："我真是可悲啊，明明好像拥有了一切，却连人身自由都没有。"

他的目光看向某个角落，那里有个微型摄像头，是他父亲装的。我不知道安装摄像头是为了什么，但我看到他嘴角有个嘲弄的表情。

他转向我："朱顶雀，我给你起个名字吧。"

我扑棱了一下翅膀。

这个好看的男人又摇摇头，无奈地叹息了一声："算了，名字是个负担。你就做你快乐的朱顶雀吧。你知道，我多么羡慕你。"

被人类羡慕是件了不得的事，我的兄弟姐妹们要是知道我被一个大名人羡慕，估计得扑棱翅膀到处飞。

他忽然打开了笼子:"我不该把你关着,你走吧。你是自由的。"

我走出了那个笼子,我做梦都想走出去的笼子。我扑棱着翅膀到了窗台边。

哇,我居然还可以飞,我真是一只名副其实的鸟。

窗台外有个防盗窗,但缝隙对于一只鸟来说,绰绰有余。他朝我笑,我踩着小碎步到了窗台边上,看到底下……哇噻,好高啊,高得让我有些本能的兴奋,却又有些后天的害怕,我转了个身看着他。

"去你的山林间,去你的辽阔天地,去吧。"他又朝我摆摆手。

4

江其楠的父母不大好沟通,尤其父亲一听到儿子可能得了心理病,登时暴跳如雷,似乎这个罪名若是敢安在他宝贝儿子的头上,比让他躺一辈子还要可怕。

"他一辈子要什么就有什么,在温室里长大,也没有接触外面的歪门邪道!他怎么可能会有心理病!"

老人家在屋里焦虑地踱起步来。

赵央知道,自己给这位非黑即白的老先生讲课可能要费很大的劲儿。尤其是今天,老先生发现自己努力封住的消息还是慢慢地透了出去,不少网站都出现了"著名艺人江其楠身患重病可能无缘演唱会"的八卦,这对于正在事业火热期的儿子来说,无疑是个很大的坎儿。

在了解了江其楠的基本情况后,赵央排除了酒精、毒品等毒性物质导致的慢性精神障碍,他最近也没受什么精神打击,江家父母也否认他有抑郁症,认为这孩子只是温和内向罢了。那到底是什么,导致他一夜之间失去行动能力,把自己幻想成了一只鸟呢?

"一定是那个人!我知道了!"江父像是想起了什么似的,激动地回头冲着赵央说,"他有个对手,还假装跟他是朋友!事发头一晚上,他们还碰过面!"

老先生说得咬牙切齿,恨不得立马就报警,把心里的嫌疑人抓起来。然后他冲着经纪人道:"钱坤!是不是啊?"

这时,江其楠的母亲突然停止哭泣,抓住她丈夫的手问:"他为什么要害我们儿子啊?"

还不等老先生回答,她又崩溃了,一边哭一边喊:"我苦命的儿子啊!"

"嫌疑人"并不是一个容易见到的人物,他就像曾经的江其楠一样,连见面会的门票都得靠黄牛抢。

他正是和江其楠名气不相上下的当红男演员——陆启之。他和江其楠是近年才认识的,算不上特别投缘,但因为名气差不多、资源差不多,二人常有同台的机会。但说实在的,外界都说,陆启之比起江其楠还是要差一些的,不然这次演唱会不会只请江其楠啊。就连经纪人钱坤都暗示,这两人是竞争关系,自然不会像表面上那般亲密无间。至于事发当晚他们在化妆间里聊了什么,钱坤也不知道。

没想到,大忙人陆启之居然很快就答应了会面。

三人一道离开了鸡飞狗跳的江宅,走在雾气浓浓的夜色中,又在雾色中赶往陆启之寄居的公寓。

此时是春季,万物复苏的季节,几个月前,一颗无名彗星砸在城市的西南角,但并未掀起太大的浪潮,后被科学家随口命名为B300。

无数鸟类飞回居住的城市,天空异常澄澈。

在陆启之的公寓里,尽管赵央看不到,但他能感到面前的男人跟江其楠不同。

如果把他们都形容成星体的话,眼前的人就是一颗恨不得让所有人感受到他的光芒的小太阳,而江其楠,更像是被固定在天空中孤独闪耀的一颗冷星。

"我就说呢,演唱会那边还让我做准备了,江其楠是出什么事儿了吗?"陆启之感慨着,但只是语气上的心疼,"他可真是……哎……"

"陆先生,当天晚上,江其楠跟您提过什么吗?"

陆启之正皱眉回忆:"没多说什么,其实江其楠跟我一起也很少说话。我找你们也是因为看到网上有人黑我,说是我把他弄病的。我哪有那能耐啊?还说什么我小人得志,拜托,我跟他争夺演唱会资格不假,但我并没有不如他,我只是没他有钱嘛!"

赵央没有去接他带些自恋的话,只是笑了笑。

"那个……"陆启之压低声音问道,"他到底怎么了?短时间真好不起来了?"

赵央摇了摇头:"不好说。"

"哎哟喂,可惜了可惜了!"陆启之道,"那麻烦你们了,一定要让他好起来啊!"

从陆启之的家里出来,一直在旁边沉默的钱坤忽然按捺不住地冲着赵央愤愤道:"赵医生，你是看不到，刚才你说江其楠病情的时候，那个家伙笑了！一定是他！赵先生你是不知道啊，江其楠为人太单纯了，很容易被这种人下套的！这个陆启之心思重得很！您不是说他受了什么刺激吗？我觉得就是陆启之跟他说了什么！一定是的！"说到这里，钱坤这个糙汉子居然红了眼眶："他那么好的人……虽然我从来都没有真正了解他，但我觉得他人真的很好……那天我就觉得他有点不对劲……"

阿喜撇过脸，显然不能看一个络腮胡男人哭的样子。赵央沉默了片刻，在钱坤的抽噎中道："钱先生，你说的不对劲，是不对劲在哪里？"

钱坤抹掉眼泪："就那天，他和陆启之在化妆间见面之后特别兴奋，我也不好问他。但那天话真的特别多，还跟我说了很多……像告别一样的话。我当时没多想。赵医生，他会不会当时就知道自己会出事啊？"

听得出来，这个钱坤，是真的对江其楠好。

赵央安慰他不要心急，自己会努力找出导致江其楠变成这样的原因。按照之前医生的检查，江其楠并没有自杀的可能，所以肢体功能忽然紊乱不是物理性的。至于到底是为什么，就要一个个去排查原因了。

钱坤也很配合，回去后将江其楠近期的行程全部传给了阿喜。

"江其楠这些年，节奏实在是有些快啊。"赵央在阿喜汇报完其行程后感慨了一句，然后摸了摸下巴。

"是啊，正常人都适应不了这个节奏吧。"阿喜道，"是不是压力很大，所以有了妄想症？"

赵央会心一笑，阿喜这段日子进步很大，不再沉迷于她所看到的，而是学会跟着他的节奏来分析。

"晚上那个陆启之说话的时候，你在憋着笑，笑什么？"赵央问道。

"因为我看到这个家伙面具底下无比自恋，内心里住着一个一直拿着镜子不断欣赏自己美貌的人。"阿喜道，"他是真的自恋。老大，是他干的吗？"

"我倒不觉得陆启之有这个能耐，但就像经纪人说的，跟陆启之聊了之后的江其楠很兴奋，还很反常地跟钱坤说了很多像告别一样的话。"

赵央想象着一向情绪稳定的江其楠难得高兴，忽然诡异地想起一幅画面。

像一只挣脱牢笼的鸟儿般的雀跃。

赵央叹了口气："被父母逼迫着成长，步履不停，保持完美，怕是江其楠28年以来做得最多的一件事吧。其实开始你提到张国荣的海报时我就想过，他会不会有抑郁症。我想，他的父母应该知道他有问题,所以……"

"所以才安了监控吗?"阿喜道,"怕他自杀?难怪连窗台都安着防盗窗。这样的父母也太过分了。"

"我刚才也问管家要了监控视频,尽管对方对于我们为什么知道有些尴尬,但还是告诉我,监控当晚莫名坏掉了,也就是说,没人知道当晚江其楠在那个密闭的空间里做了什么,是什么让他坚信自己变成了一只鸟。"

阿喜也陷入了沉默,许久之后问道:"我们怎么才能知道呢?"

"我还真不认识会鸟语的人。"赵央忽然笑了笑,"当务之急,就是让这只'鸟'自己告诉我们。"

5

窗户大开着,外头是城市的霾。钢筋水泥的城市,我却一点都不陌生。因为我根本不是山野里出生长大的朱顶雀,我从记事起就在花鸟市场,等待主人的垂青。我张开羽翼,尽量让自己看起来毛发旺盛;我使劲地啼叫,尽量让自己看起来活泼可爱。

终于,我被眼前的男人带回了家。我从一只笼中雀,变成了一只用更好的笼子装着的朱顶雀。

我退了回来,转身盯着他,展了展自己的翅膀,用黄色的喙戳了戳自己的羽毛,我想让他不要赶我走。

他似乎看明白了,哑然失笑,伸出手,摸了摸我的脑袋:"你可真是一只傻鸟。你不知道我多想逃脱这一个一个的笼子。你居然不走,是舍不得我吗?"

他将我捧在手里,凑近他的脸。我用自己的羽毛蹭蹭他,乖顺地贴着他的脸。嗯,我舍不得他。我听到他说:"傻鸟,如果有机会,我想跟你交换人生,你愿意吗?"

我当然愿意,不是我多想做他,而是我看到他这么想成为一只鸟,我愿意成全他。我很喜欢我的主人,不仅仅是因为他为我遮风挡雨,喂饱我,爱护我,陪伴我。我真的喜欢上他,是他为我打开笼门的那一刻。

6

赵央他们一行人再上门的时候,江家人得知江其楠几乎不可能在演唱会之前复原,甚至"没人能保证他能复原"这件事后陷入了崩溃。江妈妈号啕大哭,江爸爸则大发雷霆,指着赵央的鼻子说:"你不行!我换个医生!必须让他在演出前好起来!"

阿喜很生气,没忍住朝江爸爸说:"不就是场演唱会吗?人都这样了,他到底是摇钱树还是您孩子啊?"

这番话让江爸爸差点背过气,他指着阿喜,似乎她是天下最大逆不道的人,却半晌回应不出一句话。倒是江妈妈虽然哭得声音沙哑,却过来抓赵央的手:"医生,你一定要治好我的儿子,拜托你,多少钱我们江家都愿意出!"

赵央细心解释了一遍,江其楠现在是因为压力过大而产生封闭性幻想症,所以四肢不受控制,也没办法进行心理问询。治疗的第一步是先帮他恢复正常人的自理能力。这句话一出,江妈妈又差点晕倒:"我儿子现在……连自理能力都没有了?"她一辈子视儿子为骄傲,而现在她的骄傲躺在屋中,宛若一个活死人。

赵央耐心地告诉老夫人,有些患者在受到重大创伤时,可能会丧失一些基本的生活能力,就比如一些人明明四肢健全没有受损,却不记得怎么拿筷子和走路,需要像个孩子一样重新学习,也包括讲话和发音。而且江其楠的四肢都没有坏死,身体也没有别的问题,只是需要耐心地重新教他。

江爸爸似乎没办法接受这漫长的重新学习,他的儿子如此优秀,是他用了28年时间培养到这个份儿上的,他如何再来一个28年?他冷冷地拒绝了赵央的好意,摆摆手说:"送客。"

赵央和阿喜离开之后,江妈妈哭着问:"赶人家走干吗啊?你不救儿子啦?"

江爸爸气急败坏地说:"我不需要一个瞎子来救我儿子!"然后他怒气冲冲地走进儿子的卧房,伸手就给了床上的人一个耳光。

江妈妈和经纪人一齐扑过来拉住他,却只见床上的人纹丝不动,而江爸爸绝望地咆哮:"江其楠,你这个没出息的白眼狼,我白养你28年!"

7

在江爸爸一个巴掌打在江其楠身上的时候，我只觉得剧痛，可也只是神经痉挛一般地跳动了一下。

我听到他们哭成一团，忽然意识到，江其楠的星途，可能就要被我弄完蛋了。我觉得很抱歉。

可是，我真的不知道怎么用这个身体。

不久之后，那个盲眼医生和小女孩又来了，还带来了一个中年女人，据说是很厉害的医生。她很耐心地给我一个个指令，拿起我的手指告诉我该怎么用力，然后教我发音。我也在努力跟上她的节奏，只是成效不大好。倒不是我有多想和江其楠这具躯壳和谐相处，只是不能动的感觉太差了，简直还不如当初在笼子里，起码我还能扑棱翅膀呢！

哎，不知道江其楠现在在哪儿，他答应我会回来的，他说，他一直想试试驾着滑翔伞飞翔的感觉，以及在天空自由自在、在山野来去自由的感觉，但他爸妈，他的经纪人，从来不准。他们甚至为他买下了巨额保险，出行都有保安跟着，任何危险的事都不让他做。

现在呢？我有点担心他，但我相信他会回来的。

我比较喜欢那个温和的盲眼医生，他的声音很好听，人也很有耐心。那个女孩就不行了，她老是骂我臭鸟。我决定，要是我能动了，我就用江其楠的手去捏捏她的脸，很用力的那种。

盲眼医生叫赵央，他真的很厉害，有时候我都被他绕晕了，开始怀疑自己就是江其楠，只是因为某些在他嘴里听起来很绕的原因，以为自己是只鸟。真的是这样吗？

我跟赵央之间其实算不上沟通，甚至还不如我当初跟江其楠的。我真的理解江其楠，听得懂他，觉得他也能从我扑棱翅膀的频率知道我在说什么。人类不是有忘年交吗？我和他，是跨越物种的朋友。

可赵央告诉我，我和他，是同一个。那我和江其楠，到底都是鸟呢？还是……都是人呢？

江其楠，一直没有回来。

半个月后，我终于能够走路了。走路比用手抓东西要顺畅，毕竟我从前是只鸟时也是能走路的，但我的手只能像翅膀一样有频率地扑棱，手指不太灵活。

现在我的脚趾也不太灵活了，从前我能靠我的爪子站在吊灯上呢！还有讲话，我到现在还是只能发出咿咿呀呀的声音，不太像鸟叫，但也绝对不是人声。

直到那天复健完毕,我僵硬地走到窗台前,看到一只灰溜溜的麻雀站在江其楠的窗户上。

它看了我一眼,似乎不太怕我,扑棱了一下翅膀,开口说了句:"傻乎乎的人类。"

喂喂喂,麻雀,你干吗骂人啊?我这么想着,可说出口的还是咿咿呀呀。

麻雀嫌弃地看了我一眼:"神经病。"然后它就飞走了。它飞得可真高啊,我遗憾地跳起来。我其实是想问问它,如果碰到一只朱顶雀,能不能问它,啥时候回来?可麻雀听不懂我说话。我徒劳地坐在地板上,回头看见我的笼子,哎,我想念我的笼子了,也想念我的主人,他还没给我起名字呢。

赵央给我讲过一个童话故事,叫《小王子》,我当时哭了。阿喜激动地跳了起来。

我只是很难过,江其楠驯化了我,却离开了我。我很想他。

8

复健并不是很顺利。到现在江其楠只能很机械地动动胳膊和腿了,但成效很低。他的演唱会取消,之前售出的门票全部退回。赔了合作商不少钱。而关于他"瘫痪"的事,终于传得尽人皆知。大家报以同情,粉丝起初疯狂,很快恢复了死寂。

这个世界,有时候是很残忍的。

陆启之的演唱会倒是很顺利,他成功顶替了江其楠的角色。尽管江家人恨得牙痒痒,却也知道,光凭猜测,没人可以将他怎么样。

声讨没用,只剩下反复咀嚼的痛苦,江家人都陷入了一种低迷的情绪中。

尽管离"开口说话"似乎还有很漫长的过程,但赵央也想不到更快的办法。对症下药,找到症结最重要了,如果贸然用别的方法去刺激,有可能会导致更糟糕的后果。但赵央也不只是在等待,只要一有空,便会带着阿喜和复健医生一起去江家,用比较柔和的音乐手段和回忆方式,来帮他尽快恢复。

最初的时候,是用转眼珠的方式来互动。赵央发现江其楠潜意识里对"陆启之"这个名字毫无反应,对于他生活里的那些人名地名,好像也都一脸茫然。

到后来,赵央绝望地意识到,连自己和阿喜都比床上躺着的那位要更了解他本人。他只能不断地告诉他:"江其楠……或者说鸟先生,我们会耐心地等你。"

9

盲眼医生每次来,都会告诉我,他会等我。

我挺喜欢他的,其实最开始我一点都不想那么辛苦地学习怎么控制人类的身体,因为我也在等。

我在等真正的江其楠回来。但当日子一天天过去,我也觉得很难受,我甚至开始害怕,江其楠不会回来了。如果我不动起来,我可能会永远躺在这里。

而且,我忽然领会了人类的很多情感,比如不被理解。除了那个盲眼医生,所有人似乎都不理解我,我只是一只鸟而已,可是现在却住在人类的身体里,开始有了人类的压力。我开始惶恐,这惶恐驱使我开始跟着那个中年苦瓜脸女医生一起"动"起来。

先是灵活运用眼珠,我不再随随便便翻白眼了。再是手指,再是腿,我都差点以为自己不是鸟了呢。毕竟,我像个人类一样学走路,学拿东西,学讲话。

我都能发出"a、o、e"的声音了。

但做人类真的很麻烦,要学的东西太多太多了。再想想江其楠,他的人生,一定很累吧。

我在等他,所有人都在等他。

如果他不回来了怎么办?起码我要用我的嘴,告诉他们真相吧,告诉他们真正的江其楠去了哪里……

10

阿喜心里有些不安,这段日子赵央表现得太淡定了。阿喜是个急性子,不喜欢事情拖着,她并不觉得这样的漫长等待就能让真相浮出水面。

赵央本来是个很有办法的人,可是现在却在等一只鸟说话,这怎么可以?

她不知道,赵央在等另外一个人。终于有一天,这个人,出现在了赵央的工作室门口。

陆启之刚结束他的演唱会和新戏,没有在台上那么光鲜夺目,他有些憔悴,黑眼圈在他好看的脸上显了出来。

"赵医生,我这段时间一直噩梦连连。可是,我真没做什么!"他有些焦躁不安地道。

赵央很耐心地听着,也不问,他知道,陆启之既然找上门来,就会开口。

其实在离开陆家之前，赵央就塞了一张名片给陆启之，虽然当时被他不屑地丢进了垃圾桶，但赵央并没有因此"放过"这条线索。赵央看不到，但这方便他专注听。他敏锐地听出了，陆启之在得知江其楠真的"出事"了之后，虽有侥幸的笑，却好像吓了一跳。赵央听出了他的紧张，尽管这被其他二人以为是"激动和兴奋"。

他觉得，陆启之和江其楠的"出事"脱不了干系。但人家是个名人，他们不过区区一介小人物，总不能严刑拷打吧？这时，钱坤因为工作不能继续也选择了请辞，但他还是难以平息自己内心对江其楠的担忧，于是在赵央的指点下，对陆启之进行了调查。陆启之除了胡吃海塞广交天下好友，还真没什么奇怪的地方。但他们还有撒手锏。在一次节目录制中，钱坤潜进陆启之的更衣室，趁其不备对他进行了简单的催眠。

尽管他不知道这个催眠有什么用，但还是照赵央说的做了。就是这次在钱坤眼里不知有什么用的简单催眠，让陆启之内心里的恐惧化成了梦，在多日噩梦之后，他捱不住了。

"我就是告诉了他一个阵法！我随便瞎来的。"陆启之无辜地说，"他说他回去试试……交换灵魂怎么可能嘛？要是真的可以的话，这个世界早乱了不是吗！可能是他凑巧出问题了……而且，我听说他真的变成了一只鸟！这只是巧合，对吗？"陆启之嘴上这么念叨，唇角还带着一个企盼的笑来掩饰自己内心的慌张。

"你相信这个阵法，对不对？不然，你不会把一个全然无稽的阵法，当作一个秘密一样告诉江其楠。你是从哪里弄来的？"

陆启之脸色一白："我……"

这个英俊的医生，有一双虽然失明却锐利无比的眼睛，毒辣得像要看穿他似的。

于是陆启之头一低，支支吾吾回答："我……我一个搞巫术的朋友……告诉我的。"

为了这个阵法，他可花了不少钱呢，他能不信吗？他烧香拜佛也想干掉江其楠，他可不想永远做他的后备，只有他演不成的戏才落到他身上！

万年老二，他不想当！他哪里不如他了？

"画出来。"赵央一声令下，阿喜将白纸往陆启之面前一推。

陆启之讪讪一笑："这个……您这不是难为我吗？我……"

"放心吧。一个无稽的阵法，没办法将你定罪。"赵央淡淡一笑，"陆先生也不想后半辈子日日噩梦吧？很伤皮肤的……"

"这人也太恶毒了吧？看网上说江其楠社交圈干净，所以他无从下手，没想到居然找这样的方法……"陆启之走后,阿喜端详着手里那看起来就很白痴的阵法图,抬头看了赵央一眼,"不过,这什么阵法图你相信吗?"

"我当然不信。但是我觉得,陆启之信。只是他太自恋了,从来没想过变成别人,所以,他把这个'秘密'告诉了一直羡慕着别人的竞争对手。"

"听起来都像天方夜谭。怎么可能通过一个仪式来交换灵魂啊。"

"你记得吗?我们第一次去江家时,地上有粉笔灰和蜡烛油。那就足以证明,江其楠是信的,并且已经尝试。"

阿喜毛骨悚然:"成真了吗?你不会也信吧?"

赵央摇摇头:"我当然不信。但是,我觉得江其楠是相信这个仪式的,所以,他的意志,是根据这个仪式来转移的。"

"那现在我们要怎么做?"

赵央思考了一下:"找一只朱顶雀,再来一次这样的仪式,告诉江其楠,'你该回来了'。"

11

这个晚上,我做了一个梦,梦见了一座森林,森林里有无数的鸟在半空中盘旋,发出无比美妙的声音。我没有见过我的父母,我是从一颗蛋里孵出来的,生来就和我的姐妹分离。这么一想,我又觉得羡慕人类。人类总是有无限的羁绊,羁绊使他们充实,但过多的羁绊使他们太过沉重。

负重而行,总有一天会拖垮自己的吧?

我在梦中听到了窗台上扑棱翅膀的声音,我猛地醒来,睁开眼睛,天花板还亮着一盏微弱的灯,我下意识地挪动自己的身体。

还好,那个老师真的很厉害,比以前花鸟市场里调教我的鸟贩子还要厉害。

我成功地用手撑着床,坐了起来。我来到了窗台前,眼前是令我触目惊心的一幕。窗外那正扑棱着翅膀的朱顶雀,就是我自己,此时它正在窗台上留下大片朱红色的痕迹。我徒劳地用双臂去拨窗户,窗户不听话,我费了好大劲才打开。

窗台上的朱顶雀,奄奄一息。我喉咙口发出嗷嗷的哭声,此时的它有些艰难地睁着眼睛,气若游丝。

"朱顶雀啊，我回来了。"那只鸟，正平静地跟我说着话，"我去飞过了，我飞过了好多地方，抱歉啊，我才回来。因为我觉得很痛快，但我也不知道该往哪儿去，我随着鸟群飞来飞去，可是却没有属于我的窝。原来，即便是只鸟，也要有家、有方向啊，更何况我并不是一只真正的鸟呢？我学会了觅食，却还是不知道怎么逃过孩子的弹弓。"

我回过头去，看到月光下，那个原属于我的躯壳，那双仿佛含着泪的眼睛。

"朱顶雀，或许活着就是束缚吧。这天下根本没有真正的自由，我们不过是从一个牢笼逃到另一个牢笼的笼中鸟……朱顶雀，你不要难过。你别哭。哎，你别用我那张大男人的脸哭成这样，你好歹也是一只雄鸟，你不能哭。我现在很高兴，真的很高兴。起码，我完成了我人生中最大的一个心愿。"

我顾不上听他再说下去，忽然觉得自己身体里有无限的力量，那是超出鸟类极限的力量，那是一种迫不及待的力量，我感觉到自己撒开腿，疯了似的开门，我的手依旧笨重，脚步依旧迟钝，但是我得抓紧！

我疯了似的冲下楼去，站在那大宅子里空荡荡的客厅里，却无处可去，我发出了一声咆哮。

屋子里亮了灯，有人冲了出来，是江妈妈。她合着睡衣一脸诧异地看着我："其楠！其楠！"

然后她露出了欣喜至极的表情，想上来抱我。

我躲闪不及，一边哭一边大喊："蜡……蜡……猪……"

"你说什么？其楠，你说什么？"江妈妈捧着我的脸，欣喜地大喊，"其楠，你会说话了！其楠！啊，你要蜡烛，要蜡烛干什么！"

"蜡烛啊！"我再次发出绝望的咆哮，江妈妈总算没了辙，她一边笑一边说："好好好，只要你好，你要什么都给你！"

我拿着蜡烛冲上楼，心里念着我不能跌倒。尽管如此，我还是跌跌撞撞，只觉得浑身疼痛地到了屋中，我点上了蜡烛，拿着墙角的粉笔，却不知该如何下手。

该死的。我根本不知道那个阵法该怎么画。

这时，整幢寂寞如鬼宅的楼热闹了起来，楼梯口传来了"蹬蹬蹬"的脚步声。而我缓缓走向窗台，上面的那只朱顶雀，已经没了动静。

那是我的尸体，却埋着江其楠的灵魂。

我没有哭，我哭不出来，我没办法用江其楠的眼泪，去为他哭。

身后有人抱紧了我,是喜悦的声音,屋子里光线大亮,江爸爸欣喜地说:"其楠,我就知道你会好的!哈哈哈!太好了,这才是我的好儿子!"

江妈妈欣喜地落泪,而我像一具空荡荡的躯壳,任由他们喜悦的笑穿过我的灵魂。

他们并不知道他们养了28年的儿子此时在那窗台之下,身体冰冷,纹丝不动。他们似乎只在乎这个皮囊的鲜活和名字的延续。我忽然想起,江其楠,终于给我起了名字。他把他的名字给了我。

12

半年之后,城里有了新的名人,大海报张贴得大街小巷都是,陆启之又被新的人顶了下去。虽然江其楠还没有被彻底遗忘,但可以用"过气"来形容。

时间真的过得很快,也很残忍。月亮高高悬在空中,秋天已经过去了一半。街上依旧是车水马龙,所有人过着自己的生活,隐形的囚笼跟着人的轨迹,一步步移动。

好像什么都没有变,只有少数人能感受到世界的变化,月亮,好像不再是曾经的那个月亮了。

"江先生,我很想知道,半年前你跟我们说的,'来不及了'是什么意思?"

半年前,当赵央和阿喜带着一只刚从花鸟市场买的朱顶雀抵达江家时,却发现江家难得不再死气沉沉,所有人都喜气洋洋。除了江其楠。

但比起之前躺在床上如同尸体的样子,如今他能灵活活动躯体了,所以他脸上的悲伤好像不值得牵挂。

他拒绝了赵央和阿喜的"仪式",他苦笑着摇头,声音沙哑,断断续续地说了四个字:"来不及了。"

为了尊重委托人的意愿,赵央没有强求。

此时,坐在工作室里的江其楠已经能够用手熟练地拿起杯子了,讲话也日渐流畅。只是即便是江爸爸逼他求他,他也不肯弹琴、唱歌和演戏。

当然,没有人知道他是真不会了,还是不愿意了。

江其楠胖了一点,身上没了荣光,却有了些许光彩:"因为,他再也不会回来了。"男人回答说,抬起头来,露出了一个由衷的笑容,"不过没关系,我会替他活下去。我在抽屉里，发现了他小时候写的日记。里面有很多很多……对于普通人来说，很简单的愿望，但是……对他，却是奢望。"

他顿了顿，喝了口茶："我会替他去一件件完成。我会告诉他，只要愿意，我们都可以自由。"

那晚正是一个节日，阿喜包了饺子，赵央让他留下来吃饭。他却笑着说："不了，我要去吃深夜大排档。"

然后那个男人一头扎进了夜色中，像一只展翅的鸟，滑翔一般地穿越街道，孑然独立。

阿喜望着江其楠的背影，问赵央："我们到底治好他了吗？我仍旧可以看到那只鸟呢。只是那只鸟，变得……像人类一样了，居然有点感动。"

阿喜忽然有个可怕的想法，一下子猛抓住赵央的胳膊："老大，你说，要是巫术真的有效……"

"傻瓜。"赵央笑着说，"一只鸟的灵魂，又怎么可能有人类的思维方式呢？但是江其楠有拒绝交换的理由，可能他的灵魂被囚禁太久了，还不如一只鸟来得快活。那么，只要他找到了新的活法，能够快乐而自由地活下去，不用被之前的羁绊和沉重所累身，也就是脱胎换骨了。是人是鸟，都不那么重要了。"

刚才还一脸惊恐的阿喜已经回了厨房，端出香喷喷的饺子，见他还不来，气呼呼喊了句："吃饭啦！你午饭都没有吃！晚饭必须吃二十个以上的饺子！"

他朝着那声音"哎"了一句，然后站了起来，微笑着想：他倒是幸运的，他喜欢人间的羁绊，比向往自由的天空，还要喜欢。

第八章

消 失

1

  他梦见自己回到了稚子的年纪，对面的陌生男人指着他向他的母亲问："他是谁？"
  他的母亲忽然朝他咆哮："你是谁啊，我不认得你，你为什么会在这里，我要你消失！消失！消失！"
  歇斯底里的声音冲破耳膜，他害怕地站起来，往墙边倒退，看到餐桌边坐着的那些熟悉脸庞上的冷漠，也看到了他母亲眼中的厌恶，恨不得把自己塞进墙里。
  他的左边有一面镜子，冰冷的镜面清晰地倒映着他那张连自己都觉得没什么辨识度的脸。不知从哪里冒出一股蒸汽，镜面瞬间起雾，雾顷刻间又散去。他看到镜子里的自己消失了，而回头看向那桌旁冷漠地望着他的一家人，发现他们开始其乐融融地吃饭。就好像，是他的消失让他们快乐。
  意识好像越来越模糊，他听到有人在他耳边喊了一声："张庸……"
  可惜声音太轻，他根本听不出那是谁在喊他。
  是谁——在记挂他？

2

这天,"特殊人类研究所"一改往日安静的风格,变得异常吵闹,原因是来了一位不速之客——肥钉。

肥钉是赵央的学弟。赵央大三的时候,计算机系的肥钉因为对心理学特别感兴趣,每天过来蹭课,还非常自来熟地跟赵央称兄道弟起来。他人如其名,很胖,眼神还特别犀利,跟个钉子似的缠上谁就拔不下来。后来这家伙转系没成功,进了一家互联网公司做程序员,还总打电话跟赵央抱怨人生无趣,活着没劲。阿喜嫌烦,赵央倒觉得接到他电话还挺有趣的。

前几天肥钉也不知哪根筋搭错,拎着大包小包来投奔赵央,非说这"特殊人类研究所"靠着阿喜那小丫头撑不起台面……这不,他就真在沙发上住下不走了。

对于此事,阿喜可是一万个不乐意,她平时比较冷酷,跟《这个杀手不太冷》里的娜塔莉·波特曼似的,肥钉一来她就炸了。何况这家伙还特别爱惹她,因此家里鸡飞狗跳。赵央倒是不排斥这种热闹,一边听音乐一边听两个人拌嘴,觉得生活很接地气。

这不,阿喜又和肥钉杠上了:"你看看你来了几天,都干什么了?我们生意这么差,现在连个委托电话都没接到!扫把星!"

"你你你!"肥钉长得肥头大耳,但白白胖胖,看起来也挺好欺负的,此时瞪着眼睛,也不显凶,"吃人嘴软啊你,晚饭谁做的啊?可不就是玉树临风、上得厅堂下得厨房的哥哥本人……哎哟!"

阿喜懒得理他,回到电脑前开始刷论坛。忽然她神色凝重地说:"老大,我看到一个帖子,这个发帖人不会是要自杀吧?"

3

张庸发现自己身体异样是在两个多月前,当晚他在公司加班。其实也算不上加班,只是他没有什么交际活动,又恰逢假期,回到孤身一人的住处反而有些落寞冷清,于是就在公司加班。

他的座位在光线最不好的旮旯里,是他主动要过来的。下班后公司的人一波波往外走,他从电脑后头露出一双眼来偷瞥,却似乎没有人注意到他,没人跟他打招呼说再见。张庸已经习惯了。

人稀稀拉拉地走光了，28层的大厦亮起了夜灯，早已做完工作的他百无聊赖地刷着论坛。最早刷这个论坛是因为一个有关熊猫血的帖子，当时他知道自己拥有罕见的RH阴性血时，非常振奋，他甚至鼓起勇气去和周围的人对话，尴尬地聊着这个话题，可似乎所有人都对这点"特殊"毫无兴趣。一个特殊的血型落在普通如他这样的人身上，被连带着也普通了。

论坛上有很多小众的科学话题，有些并未得到佐证。此时他翻到了一个帖子，好像是一个物理学爱好者发的关于一颗叫B300的彗星降落地球的消息，上面有很多分析数据，但作者似乎不太注意阅读性，大肆地搬上了专业词汇。点击量还不错，但似乎无人回复讨论。大概都是看到标题点进来，却没有读完的。

说实在的，张庸也不太想读，可不知怎么就是有点心疼这帖子，因此竟耐心地读了下来。

文中大致讲的是，这颗名为B300的彗星在抵达地球的时候就化成了星云碎片，然后融化在了空气之中，因此天文学家也无迹可寻。有科学家曾提到，这颗彗星将对地球的磁场造成轻微的影响，只是这影响只有少部分人才能感受得到。绝大多数人会按照原来一地鸡毛的生活轨道继续前行，这颗彗星的降临对他们来说毫无意义。于是正如帖子所说的，这颗彗星会被人忽视，就像从来没有来过一样。

里面有很多理论依据和推测，写得高深生硬，张庸吃力地读完之后，竟莫名生出一种与这颗彗星同病相怜之感。恍惚间，他的心头涌上一股悲凉，那缠绕在喉间的愁，无人可诉说，徘徊了一阵，又被咽了下去。

不久他在昏昏沉沉中入睡了。他先是觉得自己在不断下坠，在砸中什么的时候猛地一痛，然后又觉得自己很轻，从地面升起来，像个肥皂泡一样，越来越轻，也越来越高。最后，不知是哪里来的一阵风，吹歪了他的形状。"噗"的轻轻一声，肥皂泡被风吹破，瞬间消失。

张庸猛然苏醒。公司的人已经走光了，灯也已经悉数熄灭。他面前的屏幕一片漆黑，窗外的大月亮格外圆，皎洁却惨淡的月光正折射进来，照见了公司门外的大锁。看来是保安以为人已走光，将门落了锁。

他低头看了一眼手机，手机还有电，可他不想向任何人求助，大不了今天就在这里休息吧。

他回头看向身后的大月亮，月光照亮了张庸略显苍白的脸，那一瞬间，张庸看到身后的透明玻璃窗上折射出自己的倒影，几近透明。

他"腾"地站起来，凑近那镜面，揉揉眼睛。

他没看错，镜面里的脸，真的好像有些半透明了，若隐若现，仿佛马上就会消失一般。

此时的张庸并没有陷入恐慌，而是静静地望着窗外的万家灯火。从24楼望出去，那么多的灯火，却没有一盏是为他而亮。那一刻，张庸忽然觉得自己无比渺小，他苦笑了起来。

如果就这么消失，就像那颗彗星一样……张庸忽然想起他的母亲来，他的嘴角带了些苦涩。不知道妈妈会怎么想，这次，妈妈是真的再也找不到他了吧。

在那夜之后，张庸离开公司，再也没去过。他的辞呈放在自己桌上。反正他的职位是个可有可无的职位，拿着可有可无的工资，占着一个最不起眼的角落。

张庸去超市买了足够消耗半年的食材之后，再也没有出过门。最初是惶恐的。那夜他刚意识到时还未觉得，等到太阳照到身上的时候，那种真实的恐惧就此袭来，他离开公司、去超市，都将自己裹得严严实实的，生怕别人看出他的异样。

镜子里的人在缓慢地变化。起初是脸，倒不似那夜那般透明可怖，而是有些不太清晰，除了略显透明之外，还越来越模糊。他也说不太清楚这种模糊该怎么解释，总之就是觉得自己脸上的马赛克越来越大，整个人的分辨率越来越低。

自己可能真的就会这样消失到什么都不剩吧，张庸平静地想。离开公司、离开所有人的视线，是为了不吓到别人。但他也想要留下点什么。一封遗书或者一些交代，交代自己这么多年平凡无奇的人生。

那这封遗书该给谁呢？如果他就这么消失，这封遗书就毫无意义，可他也不希望给人添麻烦。

而此时，这个访客稀少、彼此又都陌生的论坛，就好像成了他刻墓志铭的唯一选择。

他松了口气，把键盘当作一支笔。可撰写是一个艰难的过程，张庸落笔时觉得自己有无数的话想说，却写不下来。他忽然意识到，他连遗书都写不精彩。

他只写下了一段话："我知道这个世界上每个人的存在都有意义，但是我好像没有。所以，上天要让我消失，就像我从没有来过这个世界一样。"

4

肥钉是个理工科学霸，找到发送者的 IP 地址并不难。他满头大汗地查到了这个疑似有自杀倾向的家伙的基本资料时，恨不得立马报警把这个家伙控制起来。

赵央是有经验的，觉得事不宜迟，三人锁定了发帖人张庸的基本信息，便前往张庸所

第八章·消失

在的小区。

怕搞错，也怕打草惊蛇。三人敲了十分钟门无回应后，都有些心急。肥钉急得满脸通红："该死的，要不我撞门吧？"这时门忽然开了，开门的人穿着一件灰色的毛线衫，头上戴着一顶鸭舌帽，帽檐压得很低，脸上的大口罩几乎遮完了剩余的脸。

他有些局促地点着头："我是张庸，不好意思，刚才没有听到……请问你们有什么事吗？"

语气温和礼貌，声音极轻，松了口气的三人互看一眼，明明是他们打搅了他，怎么这家伙还一副歉意满满的样子？倒是他们有些不好意思了。肥钉咳嗽一声道："啊，那个，我们是……做社会调研的。"说罢，肥钉直接进了屋。阿喜偷瞥了一眼张庸的反应，见他眼神闪烁了一下，欲言又止地接受了他们的"入侵"："那个……啊……"

他声音细细的，似乎在说"那好吧"。

自打肥钉来了之后，阿喜整个人就有些闹脾气。平时出活属她最积极，往往一见到"委托对象"就会找机会跟赵央打报告，今天却表现得一点也不积极。赵央趁着主人起身去厨房烧水给他们倒茶，压低声音问她看到了什么，她却忙着和肥钉斗嘴，争当赵央的"眼睛"。斗嘴的内容相当无聊，直到肥钉压低声音说："这个人似乎很怕冷，在屋里居然戴着手套！"

手套？戴帽子和口罩也解释得过去，只是在家戴着手套，确实有点奇怪了。

"还有什么？"

"还有……"

"那个……你们的茶……"三人都没注意到，张庸已经回到了客厅，"不是特别好的茶，不好意思。"

虽然有自杀倾向的人的状态千奇百样，但从面前这位的谈吐中，赵央真听不出任何厌世和厌己的情绪。那么，是什么让张庸想要自杀呢？还是他们搞错了？

"那个……"肥钉的视线落在他茶几上压着的一张照片上，从进门起，他就很好奇，"照片上的女孩……是一个很红的女主播吧？"

照片上可以看到张庸的脸，平凡无奇。倒是旁边的女孩极其惊艳，肥钉对她有些印象，是一个最近混得风生水起的网红女主播。

"是。"张庸答道。

"见面会时拍的？"肥钉抬头问道，"羡慕啊。"

"不是……"张庸顿了顿，"她是我的女朋友。"

"哈？"肥钉猛地一炸，虽然立马意识到自己这样有些不太礼貌，但还是没忍住，"你确定啊？"

"呃……不过应该算前女友了，我们很久没有联系了。她离开我了。"张庸讪讪地笑道，仿佛在说，这是理所当然的事。然后他问，"我们可以开始了吗？"

对于肥钉煞有其事的问询，张庸虽然答得缓慢，却都没有回避：他出生于1994年2月18日，父亲早逝，母亲后来改嫁，他跟随姨妈一家生活多年。在晏城念大学后留在本地工作，在一家互联网公司上班，平时没有太多交际，大多数时间都宅在家中。

"平时很少出去？跟同事聚餐什么的呢？"肥钉问。

"唔，偶尔也去的。"张庸用戴着手套的手挠挠头。

肥钉决定不兜圈子了，开门见山："这么说吧，你是不是在星河论坛上发过一个帖子？"

张庸一愣，似乎明白了对方的来意，答道："是的。"

"你是想要自杀吗？"肥钉被他的理直气壮气到，登时凶巴巴地说，"你这个人年纪轻轻的，没事儿玩什么自杀啊！还是说，就是想吓唬人？"

"没有！"张庸被他一激，虽有些气愤，但还是很温和地坐在那儿，礼貌地回答，"我……我不知道该怎么说，但我真的不是想要自杀！"

"不是想自杀，发什么'要消失了，像没有来过一样'！"肥钉气得打了个嗝，"你知道你把我们这些爱心人士吓得够呛吗？"

张庸沉默了一下，道："对不起，我没想到……还真有人……"

不知怎的，赵央仿佛从他的语气中听出了一丝丝的喜悦，不由得眉头微微一皱。这个张庸到底想干吗？

肥钉也听出了他语气中的笑意，忍不住揶揄道："是不是发帖的时候心情不好？所以想要自杀？你想想你要是死了，你这个……这个前女友不得伤心啊？就算她不伤心，你妈不得气死啊？"

这句话像是刺痛了张庸，他忽然情绪激动起来："不会的……她们根本就忘记我了。"张庸站起来，"我很感谢你们关心我……你们放心，我没有要自杀……就算我消失，也不会有人伤心的。那个……我还有点事……"张庸客气地下了逐客令。

肥钉看了眼赵央，赵央的脸色没有太多变化，倒是阿喜腾地站起来，走到张庸面前，伸出手来："我能看下你的手吗？"

如果说张庸整个人除了有些拘谨之外，哪里最不对劲的话，就是他坐着回答肥钉问题

第八章·消失

的时候一直低着头,并且总是局促地将自己的右手藏在茶几下。

"哈?"张庸还没反应过来,阿喜已经极其冒犯地将他的手一把拽上来,她的表情瞬间呆住。手套被她拽了下来,她看到张庸右手的部位空荡荡的。

这个时候,被夺走手套的张庸立马反应过来,猛地将手往身后藏,而好奇地凑上来的肥钉却一脸迟疑地盯着他:"什么东西?不是,你们在看啥?"

张庸诧异地看着他,藏手的动作停了下来,他似乎也意识到,眼前的人并不能看到他那"消失"的手,于是他下意识地将透明的手放回到肥钉的视线中。

肥钉的表情让张庸松了口气,回头看向刚才一惊一乍的阿喜。她已经拾掇好了自己的表情,恢复到了原本的冷漠脸,有些生硬地说:"哦,不好意思。"

口罩之下,张庸脸上的神经舒缓下来,没说什么。

沙发上坐着的那位墨镜男子,此时忽然开口:"张庸同学,我们其实是'特殊人类研究所'的。"

这是一个让人忍不住注目的、存在感极强的人。张庸轻轻地叹了口气,真让人羡慕啊。他能看出他身边的少女和胖子,都很在意这个人。

"特殊人类……"他讪讪道,"我身上可没有什么特殊的值得研究的东西……就不麻烦你们了。"

5

才走出小区,肥钉就忍不住了,回头冲着赵央道:"学长,你说这家伙是不是得了妄想症啊?就是女神瞅多了瞅出病来了的那种人!"

"你是觉得他在说谎?"

"你要是能看见就会知道那个女主播长得多好看了,配他?简直是鲜花插在牛粪上!"说着,肥钉脸上露出了一个感慨的苦笑,"哎,那种女孩连看都不会看我们一眼吧,根本就不是一个世界里的人哪。我觉得这个人啊,就是个刷自己存在感的……"

赵央一听到"存在感"三字,心里一动,但他没有妄下定论,而是向阿喜道:"阿喜,你观察到什么了?"

"不是都有肥钉了嘛,哪还需要我啊。"阿喜话里带着醋意。肥钉刚才还挺悲伤的,一听又乐呵了:"就是就是,阿喜你要被我取代了!不就是做学长的眼睛嘛,我视力1.5!"

"取代我？"阿喜淡淡一笑，"那还真不太容易。"

赵央勾勾嘴角，向肥钉道："肥钉，今天就让你看看我的'眼睛'有多厉害吧。"

赵央在小区的小花坛旁坐下，一旁的肥钉也一脸好奇地端坐，而阿喜此时一本正经地开始了她的叙述："首先，我们刚才进的屋子极其简单。尽管楼下保安表示这个人已经一个多月没有下过楼了，但屋里并不脏。没有过多的摆设，可以看出他对生活的热情不高。我发现有很多书。从这点上来说，他应该不算是一个厌世者，每天都打扫卫生，把房子弄得很干净。

"除了那张他和'女主播'的合影，整个屋子里没有别人的照片，茶几上只摆了几张风景照或者是随手搁进去的海报，还有两张照片被海报盖住了，没看到内容。这个人看上去应该没有太多的朋友。"

肥钉这时插嘴："干吗呢？弄得跟破案推理似的。"

阿喜气得翻了个白眼。赵央没有责怪他，只说了一句："心理学本身和推理也是一脉相承的。有时候，根埋得很深，需要顺藤摸瓜去找，你让阿喜说下去。"

肥钉只好噤声，阿喜瞪了他一眼，继续说道："因为没办法观察到面部表情，他的眼睛也被挡在帽檐之下，所以只能从肢体动作上来看。对我们的冒昧造访，正常人都会抵触或者觉得麻烦，但我觉得他有点热情，只是这热情不明显。至于他拼命地想要藏起右手，似乎生怕我们看到，明明戴了手套，他却还是不太自信……所以我才上前去摘下了他的手套。"

背过身去讲述的阿喜忽然回头，望着赵央那张平和的脸，深呼吸一口气："我发现，他的手，消失了。"

肥钉爆出一声大笑："什么叫手消失了啊，你是说伤口对吧？哈哈哈你不能欺负学长看不见就……"

赵央没理肥钉，打断他的话问阿喜："消失了？"

"嗯。我想这就是他戴手套的原因，不是因为手受伤，而是因为手消失了。虽然他的左手也戴着手套，但似乎他想遮盖的，只是右手。"

赵央陷入了深思："所以，张庸说觉得自己在消失，是这样局部地消失吗？"

"等等……学长，我看到的可不是这样的，你怎么光听阿喜说呢！"肥钉轻声嗫嚅着，心下却忽然感慨，难怪自己转系失败，心……太粗了……

"肥钉你说说吧。"刚才这两人跟福尔摩斯和华生似的旁若无人地交流，如今终于想起了旁边还有坨肉。

肥钉受宠若惊地接过话题："我觉得,有些人在很不如意的状况下,会觉得'这个世界上,没有我会更好一些'。从他的谈吐中,我感觉张庸并没有那么强的自我厌恶情绪。有两个可能,一是他已经过了这个时期,还有一个可能是他并不讨厌自己,当然,不讨厌自己并不代表一定要自恋。"

"也对……"阿喜点着头。她下意识地把他当作一个病患来对待,但如果把他假设成一个尚且正常的人,他身上,还真没有那么强烈的自我厌弃情结。

"客观地看待张庸,你觉得他是一个怎样的人?"

阿喜想了想:"有点内向,不太善于表达自己,很礼貌,谈不上热心,只能说是不喜欢给人添麻烦吧。"

"是。那如果他本身不想消失,但是他所感知的周围环境让他觉得世界需要他消失呢?"赵央悠悠地道,"人有很多胡思乱想,都是大环境的折射。阿喜你还记得我前段日子陪你去看的《寻梦环游记》吗?"

当然记得,阿喜记得当时的自己哭得稀里哗啦,赵央看不见,她也怕打搅他而没有跟他说具体情节,但赵央基本上也能听懂个大概。

在故事中,那个灵魂永居的另一个世界里,生命终结之后仍有一次消失,而这消失的标准,就是你是否被遗忘。当地球上活着的最后一个认识你的人也忘记了你,你连灵魂都不再有存在的意义。

"我还有个问题,张庸是个左撇子吗?"

"应该是的。虽然也不排除他因为右手不方便而使用左手,但他左手的动作非常利落。"

"你怎么知道?"肥钉还真没注意到这点。

"那就对了,消失,先从并不那么需要的右手开始……"赵央深呼吸了一口气,"他不想自杀却还是发了那样的帖子。那么很有可能,他说的是他觉得自己被消除了,是真正的消失。"

肥钉虽然听得莫名,但毕竟也是个心理学爱好者,似懂非懂地点点头:"也就是说,张庸觉得自己正被所有人忽视?他确实提起过,他的母亲,还有他的前女友,都忘记了他的存在。前女友还说得过去,母亲怎么可能忘记他的存在?对了,阿喜你到底看到什么了呀?"

阿喜洋洋自得地看了他一眼:"我告诉你,我阿喜可不是那么好取代的。我可不只是赵老大的'眼睛'……"

赵央笑着揉揉她的脑袋，冲肥钉解释道："阿喜算得上是火眼金睛，她能看到……她能看到那些人所坚信的世界，以及我们常人所不理解的一切幻象。"

肥钉呆若木鸡，许久没回过神，好在赵央委派的任务让他又来了劲儿："需要你发挥自己的专长，得到旁人对张庸的印象。还有张庸口里的前女友和他的妈妈。"

阿喜皱着眉道："可是老大，要是他妈妈和前女友，都确实并不在乎张庸……"

"那他也太惨了。"赵央叹了口气说。

肥钉发挥了自己的优势，迅速将张庸扒了个底朝天，不过收获相当少。这个张庸实在没什么可说的，好像就是每张人际关系网上可有可无的那一个。

"张庸……我想想啊，对哦，我是有这么一个同学，不过你不说，我真的记不起他呢。"

"有没有……什么印象特别深的事情？"

电话那头的班长思索了一番："还真想不起来。只是记得有这么个人，我连他的脸都想不起来呢。"

挂掉电话后，肥钉叹了口气说："这家伙可真够衰的，打了那么多个电话，大家对他的印象都很模糊，有几个甚至连他的名字都记不得……比起来我算是幸运多了，你要现在打电话给我同学，肯定记得，肯定骂我！我以前，可是大家嫌弃讨厌的对象啊。哈哈哈！"

也不知这到底有什么值得炫耀的，肥钉这优越感还真是来得奇怪呢。不过他也算是八卦小精灵了，饶是张庸这样乏善可陈的人，他也能说上一箩筐。

肥钉说，张庸很小的时候爸爸就去世了，妈妈出门做生意，把儿子丢给了自己的姐姐。姨妈姨夫现在已经移民了，好像早就和张庸断了联系。

张庸念高中时，亲生母亲和一个外国人在一起了，据说后来生了个弟弟，搬到A城居住，网上能查到的电话已经是空号。

一句话概括，张庸还真挺惨的。他们倒是能理解那个漂亮女朋友离开他，可母亲怎么会不跟儿子联络呢？但寻找张庸的妈妈张爱华可不是一件容易的事，光A市就有300多个同名同姓的，饶是肥钉也只能逐个查。

不过，另外一位女主人公就是小有名气的主播了。肥钉给她刷了一艘大游艇，终于得到了私人联系方式。

此时，这个穿着时髦的女孩就坐在他们面前，她叫Lanka。阿喜不得不说，这个女孩的确漂亮，比在张庸家看到的那张照片上的还要好看。这样的姑娘，怎么会和张庸那样的人做朋友……甚至在一起呢？就像肥钉说的，他们根本是两个世界的人。

"啊？张庸？"女孩在听到这个名字的时候,脸色瞬间一变,脸上的笑容被一种有些愧疚和别扭的表情取代,"哎,张庸啊……"

肥钉和阿喜都竖起了八卦的小耳朵,可Lanka却止住了话头:"你们有什么事吗?"

"听张庸说你是他女朋友……我有点问题……"

"没有!"Lanka忽然冷冷地打断了肥钉的话,"我跟张庸只是认识,并不是那么熟。"

Lanka的眼神掠过了肥钉和阿喜,落在一旁的赵央脸上。赵央长得真好看,即便双眼失明,他那双漆黑无光的眸子也让Lanka觉得里面藏着无限的光,这是个值得信赖的人,是个有巨大能量的人。Lanka轻轻呼出一口气。

"那好吧。"肥钉讨了个没劲,尴尬地一笑。

阿喜接着说:"那我们想问你一点事儿。你能不能跟我们说点张庸的情况,就是你所知道的……"

"我不太记得了。抱歉。"Lanka仍旧选择了回避,然后抬头看了一眼窗外,这时正有一个脑袋从一辆豪车里探出来。

肥钉急了:"就不能打个电话?作为朋友打个电话不过分吧?你可能是他的心结!"

Lanka说:"你可以说我忘恩负义吧,但是说实话,我很少想起张庸,可能是我不想再去回顾那段青春吧。真的很抱歉,我男朋友可能不会允许我打电话给他。"

Lanka不愿意,他们也没办法强求她,肥钉有些不甘心地埋怨了一句:"张庸果然在吹牛……"

"他没有!"已经走到门口的Lanka闻言,忽然气冲冲地回来,怒目瞪着肥钉说,"他没有撒谎。"

"那是为什么?"肥钉问道。

Lanka犹豫了一下,咬咬牙指着赵央说:"我要和这个帅哥,单独聊。"

6

张庸望着相片里的自己,感觉到自己的身体越来越轻,那股雾气越来越浓,意识越来越飘忽。

那三个陌生人的来访,让他觉得自己略微落了地,可很快,那种感觉又回来了。毕竟那三个人和他素昧平生,就算有这么一次萍水相逢,他们又能记得自己多久呢?而这些人的记得，又有什么意义呢？

他没有什么存在的必要，从小他就是多余的，普通得不得了。在人群里几乎就是背景色，加上他极其内向的性格，本身就让人记不住。又因为从小寄居在亲戚家中，敏感的小家伙从小就知道怎么让自己的存在感降低。

他几乎可以想象自己消失的那一天，都不会被人察觉，不会有人为他落一滴泪，伤一点点心，甚至还会在提及他的时候，问一句："谁？你说谁消失了？"

哦……或许根本不会有人提。

六岁那年，他被丢给了脾气有些糟糕的姨妈。姨妈有三个孩子，个个都惹不起的样子。他刚到姨妈家时，就被哥哥姐姐们一起挤兑，他记得他们跟他说："你最好当自己是空气，别招惹我们，反正我们都会把你当空气！你妈不要你了，凭什么我妈要照顾你！"

张庸老老实实地点头，从此做他的空气。妈妈在外打拼，给姨妈家的生活费足够他和那几个哥哥姐姐的，但他知道有些东西是不能用金钱衡量的，他毕竟是在给姨妈家添麻烦。降低存在感，就是他的保护色。

大多数的时间他就在镇上那个旧图书馆里流连。沉浸在书海里就会让他忘记时间，甚至把自个儿都忘了，不过只要他悄悄地回家，不打搅到姨妈他们，根本没有人会苛责他。

久而久之，他们似乎也并不在意饭桌上少了一个人。有时候，把自己忘在图书馆里好像更自在一些。

他们忘记他的生日，他就不提；忘记准备他的饭，他就不吃；忘记他的存在，他就假装自己不存在。

每年他最开心的时间就是春节，这时妈妈会回来跟他见面。只有这段时间，他这个透明的孩子才有了存在感，但他一点都不敢高兴，毕竟这宠爱、在乎、高兴、关注，都是要平摊给接下来的一年慢慢咀嚼的。

他的眼里心里都恨不得把妈妈的形象装得更满一点，记得更牢一点。他只有她了。

此时，张庸感觉到自己的身体又轻了一点，他看到自己左手的指关节隐隐要化作透明体，那一刻心头的感觉有些异样，却很快又调整了过来。

他坐在沙发上，双手轻轻地捧着面前的照片。

如果说，人生有一点还让他觉得特别的话，就是遇见 Lanka。那是在一个春节，姨妈家之前就定了旅行的机票，当然没有他的席位。倒不是刻意忘记，而是张庸也更情愿跟妈妈一起过年。

可这一次，临近春节时，妈妈却说她回不来了。

姨妈一家人都沉浸在旅行出发前的欣喜和激动中，张庸没有开口说这件事，他像是什么都没有发生地假装期望，甚至奢望地想妈妈或许是逗他玩。

一年才能见一次的妈妈啊，怎么会不回来呢？

可到了除夕那天，看到空荡荡的房子里空荡荡的饭桌时，他才意识到，妈妈真的不会回来了。

小镇人少，到了除夕的饭点更是看不到人。那是说不出的寂寥，仿佛天底下只有他和野猫无家可归。

就是在那天，张庸在河堤上救下了正准备往下跳的Lanka。那时候Lanka还不长现在这样。她瘦瘦小小，单眼皮，塌鼻子，跟张庸一样貌不惊人。可她却又和张庸大不一样，她憎恨自己的平凡，羡慕那些漂亮的人，她想在自己爱的每个人心上都划上一刀，却因为平凡，没有握刀的资格。

那天的Lanka被自己喜欢的男生羞辱了，然后被跟她一样平凡的张庸一把扯下河堤。张庸不擅长跟人沟通，更何况是女生。他只能眼巴巴地看着她号啕大哭，歇斯底里地控诉着这个世界。张庸又是个聪明的人，末了，他轻轻地说："你很漂亮，你很特别。"

并不漂亮的Lanka抹了抹泪："你眼光很独特。"

就是那个春节，张庸找到了和他一起过年的小伙伴，那个因为不漂亮而被大家排挤，因为爸爸妈妈生了可爱的妹妹而不再受宠的Lanka，他们一起在河边放了一晚上的烟花。

那晚的烟花真美啊，张庸是羡慕烟花的，它们即便是昙花一现，他也毕生难忘。

而他，能被谁记住呢？

幸好有了Lanka。那可能是他人生中最幸运、最独特、最被需要、最有存在感的岁月了吧，他觉得快乐得有些晕眩。直到有一天，Lanka忽然跟他告别："张庸，抱歉，我要走了。以后你自己要好好的。"

张庸没有挽留，他知道挽留不是他这种人的权利，他不想给Lanka添麻烦，甚至他都没敢说出"Lanka，你会记得我吗？"这句话。

很多年以后，他再次遇到Lanka，还是一眼就能认出她。不仅仅是因为她脖颈上的那一小块胎记，在张庸的眼里，不管是怎样的Lanka，他都能一眼认出。Lanka不认得他了，或许是装作不认得他，但张庸也没有生气，他只是挠着头，笑嘻嘻地看着她。

他第一次麻烦Lanka，是说："可以和你拍个照片吗？"那时候的张庸依旧普通，姨妈家移民之后，还没高中毕业的他自己租了房子住，妈妈定期会打钱给他，他们见面的机会越来越少。

妈妈开始不再回来过春节，就像他遇到Lanka的那个冬天一样，张庸在节日的喜庆中，被寂寥包围。

后来他知道妈妈有了新的生活，她甚至对那个男人隐瞒了过去，也隐瞒了他。

他见过那个男人一次，在椅子上如坐针毡。他被冠以侄子的称谓，内心却并不愤怒。如果否定他能让妈妈幸福的话，他心甘情愿，就当自己不存在好了。

张庸的手指上缠绕着雾气，好像能看到自己的骨骼，最后却连骨骼都看不见了。他用力地掀开了茶几上的玻璃板，板下压着一张照片，被海报挡着。

是一张很旧的老照片了。照片上他被妈妈抱着，妈妈可真好看，虽然她的美貌一点都没有遗传到自己身上。他已经大半年没有和她说过话了。

他还记得自己被她彻底抛弃的那天，她大老远来找他，他是那样欣喜若狂。在陌生的城市里，他不用虚伪地喊她一声"阿姨"，不用扮演那个全家移民只有他一个人被丢下的可怜侄子。可是妈妈却说："儿子，是这样的，你弟弟生病了，妈妈和你叔叔，跟他都配过型了……你愿不愿意……帮帮妈妈？"

张庸知道妈妈的意思，虽然那一刻他有种被打入冰窖的感觉，但瞬间，他觉得自己有了价值，他是她的第一个孩子，也能救她最疼爱的孩子。

他颤抖地说："好啊。"他甚至有些激动。

"好啊，妈妈，当然好啊！"

如果他把自己身体里的一部分给了弟弟，他和弟弟，才真的有了联系吧？他和这个家，和他的母亲，才真的会重新建立起联系吧？

可惜那次的配型并没有成功，这个结果仿佛晴天霹雳一样劈在他身上。

张庸害怕看到妈妈失望的眼神，尽管她叹着气说："没事的，会有合适的……"可那之后，他再也没有接到过妈妈的电话。他对妈妈来说，再也没有价值了吧！

张庸看到自己那半透明的手指摩挲着照片，然后彻底消失了。他忽然惊慌失措起来。

接下来会是什么？会是他的脸吗？会是毛衣下他的身体，他的心脏，他的一切吗？

他终于……被她们彻底忘记了啊。张庸站了起来，他的嘴角挂着一抹淡然的微笑，跌跌撞撞地往外走。

他忽然想起自己不该这么离开这个世界，他是个"熊猫血"的拥有者，他要在自己消失前，把自己还有那么一丁点用的东西都奉献出去。

他要去医院！捐出自己的每一寸肉！

7

"根本不是他说的那样！张庸潜意识里太卑微了，他总是这样，开始他跟我说他妈妈的事的时候，我还觉得是真的……"Lanka 误以为张庸告诉赵央他们，自己忘恩负义地抛弃了他，因此有些恼火。

此时 Lanka 已经讲完了她和张庸的相遇，两个普通到有些晦涩的人，让 Lanka 回忆起来，又是甜又是苦……Lanka 并不是一个不知道感恩的人，尽管后来她过得越来越好的时候，的确不再那么喜欢张庸，但她还是没有离开他。只是工作越来越忙，直到有一天，张庸拉黑了她所有的联系方式。

那张照片，是很多年以后，她重遇他时拍的。她记得自己当时心潮澎湃，因为重见张庸激发了她内心最脆弱最柔软的那一块。可张庸没有给她留电话号码，他挠着头拒绝了她下次请他一起吃饭的请求。

"赵医生，你说你是医生对吧？我不知道张庸到底怎么回事，但他真的把自己看得太低了。我以前也一直以为，是他妈妈为了自己的幸福抛弃他。后来我才知道，是张庸自己怕成为母亲的累赘，大学的时候选了离他妈妈很远的晏城念书。好像就是因为他妈妈当时担心自己有个这么大的儿子不好嫁，撒谎说他是自己的侄子。这件事让张庸觉得自己被妈妈抛弃了，可能从此以后有了心结。后来伯母说联系不到张庸，我们才知道他把电话换了。伯母当时都急坏了，差点报警。那时候伯母的小儿子被诊断出很严重的病，需要换骨髓。当时伯母其实很不忍心让张庸来遭这个罪，但张庸很积极。可是最后化验出来，他们的骨髓并不匹配，张庸比伯母还要失望……后来张庸就开始避着伯母，一直不肯接她的电话，再后来直接换号码了。幸好伯母的小儿子找到了匹配的骨髓，也成功完成了手术。"

Lanka 说得有些难过，叹了口气说："再后来伯母找到了张庸，可张庸总是礼貌地避着她，每次伯母见到他，都会哭着给我打电话。之后索性不敢联系了，因为一联系，张庸就换电话号码……"

赵央听到 Lanka 这么说，皱起了眉头，如果她没说谎，那么有可能是张庸对自己的记忆进行了篡改。这种篡改经过反复练习之后变得真实，所以在张庸的记忆里，自己被忽视、被抛弃。他是主观上觉得自己不被需要，或者说害怕自己不被需要，才选择要消失的吧？如果是这样，那问题看似棘手，但其实更好解决了。

在事业、亲情、爱情都不被重视的情况下，张庸对自己的认知基本可以确定为无价值和无存在感，而他们应该选择的解决方向，是让他确信自己无可替代。

那……什么算是无可替代呢？

三人心事重重地乘坐出租车前往张庸家所在的小区，赵央和阿喜在琢磨着如何能让张庸认识到自己的价值和存在感，而肥钉正坐在副驾驶座上，逐个排查A市和张庸亲生母亲同名的信息。

此时电台忽然插播了一则求助新闻，好像是附近出了车祸，伤到了一个孩子，孩子急需输血，但血库告急，恳请听众们帮忙寻找AB型RH阴性血的自愿献血者。司机师傅感概道："哎，RH阴性血多难得啊，这稀有血型还真的得提防着点车，万一失血没找到献血者……就凉咯！"

一直沉浸在"找人程序"的肥钉忽然一拍脑袋："老大，我之前查了张庸的病历报告，他好像就是这个什么'熊猫血'！"肥钉瞪大眼睛，狐疑地望着那电台收音机，嘴里嗫嚅着几个字，"莫非是天意……"

赵央的心猛地一振：怎么可能不是天意呢？让张庸成为救人英雄，救那个跟他一样罕见血型的孩子！因为上天似乎也不忍心太过残酷，而在他平凡的生命里留下了一点与众不同的血液。他会被记住吧，一定会的。即便赵央明明知道，别人记不记住他其实没那么重要。重要的是，张庸自己心里的笃定。他必须相信自己是被在乎的，是有价值的。

司机一听，都不需催促，直接加大油门。车子在小区门口停下，险些撞上一个人，肥钉和师傅都吓得够呛，阿喜却是脸色最惨白的那个。

撞向他们车子的人，正是张庸！

"张庸是不是疯了！"肥钉尖叫着打开副驾座的门下车，车子刹得及时，张庸却软绵绵地躺在地上，不省人事。阿喜紧紧地抓住赵央的衣角，声音有些发抖："老大……张庸……张庸……"

她看到的张庸，像是包裹着透明的雾汽，那雾气让他这个人若隐若现，仿佛随时都会消失。

司机还以为这家伙碰瓷呢，上前和肥钉一起掐他的人中，却发现对方毫无反应，登时也有些慌。

第八章·消失

赵央在阿喜的帮助下,来到张庸面前,一向沉稳的他也有些焦急。他虽然触摸得到张庸的身体,却觉得他极其虚弱……他真的"消失"会怎样?

赵央焦急地喊着:"张庸,张庸,你不能消失,你还有存在的必要,你听我说,你会成为一个救人命的英雄!有个孩子,正在等你去救他!"

肥钉惊喜地道:"老大,他……他睁开眼睛了!"

8

医院外夜色浓重,一行人跑得飞快。肥钉拖着阿喜,阿喜拖着张庸,他们奔赴一个事故现场,去救里面的那一个生命,其实也在救外面这一个。

然而当肥钉看到急诊室门前的场景时,他刹住了脚步,脸上那凝重的肥肉开始微微颤抖,他悲哀地意识到,他们来晚了。

"感谢您啊。真的谢谢了!"那位脸上还挂着泪痕的母亲,双手握着坐在轮椅上的男生,他也长得其貌不扬,可此时却吸引了所有人的目光。

"这是我应该做的。"他笑着说。

而这时已经有话筒递到了他的面前,穿着职业装的漂亮主持人以一段跟她的脸一样漂亮的话开场:"刘先生一听到某医院出了车祸,就放下自己手上的工作赶了过来,争分夺秒地来拯救他人生命。他不仅仅是这个孩子的英雄,也是我们的英雄,请让我们记住他的名字……他叫……"

你看,当你以为上天赏赐了一次独一无二的机会给我们,却连这独一无二,都是可以被取代的,被另外一个有着'熊猫血'、更值得被记住的人。

阿喜鼓起勇气,回头去看张庸的脸。他的脸更加模糊了,却挂着一个平和的笑容,他轻轻地拍了拍阿喜的肩,轻到阿喜感觉不到他的重量:"没关系的……真的,没关系。"

"拜托……"阿喜有些哽咽。她伸出手,却仿佛扑了个空。一旁的肥钉像是从她眼神中的恐惧读懂了什么,一把揪住了张庸的手,手是实在的,可肥钉却觉得像是抓住了一个空荡荡的袖子。

他看不到张庸的消失,却可以感受到他正在慢慢地撕断和这个世界最后的联系。

他咆哮着说:"喂,你别这么怂啊。没有存在感是吗?没有存在感你就去制造啊!人家看不见你,你就去制造机会让别人看见你啊!我比你好到哪里去?所有人都不喜欢我,我不多余吗?但我从没想过消失!我就是要活着,给看不起我的人添堵!我不需要别人来计算我的价值!我说自己值多少就值多少!"

尽管如此,他仍旧感觉到张庸的身体越来越软,他的视线越来越模糊。他该叫医生吗?医生能救他吗?一个人如果看不到自己的价值,神医也没法儿。

"肥钉,他听不见。"阿喜打断了肥钉激动的自白,她的声音微微颤抖,"他,可能真的要消失了。"

肥钉颓丧地坐在地上,肩膀剧烈地抖动着,他也没有办法。他抬头气愤而悲哀地望着张庸,他那张平凡的脸上没有任何情绪起伏,眼神空洞、表情祥和。他听到阿喜的叹气声,可以想象在阿喜的眼中,这个人几乎已经不存在了。他无奈而痛苦地意识到,这个和他偶然相遇、有着差不多经历的男孩,正在"死去"。

他会留下一个躯壳,这或许会成为科学难解的谜题。他体内的'熊猫血'会继续流淌,可那个自认没有价值的灵魂会烟消云散,就像从来都没有来过这个世界。

此时,肥钉像是想起什么似的,强压住自己的慌乱,手忙脚乱地将自己的手机掏出来。之前在出租车上,他就一直在发短信。凡是跟张庸母亲同名的电话号码,他全都存了下来,一个个地发短信:"请问,您是张庸的母亲张爱华吗?"

他的手机突然震动起来,像闷雷一样将他们拖了回来。肥钉几乎说不出话,迅速按了接听,一个女声传来:"喂,您好……请问,您认识我的儿子吗?"

肥钉只觉得自己被什么东西重重击打了一下,对面的女人听起来又焦急又卑微,他颤抖着说:"阿姨,我把电话给他,你跟他说,一定要撑下去!哪怕骗他也好!"

张庸的眼皮微微动了动,妈妈怎么会打电话给我呢?她已经很久没有打电话了。是要跟我告别吗?

"我儿子怎么了?啊?庸儿,我是妈妈。你为什么不联系妈妈?你为什么总是躲着妈妈!你知道……妈妈有多难过吗?你弟弟他都念叨很多次了,问你为什么不回家。他病好了以后,就一直说想要见你……"

电话那头的女人,一边哭一边说:"对不起孩子,从前妈妈太自私了。这么多年,我其实早就跟你叔叔说了事情的真相,你弟弟也一直知道他有个哥哥。儿子……你原谅我好吗?"

张庸的眼睛微微闭着,他那几乎透明的脸上有了一丝微不足道的波动,但很快就归于平静。

第八章·消失

外面经过的救护车发出呜呜呜的声音，传进了话筒中，加上阿喜一直在迫切喊着张庸的名字，那头的女人似乎也听到了，语气更加急促。

"儿子你怎么了？你别吓唬妈妈啊！你是不是在医院？你不能有事啊，张庸！你跟妈妈说句话啊！"

女人静静地等了一会儿，忽然爆发了一阵哭声："你是不愿意原谅妈妈吗？儿子！你不能让我这么担心啊！你到底怎么了？你告诉我，告诉我好不好？！"

肥钉看到那张面色苍白的脸上，紧闭的唇忽然颤动。他听到一声微弱的"妈……妈妈我没事……"

医院走廊里，那个差点就"消失"的张庸，抱着电话痛哭流涕。原来……他还不至于消失啊，原来……他还被人这样记挂着，只是他从前都不知道。

尤其是妈妈，在妈妈有了新生活之后，他太难过了，可懂事的他，为了不给妈妈添麻烦而离开了她的视线。为了不让她为了幸福而编造的"谎言"被戳破，他躲得远远的。为了自己不用在那个虚假的关系里苟延馋喘。因为对自己的无能为力感到痛苦，他宁可主动断掉和她一切的联系。又为了安慰自己，杜撰出一个妈妈不要他了的回忆。

这个回忆，比他主动消失要真实，也更加牢靠。

此时，母亲的一句"对不起"，把他唤回了现实，让他回想起了所有不被在乎的痛苦感觉。他也真实地觉得疼，觉得自己存在，觉得自己还活着。

只有被爱，人才能觉得真实地活着吧。

而只有知道自己值得被爱，才能够相信这个世界所有的温柔吧。

第九章

・

深淵

1

赵央的卡里突然多了一笔钱,刚好符合阿喜脑子里对"巨款"的认知,却没有打款人的任何信息。

"到底是谁呢?"阿喜巴巴地看着赵央,想从他那漆黑的瞳孔里瞧出些什么来。

赵央皱着眉头,思忖了一下,然后摇了摇头。

阿喜不知道该怎么理解赵央这个表情,不像是撒谎,又觉得他也许知道。

那双轮廓漂亮的眼睛里是深得像星空一样的墨黑色瞳孔,即便知道他看不见,也仍会有一刹那对视的悸动。那可真是一双神奇的眼睛,有时候会觉得像海一样深不可测,有时候又觉得像湖水一般清澈。

阿喜曾经靠自己那不知是天赐还是天惩的"能耐",从别人的眼中读取过太多太多无法理解的事物,是赵央一句句地解释给她听,让她不再害怕和惶恐的。

可是她读不出赵央眼里的东西。她轻轻叹了口气,这时肥钉正卷着袖子准备做晚餐,也眼巴巴地看着赵央:"学长,那我们今天……要不要吃点儿好的庆祝一下?"

"好。"赵央点点头,"我也觉得花掉比较好……也忙了够久了,找个漂亮的海岛,我们去度假吧。"

莫说肥钉一副惊喜到差点儿给赵央跪了的架势,就连刚才还对这笔神秘来款有些发愁的阿喜，听到这个消息也跳了起来："真的？"

"真的啊。"

肥钉大喊："学长，从今以后你就是我亲爹！"

2

几千英尺的高空上，一向都觉得自己比一般女孩强大的阿喜脸色苍白，飞机让她成了孱弱的林黛玉，那可怜巴巴垂头丧气的样儿让嘴贱的肥钉都不忍心吐槽她了。这是阿喜第一次坐飞机，所以，这也是她第一次意识到自己有恐高症。这或许和少时看到妈妈的几个人格跳下窗有关，又或许只是体质原因，她觉得胸闷气短，耳朵里嗡鸣声不断。赵央找空姐要了晕机药让她吃下，还不停地抚慰她的情绪，她才暂且稳住。

当飞机往下滑翔的时候，阿喜的心提到了嗓子眼儿，只觉得自己像一只折翼的鸟，疯也似的往下坠，心几乎要跃出喉咙。赵央紧紧地握住了她的手，手心柔软温暖，仿佛在说："别怕，有我在呢。"

在空姐们的指引下，三人走下飞机，迎面而来的热带气息裹挟着海风，一下卷走了他们这段时间以来经历的压抑和劳累。他们的目的地是赤道附近一个叫S岛的小型岛屿，因为临近礁石区，景色与其他度假型岛屿不同。这里若是艳阳天还好，一旦遇到阴雨天气，浪一大，拍打礁石的场景极其壮观。

到了热带岛屿，日头毒辣，戴着墨镜的赵央反而不那么突兀了。晒完了日光浴，暮色四合前他们回到酒店，坐在巨大的落地窗边，正好可以边吃晚餐边看日落。餐厅里氛围极好，一个皮肤黝黑、穿着宝蓝色长裙的本地姑娘正投入地弹着钢琴。

屋内音乐曼妙，屋外夜幕缓慢降临，时间仿佛被放慢了速度。肥钉大概饿坏了，吃自助餐时狼吞虎咽的，不一会儿就一抹嘴巴拿着碟子准备再去拿些大龙虾。

戴着墨镜的赵央此时正侧着头对着窗外，一副看风景的样子。阿喜知道他看不到，心里不免有些心酸。她侧头看着这个给了她一处遮风挡雨的窝的男人，心里想，你更好看。完美，简直完美……就是因为太完美了，上天才这么苛刻，拿走他一些东西吧？也正是因为看不见，所以他的眼睛才未惹尘埃，显得那么干净、深邃。

忽然，赵央耳朵一竖，身后传来了肥钉的声音，他似乎在和人吵架，于是赵央说道："阿喜，过去看看肥钉怎么了。"

阿喜恍惚了一下，反应过来，推开椅子走了过去。

肥钉正涨红着脸和一个皮肤黝黑的外国男人吵架，阿喜并不知道发生了什么，只见那人用英文骂肥钉，大概意思是让他少管闲事，而旁边正有个漂亮而瘦弱的东南亚女孩局促不安地站在那儿。阿喜认出她就是刚才弹琴的女孩，此刻她的眼睛里写着怯意，朝着肥钉拼命摇头示意。

那外国男人似乎喝了点儿酒，此时在几个服务员礼貌的阻拦下，仍旧骂骂咧咧，还大有威胁之意。

肥钉平时不是莽撞青年，此时却血脉偾张，忽然要冲上去，阿喜伸出手来一把抱住他。阿喜虽然学过点儿武术，可哪里拖得住比她重两倍多的肥钉？

眼瞧着他就要扑到那看起来并不太好对付的男人身上去，阿喜只能使出狠招，一脚踢在肥钉的后腿上。

肥钉一时没站稳，扶着椅子倒在地上，回头看向阿喜，脸上竟是令阿喜都诧然的恼火。顷刻之间，他像是被阿喜的眼神盯得清醒了过来，呈现出极大的克制力，咬着牙轻轻咆哮："阿喜你拦着我干吗？！"

阿喜眼看肥钉"回了魂"，那个差点被他招惹到的男人也已经大摇大摆地走开了，便扭头回到桌前。肥钉识相的话应该会跟回来。自己可是救了他的小命呢！

刚才的动静已经惹来了众人围观，阿喜回头撞上了一溜儿的眼神，都是面露讶异表情看热闹的。她轻扫了一眼，当目光注意到角落里那个捧着白色瓷盘的白裙少女时，她忽然愣了一下。

那是一双很漂亮的眼睛，细长而清澈，却显出不安和恐慌。与她对视的那一刹那，阿喜只觉得胸口被什么重击了似的，那类似于晕机的感觉在被下午的阳光冲散后，重新回到了胸腔。闷，闷得厉害。

身后的余晖本没有散尽，可这一刻，阿喜几乎能感觉到窗外的天以诡异的速度暗了下来……脚下的大理石地板仿佛张开了血盆大口，天地变色，只剩下那个白裙少女站在那黑暗之中，用一种紧张和不安的声音问她："你……你能看到？"

"阿喜，我跟你讲，你也太过分了！你拦着我……"肥钉艰难地爬起来，他已经冷静了下来，刚才的恼怒变成了羞愧，阿喜踹得可真狠啊！

可眼前的阿喜忽然身子一软，倒了下去。肥钉的脸瞬间发白。窗外的余晖仍温柔地照在他们的身上，餐盘因为突然的动静发出清脆的碰撞声，真是一波未平一波又起。

3

医生们来看过阿喜之后，给出的诊断是突然性晕厥，大概跟晕机和中暑有关，过会儿应该就会醒了。

肥钉松了口气，却见赵央皱着眉还不放心的样子，于是缓和气氛道："阿喜这丫头平日里虎成那样，我还以为多能耐呢，这体力还不如我一个虚胖症患者！"

见赵央依旧担心，他声音弱了一个分贝，带些迟疑地说："老大，她没事儿吧？这里医疗水平过关吗？"

赵央也不知道该怎么跟肥钉解释，阿喜刚才还好好的，突然晕倒，虽然可以用低血糖来解释，但他却微妙地觉得事情有些蹊跷。鉴于他深谙阿喜的能力，隐约感觉到，她可能是看到了一些"东西"。

肥钉已经跟他解释了，刚才自己跟人起冲突的原因，是去拿餐的过程中看到那个喝醉的外国男人非常没礼貌地调戏那弹琴的小姑娘，小姑娘都快哭了却不敢反抗，他看不过去，觉得很生气，拖开了对方。

赵央眉头一皱。那个男人有问题？还是那弹琴的女孩？不过现在，似乎也只能等阿喜醒过来之后再问了。

原本楼下是有篝火晚会的，可眼下却只能待在酒店里，赵央忽听到肥钉重重叹了口气："我会那么冲动，其实是因为想起点事儿，气血上头……哎，其实是很久以前的事了，但是突然涌上来，我就是觉得受不了。"

肥钉的话被门铃声打断。这么晚了，是谁来访？

门刚一打开，肥钉就猛地往后退，因为外头的人几乎是一头栽进来的——一个穿着白色裙子的女孩抓着他的鞋趴在地上。

"你站起来说话，你是哪位？"肥钉蹲下去扶她，只见这女孩眼神恍惚，正艰难地动着嘴唇。

"你……你是？不，你说话啊。"

女孩的嘴巴动了动，却一点声儿都没有发出来，她的上嘴唇碰着下嘴唇，然后嘴巴一瘪往里缩。

她似乎在说……救我？

情况不妙，肥钉向赵央描述之后，赵央也眉头一紧，让他将女孩扶到沙发上。她四肢绵软，似乎没有一个地方使得上劲儿，额上全是汗，满脸惊恐和无力。

　　"什么情况啊？"肥钉蹲在她面前，望着她的眼睛问道，"你说句话啊。"

　　见女孩的眼神在屋中搜索着，看看赵央又看看肥钉，异常绝望的样子，肥钉忽然反应过来："你是晚上我们遇到的那个……阿喜就倒在你面前！"

　　赵央猛地朝着他们说话的方向前进了一步："到底是什么情况？"

　　靠着女孩拼命使眼色的暗示，肥钉发现她衣服口袋里有一张字条，他手忙脚乱地揪出来，念道："救我……我叫洛熙，我是个聋哑人，我不知道我身上到底被施了什么魔法，我……哎，后面没字儿了？"

　　肥钉将纸递给那女孩，可那女孩摇摇头，目光看向自己的手指。

　　肥钉会了意，着急地跟赵央说："老大，她不能说话，现在好像也写不了字。我们……我们救她什么呀？"

　　赵央的脑子正高速运转着，阿喜晕倒在这个女孩面前……这个来求助的女孩莫非是知道阿喜看透了她的能力？或者，她难道跟阿喜有一样的能力？

　　赵央紧皱的眉头一展，飞快地向肥钉吩咐道："她能听到我们说话吗？"

　　"她是聋哑人……哎，不过她点头了！"

　　"那估计是会读唇语，你现在告诉我她的反馈，我要问她几个问题。"

　　"好！"

　　赵央思忖了一下，缓缓开口道："你……你能看到常人看不到的东西？"

　　"老大，她点头了。"

　　赵央的心咯噔了一下："是……"他一时不知该怎么问，犹豫了一下说，"那东西，就是你想躲开的？"

　　"点头了！"

　　"你是来找阿喜的，因为你感觉到她可能是你的同类？"

　　洛熙只觉得头越来越沉，她重重地点下去。

　　"但是你知道吗？阿喜因为看到了你的'秘密'，她晕倒了，所以……"

　　"所以，那到底是什么……"赵央咬了咬唇。

　　肥钉也急了起来："老大，到底是什么东西啊，她又开不了口，我们……我们只能靠猜吗？"

　　正在三人面面相觑之时，身后忽然传来了阿喜的声音："我能听到她说话。"

赵央几乎是一步上前挡住了阿喜的视线，定定地站在那儿说："阿喜，你刚才晕倒了。"

"我知道。"阿喜咬咬嘴唇说。

"你能告诉我，你刚才看到了什么吗？"

阿喜皱着眉头，有些艰难地闭上眼睛回忆。

那感觉太可怕了，她无法用言语来描述刚才的经历。从前，她也因为能看到一些特别的东西而感到惊恐，可却是头一次，像是被生生拖进了另外一个世界。在她看到那女孩眼睛的时候，天空忽然灰暗下来，餐厅里的灯全部熄灭，海浪似乎打破玻璃奔涌而来，脚下是无数的礁石，呈现出狰狞的铁灰色，所有人都像是消失了……

世界像个巨大的灰暗的盒子。巨浪倒不是最可怕的，她看到的是脚下无数的黑洞，像是有强大的吸力，像是伸出了无数个触角，要将她面前那个面容苍白的姑娘拖进地下……

阿喜有些艰难地吐字："就像是有一个看不到底的深渊，伸出树枝一样的手，将她狠狠地往底下拽。"

"等等！"肥钉满脸费解地问，"老大……这算是什么病啊？抑郁症？人格分裂？妄想症？灾难症候群！她是不是经历过什么自然灾害？可是阿喜描述的这种自然灾害跟东非大裂谷似的……"

阿喜此刻往前走了一步，尽管赵央看不到她的眼神，却还是能感受到她的坚定。

"老大，她是我的同类，我得帮她！"

肥钉正在用他仅有的心理学知识拼命分析着，赵央思忖片刻，忽然站起，冲着阿喜问道："你确定吗？"

赵央其实有些犹豫。他很担心阿喜，毕竟今天发生的这种事她从未经历过。

如果说在之前经历的案例中，阿喜所看到的场景不过是震惊她的眼球的话，今天从她的描述里，赵央可以断定，躺在这里的这个洛熙的世界，影响力和破坏力都不小，否则以阿喜被磨炼出来的坚韧性子，断然不会晕倒。

赵央不是一个见死不救的人，但如果要用阿喜的安危，用他好不容易修复的这个心池去换另外一个人……他于心不忍。

阿喜愣了一下，然后坚定地点了点头。

"首先我们得明白，她看到的东西到底是什么。不然我不会贸然让你进入那个世界。"赵央不由分说，他的声音很轻，却如同号令一般，"开工。"

第九章·深渊

4

阿喜被"禁止"和洛熙目光对视,赵央在经过几分钟的专注思考之后,忽然脸色一变。心底有一个可怖的想法冒了出来。肥钉突然暴怒,是不是和阿喜所看到的洛熙世界里的狂风暴雨有关?愤怒遇上大自然的愤怒,莫非……那女孩有吸收别人强烈情绪的能力?

他猛地起身,对肥钉道:"肥钉,刚才你是不是说你想起一件往事?那件事让你觉得一时没有了理智……你能不能告诉我们,是什么事?"

肥钉脸色一愣,他不知道怎么话题又回到这里了,有些支支吾吾的:"我刚才这么愤怒的原因,是因为我想起……我读初中的时候,有个女孩被人欺负,我站出来以后……"肥钉握紧自己的拳头,似乎恨不得打自己一拳,"但是他们人太多了,我就跑了。结果……"

赵央打断了他的话:"肥钉,你对着洛熙!"

肥钉愣了一下,不知什么情况,但还是老实地照做了:"结果那女孩后来被欺负得自杀了!"

与此同时,伴随着肥钉一句歇斯底里的咆哮,坐在沙发上的洛熙喉咙口发出了痛苦的咕噜声,她的脸色变得惨白无比,吓得肥钉也顾不上愤怒,猛地转头喊赵央:"老大,老大!她好像呼吸不过来了!"

赵央的心一悬,没想到真如自己所料,这女孩能吸收旁人的情绪。莫非是肥钉的痛苦让她难以承受?

而阿喜已经情不自禁地冲出赵央为自己"画"的安全区域:"我们得帮她,她快死了!"

此时在洛熙的意识里,窗外仿佛雷声大作,海浪拍打礁石的声音就像是什么东西在悬崖壁上拼命地刮。

她的呼吸急促,却抬不起手来扼住自己的喉咙。

耳边是呼吸声,是无数人的叹息和撕心裂肺的喊叫声,这声音和海浪裹挟在一起,变成了一只只像老树根一样的手将她往下拖。

自己是快死了吧,她绝望地想,她觉得自己身上像是绑着千斤顶,然后落了水。

那水是灰色的,视线看不清的污浊,她在不断地下沉……在下坠的过程中,惊恐仿佛被什么取代了,她忽然觉得那沉重让她解脱。起码,她觉得不那么孤独了。

5

赵央没有再犹豫，他淡定得有些出奇："稳定情绪，稳定下来。"

这种情况怎么稳定啊？肥钉觉得自己快吓死了。

"你们俩必须稳下情绪来，尤其是阿喜。"赵央不容置疑地说，"阿喜，你要进入她的世界，得做好准备。你的情绪会影响到她，所以你必须保持冷静，否则，洛熙的情况有可能会更加危险。"

他顿了一顿："我还不能确定在她身上到底发生了什么。但我猜，她会过来求助我们，可能是因为有什么比'感受到情绪'更麻烦的问题困扰着她。阿喜，你做好准备吧。"

此时，阿喜微微闭眼做心理准备，肥钉已经习惯这两人的"神神道道"，也不再开口展示自己的"不合拍"，只是问道："老大，我该做什么？"

或者说，我能做什么？

"看着她们的反应，随时汇报给我。"赵央边吩咐，边紧紧地握住阿喜的手，声音平缓却让人有十足的安全感，"受不了，就掐我。我会想办法。记住，那些都是假的，情绪别太波动。"

阿喜坚定地点了点头。肥钉紧紧地盯着她，又时不时地看一眼沙发上无法动弹的小姑娘，只见她那双漂亮的大眼睛里，含着晶莹的泪。

来吧！阿喜在内心里喊了一句像是要去冲锋陷阵般热血的口号，然后猛地睁开眼睛。

眼前的女孩正仓皇无助地望着她，几乎顷刻之间，这间豪华温馨的卧室风云巨变！

阿喜敢确定，这一次遇到的"麻烦"，比以往的都要大，当她被卷进洛熙的世界时，她心里有无限的疑问，恐惧被她强压住。她咬着牙，眼前却空无一人。

这次倒不是无尽的黑夜，而像是在一片灰色的空地上，远处雾气弥漫，空气令人感到十分压抑。

脚下是礁石，再往底下看，缝隙里是深不见底的黑，海浪拍过来，发出巨大的、吃人一般的啃噬声。海水凉飕飕的，像是要钻进骨头里。

耳边只有风声。因为只有风声，反而静得有些可怕。如果非要用她那贫瘠的词汇来形容，这里宛若一个已经被收拾过的修罗场。

远处传来了撕心裂肺的哭号，不像人类发出来的，像是某种绝望的兽类在嘶哑地咆哮。

阿喜身体发凉，开始剧烈地颤抖起来。她看不见赵央和肥钉，也看不见刚才躺在床上的洛熙。

她的手微微一动,那颗差点停止跳动的心,缓了一下。手是有触感的,像是在告诉她别怕。世界像是包裹着一层薄膜,有个很轻的声音传来:"阿喜,告诉我你看到了什么。"

阿喜深呼吸一口气,然后照实描述。

"你试着去找一下洛熙。你能动吗?"

"能。"

"牵着我去。"那只手好像在这个时空并不存在,阿喜却还是拉着它,往前迈了一步。

这一步,让她惊恐不已,脚底下的礁石像是活了过来,那缝隙像是吃人的嘴巴——她只好顿了顿,定了定心神,安慰自己都是假的,别怕。

6

肥钉目不转睛地盯着阿喜,见她表情有多种变化,身子却是纹丝不动。一旁的赵央凝着眉头,肥钉只好将疑问咽了下去,阿喜……有在动吗?

然后,他听到阿喜惊喜的一句:"找到了!"

此时的洛熙正在一块沼泽地的中央,她的半个身子陷在其中,还在拼命地挣扎。阿喜想要走过去,却发现一触碰沼泽,自己一只腿就猛地陷了进去。

她吓得连忙拔出腿:"老大,进不去。沼泽地……根本进不去!"

那头沉默了几秒钟:"阿喜,你要明白,这是洛熙的异世界,你只要不相信,就不会受到伤害。明白吗?"

沼泽地只是洛熙的幻觉,就像走在一个高空处的透明玻璃上,只要对底下深不可测的高度视若无睹,就可以安然地渡过。可惜,阿喜恐高。她的身子抖得像筛糠一样,脚步迟疑,紧咬着嘴唇。

"阿喜,可以吗?你不用怕,就算你掉进沼泽,我也会抓住你。"

赵央的话像一管定心剂,阿喜心一横,一脚踩上去。

都是假的。她念叨着,然后快速地往洛熙的方向跑去。最初踩在沼泽上是软的,她只敢蜻蜓点水一般地踩一下,到后来,她放慢了速度,呼吸渐渐平缓。

阿喜终于到了洛熙身边,这时她才发现,洛熙的嘴上裹着透明胶带,阿喜蹲下来,一把撕开。

"你别怕!"阿喜大声地说,"我们来了!告诉我们,到底发生了什么!"

"我可以。"洛熙有些艰难,却清晰地说道。

阿喜松了一口气,见她半个身子都陷在泥沼中,整个人像是虚脱无力一般,着实让人心疼,连忙说:"我拉你起来。"

阿喜伸出手来,抓住洛熙的胳膊往上拽,却发现洛熙纹丝不动。阿喜加大了力度,可洛熙依旧没动分毫,而是吃疼地叫了一声,抬头看着阿喜,有些绝望地摇摇头。

"你别急,我一定会把你拖出来!"阿喜向"天"喊道,"赵老大,我先松开你的手,我把洛熙拉出来!"

"等下……阿喜……"

未等赵央回应,阿喜就松开了那仿佛握着空气的五指,铆足劲地将双手扶住洛熙的肩膀。

"没用的。"洛熙拼命摇头,"你快走吧,我撑不住了……你快走!"

"走什么走啊!"阿喜气得跟这古怪的沼泽地杠上了,她憋红了眼,"你不是让我们来救你的吗?救都开始救了,你干吗又放弃!"

阿喜几乎使出了吃奶的力气,可身下的洛熙不但没有被她拖起来,而且仿佛陷得更深了。

只听远处一声雷鸣般的咆哮,那凝滞的空气忽然开始流动,且流动的速度越来越快,形成了风,风速也越来越快,变成了暴风!

那沼泽仿佛活了过来,泥泞有了生命。那是可怕的、恶魔一般的生命,攀附到洛熙原本裸露的肌肤上。阿喜只觉得自己的手臂猛地往下沉……她几乎拖不住洛熙了,身子随着洛熙的重量而弯曲,她牙关紧咬,可四周的风像是肆虐的怪兽,狂嚣而来,不知从哪儿来的飞沙走石,使得整个世界昏天黑地。远处的海浪声如同海啸,像是随时都要吞噬这个世界!

7

"学长……哎,阿喜冒汗了。不,这什么情况啊?"观察员肥钉一看阿喜都快把嘴唇都咬破了,立马汇报。

赵央也觉得形势不对:"阿喜!你能听到我说话吗?"

半晌没有听到任何回答,肥钉弱弱地来了一句:"这可怎么办?阿喜好像听不到,一点反应都没有!"

赵央凝神思索了一会儿："可能阿喜被困在洛熙的世界里了，那世界现在正在急速地崩塌或者下陷。"

"那……"肥钉担忧地看了一眼洛熙和阿喜，"那要是真崩塌了，阿喜还出得来吗？洛熙会怎样？"

赵央没有回答这个问题，而是快速地冲肥钉道："快，肥钉，去把我的催眠工具拿过来！快！"

肥钉一个趔趄，整个人跟球似的滚了出去，差点儿被门框绊倒，却一刻都不敢停地连滚带爬地冲进了房间，然后飞奔过来，气喘吁吁地将箱子交给赵央。箱子里是他出远门必备的一些工具。

催眠术的具体操作，是由催眠师向被试者提供暗示，以唤醒他某种特殊经历和特定行为，在放松、全神贯注或联想的状态下，造成"感知、思维、记忆和行为上的一些改变"，包括暂时的麻痹、幻觉和失忆。其实赵央很少使用催眠术，尤其是在有阿喜的特殊能力作为"眼睛"之后，但他此时得不到任何阿喜的反馈，他需要自己去了解"那个世界"所发生的一切。

"学长，那个……阿喜到底进的是哪儿啊？以前阿喜虽然能看到，但被卷进去……这……"

"我原先以为，洛熙可能有某个异世界的沟通方式，但现在看来，这个异世界可能是她自己创造的。"

肥钉脑子一空："这也太科幻了吧。念力怎么创造异世界？"

"异世界可以通过磁力空间转变，而人的思维磁力，如果到达一定的水平，也难保这个异世界成立不起来。但人的念力所创造的异世界非常脆弱，所以阿喜进入这个异世界时，那些存在才无法伤害她。"

"阿喜会不会有事儿？"

"应该不会。"赵央抽出简易的催眠装置，吩咐肥钉道，"我需要你把她扶起来。正对我，让她睁开眼睛。我会先对她进行安抚，让她暂时稳定下来。"

"洛熙？她能听到？我刚喊了阿喜好几声……"肥钉愣了一下道，但手脚丝毫没停，立马照做。

"念力空间是她的，所以我们只能对她进行催眠。阿喜只是一个卷入者。"

"好了。"肥钉把洛熙扶起来，身后的阿喜却仍保持着一个姿势，牙关打架的声音听得肥钉都有些心疼了。肥钉凑近洛熙的耳朵，先是轻声试探，然后索性忽略她的耳膜，大声喊道:"洛熙,睁开眼睛!睁开眼睛……"

8

耳边风声减弱,阿喜重新听到了赵央的声音,那颗因为恐惧而几乎快要停止跳动的心脏重新开始了跳动。风停了,臂膀下的人不再下坠,眼前的飞沙走石像是失去了地心引力,悬在空中。

她睁开眼睛,大口地呼吸。

赵央没和她说话,他在和洛熙沟通。

"洛熙,我需要你看着我的口型,跟我进行沟通,阿喜会把你的话传达给我。我会对你进行一些提问,你……能做到吗?"

阿喜看向洛熙,见她双眼含泪,然后点了点头。

"首先,你知道你的世界为什么停止了下陷?"

洛熙回答了"不"。

"因为我对你的情绪进行了稳定。我想问你的是,你是不是能看到什么,或者……'听'到什么?"

"秘密。"洛熙的声音很轻,也有些犹疑,"也许是秘密。"

"所以你是能听到他们内心的秘密?"赵央皱眉,这和阿喜的能力有异曲同工之妙。

"不算听到吧,是'感受'到。它们就像某种符号,撞在我的前额上,然后自行分解。"

洛熙讲话有些艰难:"我已经不太记得是从什么时候开始的,但这些情绪、这些秘密,都会堆积在我的心里。我也去看过心理医生,可是我没办法解释清楚这到底是什么。他们觉得我吸收了太多的负能量,我应该阳光一点,可是我的世界……根本就是灰暗的。那些外界的刺激会一点点地堆积在我的世界里,我没办法表达出来,只能憋着,只能……越来越崩溃。"

"首先我需要你明白,你并不是那么孤单,你身后的阿喜跟你是一样的。所以你不必太过害怕。"赵央的声音极其温和缓慢。洛熙看了阿喜一眼,拼命点头。阿喜轻轻地抱了抱她。

"其实我们所看到的整个世界,是我们自己的大脑编绘的。就拿视觉来举例,它其实是光的折射在我们大脑里进行解析、最后在眼球成像的结果。某种我们暂且称为符号的东西在脑中分解，最终被我们用自己能理解的方式来进行解读。大多数正常人类，对信息的读取方式以图像、文字、声音为主，或许你不是，你是用'感知'。你的感知能力超过大多数人，你能读取别人的情绪以及内心深处的深渊。但你要明白，你的感知也非常有力，你可以创造这个世界，也可以毁灭这个世界！"

"它不是正在毁灭吗？"洛熙的眼神有点茫然。

"不。"赵央道，"你可以毁灭它，而不是让它毁灭你。如果你愿意的话，请允许我们来帮你。"

阿喜的嘴一张一合，虽然像是洛熙的发言人，但毕竟没洛熙的情绪在，这让肥钉觉得她看起来跟个人形木偶似的，有点恐怖。

这时她总算恢复了点儿"阿喜式"的口吻："洛熙问，要怎么配合？"

"读取她的深渊。"这回，赵央背过身去，话是对阿喜说的，"尽管我不知道洛熙是怎么拥有这个能力的，但我觉得一定有一件事压在她心口。我会对洛熙进行一次深度催眠。可能她的世界会有暂时的失控。我需要你配合我，对她的深度记忆进行扭转。"

"扭转？"阿喜有些不明白。

"搬开压在她心头最开始的那个秘密。"

"好，没问题！"

9

"深渊怎么读取啊？"一旁的肥钉忍不住问道。

"简单来讲，以阿喜为例，她用眼睛所看到的洛熙的世界正在塌陷，也就是读取到了洛熙的深渊，受到了非常直接的震撼。而洛熙所读取的只怕不能用图像来定义，可能比阿喜所看到的还要深刻很多。"

"像一个黑洞？"

"对，像一个黑洞把她拉进秘密的深渊。"赵央屏息凝神，压低声音道，"肥钉，如果看到阿喜失控，一定要及时把她拉出来。"

肥钉看到赵央拿出一个小球在洛熙眼前晃荡，这招还真跟电视上看到的催眠术没有什么区别。此时他可不敢懈怠，目不转睛地盯着阿喜，观察她的反应。

此时，阿喜只觉得整个人被什么东西猛地弹了起来，像是一个空气泡膜，包裹着她缓缓下降。四周雾气越来越浓，她慌乱地抓着那透明的壁，赵央的声音就在耳边，却一句都听不清。

当泡膜降落在冰冷的地面时，只见四周一片铜墙铁壁，哪里还有洛熙的身影？

"洛熙！"她大声地喊道。

没有应答声，整个虚空的世界静得有些骇人。阿喜适应了黑暗中的视线，发现四面墙中，有一面墙上有扇门。她下意识地走过去，触到门把手时，被冰得差点儿缩回了手。

门把手很重很重，阿喜使出浑身的力气去拧。如果说赵央已经成功对洛熙进行了催眠的话，那这里应该就是洛熙秘密的入口了。她屏息凝神，轻声喊了句："洛熙，你能帮我把门开一下吗？"

四周是死一样的寂静。阿喜有些忐忑，手再次放到门把手上，却意外地发现把手仿佛没刚才那么冷了。

然后她听到了脚步声，缓慢而沉重，在这个时候听起来有些可怖，这不像是洛熙的脚步声。

门轻轻地开了一条缝，一只可怖的眼睛在黑暗中，猝不及防地击中了阿喜的心："你有事吗？"

这人是谁？阿喜无法评判，却知道这个人跟洛熙的秘密有关。

"我找洛熙。请问……"

话音未落，那男人粗鲁地吼了一声："她不在家！"

眼看那门就要关上，阿喜几乎想都没想就伸脚抵住。那男人用了极大的力道关门，阿喜却已经来不及后悔……她吓得闭上眼睛。

门强行合上的剧烈响声传来，阿喜却没有感受到预料中的疼痛，整个人已经翻身进了屋子。这时，阿喜又听到门口传来拍门声，一个苍老的女声说："老陆，我打艳艳的电话都没人接啊。你开一下门，你开一下门好不好？"话尾带着哭腔。

阿喜幡然醒悟，方才敲门的人，其实并不是自己。她抬起头环顾四周，这是一座带着阴郁光线的20世纪80年代的房屋，装修看起来豪华其实很老气。那个有着可怖眼神的男人，此时正往嘴里灌着酒，满眼通红，浑身戾气。他的目光扫过来时，阿喜忍不住打了个寒战。

他看不见她，他的视线穿过她，向着她身后的方向吼道："你给我进去！"

阿喜顺着他的目光回头，只见黑黢黢的门口，一个穿着白衣的女孩，满脸眼泪地比画着什么。

阿喜的心一紧，这应该就是洛熙了。这个时候的洛熙好小啊，差不多只有六七岁的样子。

第九章·深渊

她眼中写满了无助和恐慌，让阿喜不由得心疼。忽然，一个东西从她耳边擦过来，稳稳地砸在了门框边上，碎裂的酒瓶让洛熙和阿喜都吓得够呛。阿喜恼怒地回头看着那个暴烈的男人。

"滚进去！"那个男人怒吼着，"你再不进去我打死你！再打死你外婆！"

门口的人是洛熙的外婆吗？因为联系不到自己的女儿，所以上门来找，却被拒之门外？

阿喜还没来得及分析，回头就看到身后的洛熙不敢再哭的表情，她退进了黑暗中。

"洛熙！"阿喜冲过去，"你妈妈在哪里？你家电话在哪里！你要报警！"

可那扇门紧闭着，黑暗退散后，那扇门的边框也像是突然退形，消失在冰冷的墙壁上。阿喜有些手足无措，她冷静了一下，回头看向屋内的另一个人。

这个男人，虽然眼神可怖，但五官与洛熙极像，应该就是洛熙的父亲。此时他的样子宛若一个魔鬼，眼神中带着阿喜从未见过的残忍。

他迈开了脚步，那脚步声再次沉重地袭来，沉重地往下走，那是一个逼仄潮湿的地下室。地下室的门上是一把大大的锁，那男人用钥匙打开，走了进去。阿喜忽然有极其不好的预感，脚步却没有停下。

一张电椅上绑着一个女子，她披头散发，浑身是伤。而洛熙的父亲，此时已经来到了那女子的面前，用几乎能听到颌骨碎裂的力道，狠狠地抬起她的下巴！

劈头便是一个巴掌，那声音大到回荡在逼仄的地下室。女人发出哀号声，而这声音却像是施暴者的兴奋剂，他开始疯狂地殴打女子的面部。

"住手！"阿喜看不下了去，她直冲过去，想要阻止男人，却发现自己扑了个空。女人撕心裂肺的哭声像是魔咒一般，从另外一个时空撞击着阿喜的心脏。她却只能绝望地看着，咬紧牙关。这些事应该发生在很多年以前，她根本救不了这个女人。

那声音不知道持续了多久，忽然停歇，阿喜忍不住看向身后，只见那男人掐住那女人的脖子，眼神仿佛是某种失控的兽类："装死！我让你给我装死！"

阿喜觉得自己的脑子一片空白，那男人不知掐了多久，可那绑在电椅上的女人却纹丝不动！

阿喜爬了过去，那冰冷的地面，有着黏稠潮湿的触感，像是发霉的青苔，又像是变质发臭的血液！

那男人一脚踢翻了电椅，电椅上的人没了声息。

"混蛋！畜生！"阿喜的心理防线终于被冲垮，发疯似的冲向那个男人，却又是毫无力量地从他身上穿梭过去。

男人脸上有诡异的神色，发出怪异的笑声："死了。真是没用。"

此时天花板上透来了光,好像是整个天花板都变成了透明的,一个小小的身影缩在阿喜的头顶,看不清面目。她蜷缩在那儿,瑟瑟发抖,满脸泪水。

十多年前,洛熙的母亲,就是在她的脚下被父亲残害的!阿喜还来不及悲愤,忽然一道寒光劈过来,像是将眼前的场景断然劈破,强光让她无法睁开眼睛,耳边突然听到悲恸的哭声。

再看到的场景便是灵堂。灵堂上摆着的照片里,女人温柔静婉,四周都是白花。

一个穿着孝服的男人满脸泪水,竟与昨日那疯了似的禽兽判若两人。他抱着妻子的画像,哭得无比悲痛,而一旁的小女孩缩在角落里,身子抑制不住地发抖。阿喜咬着牙,缓步挪到那女孩身边,看到小小的洛熙眼神空洞,眼眶里没有泪,大概早就哭干了吧。

身后忽然传来哭天抢地的声音,一个面色惨白、满脸皱纹的白发女子,跌跌撞撞地进来,撞在灵柩上。她失魂落魄地指着洛熙的父亲:"是你杀死了她!"

那男人却保持着方才悲痛的神色,起身道:"岳母,我知道您很痛心,但艳艳人已经走了……她一定不希望看到您这样。"

那白发女人发出可怕的冷笑声,她眼神恶毒地扫过那男人,似乎他在说一个极大的笑话,然后,她的目光落在旁边小小的外孙女身上。她扑过去,情绪激动地抓住她的肩膀:"洛熙!说话!洛熙,是不是你爸爸杀了你妈妈?是不是?洛熙!你说出真相啊!"

外婆已经彻底崩溃了,甚至忘记了自己漂亮的外孙女生来就是个聋哑人。阿喜望着洛熙,心痛无比地看着她那张完全没有生气的脸,她被外婆剧烈地摇晃着,像是没了魂魄一般。

此时一阵天旋地转,灵堂仿佛开始上浮,而洛熙的脚下,地面开始凹陷,男人阴森的眼神就在身后,他平静地向女孩做着口型:"你想和你妈妈一样吗?"

洛熙发出一阵尖叫,随即跌进裂开的深渊,那吞吐的黑烟一点点地冒出来。阿喜以电光火石般的速度一把拽住了她的手腕,可那瘦弱的女孩,却像是有千百斤重!

阿喜感觉到自己的手肘几乎快要脱臼,她拼命地攀住地面。地面不断地裂开,深渊仿佛要将她和女孩吞噬。而那个男人拿着棍子朝她们走来。女孩满脸眼泪地朝她示意,让她快点逃跑。那根棍子迎头而来,阿喜闭上眼睛,不躲不闪地望着女孩:"洛熙,别怕,说出来!"

耳边仿佛有无数人在咆哮:"她是怎么死的?她是怎么死的?"

洛熙发出一声歇斯底里的哀号:"是我爸爸杀了她!是我爸爸杀了她!"

10

　　世界像是被粉碎了，阿喜觉得自己的手掌几乎断裂，猛地被弹了出来。她跌进一个怀抱，那一刻，阿喜像是用尽了自己最后的一点儿力气，背过手去摘掉了赵央的墨镜。赵央愣了一下，尔后伸手轻轻地遮住了阿喜的眼睛："好了，没事了，睡吧……"

　　那是她至今为止睡得最沉的一觉了，一夜无梦，醒来的时候，已经是次日午后。赵央和肥钉在几分钟之后出现，阿喜翻身下床："洛熙呢？"

　　"送她去机场了。"赵央道。

　　"可是……"阿喜抬起头来说，"她那个爸爸，太可怕了。我们得帮她！"

　　"阿喜。"赵央叹了口气说，"其实洛熙的父亲已经在五年前的车祸中死了。"

　　"啊？"阿喜瞪大了眼睛，"那洛熙怎么报仇呢？"

　　"撞死他的人，是洛熙的外婆。"肥钉接了话匣，"哎，外婆……"

　　"那洛熙……她会好吗？"阿喜问道，"你有她的电话吗？我好不容易找到一个同类……"

　　赵央递上一张名片，说："我们能帮洛熙的，只是搬开她心口最大的一块石头，并不能改变她的能力，但是有了这个出口，她的人生或许会好一些吧。虽然父亲死了，但洛熙还是会用她自己的方式来公开父亲曾对母亲施暴的一切证据。"

　　阿喜接过名片，小心地塞进自己的口袋："我还有一个问题，洛熙小时候就是聋哑人，那她到底能听到母亲……被殴打时发出的惨叫吗？"

　　"你之前所抵达的，其实就是洛熙的记忆，虽然她是聋哑人，但她有读取情绪的能力，应该就是在那个过程中，慢慢堆积出了她眼中的真相。地下室的每一次伤害……对洛熙而言，都是沉重的累加。"

　　"我们真的什么都做不了吗？"阿喜有些颓丧地坐在那儿，回忆起眼巴巴看着洛熙的爸爸殴打妻子却无能为力的瞬间。

　　"其实有很多反抗家庭暴力的组织，这些力量也成为这些妇女儿童老人甚至男性的后盾。但人们还是要慢慢学会对家庭暴力零容忍，在萌芽阶段就予以解决，那样，才不会毁灭整个家庭。"

　　赵央边说边拉开窗帘，海边的阳光瞬间像是泼在了地面上，阿喜第一次觉得阳光是这么值得珍惜。

"总而言之,有一个好开始。虽然长路漫漫,但起码方向是对的。"赵央回头问阿喜,"对了,你为什么这么想帮洛熙?只因为是同类?"

阿喜笑了笑:"还因为我就是个见义勇为的英雄啊!而且,如果我当时拒绝你,你难道会不帮她吗?"

"不会不帮她,但我尊重你的决定。大不了就是走些弯路,重新习惯没有'眼睛'的盲人生活。我对自己还是有这个信心的啦。"

赵央的脸上照着阳光,仿佛和阿喜所经历过的那些冰冷的黑暗,完全没有关系。

"走啦!饿死了!"这时肥钉的肚子已经咕噜咕噜地叫了,"学长,我们现在可以好好度假了吧?"

11

阳光,沙滩,比基尼美女。人类的眼睛真是个好东西,世界上,有这么多的美景等着我们去看。

三人躺在沙滩椅上,心情没之前那么压抑了,却还是在关心着洛熙。

"洛熙的世界到底是什么?"阿喜问道。

"你最开始进入的,是洛熙用自己的念力创造出来的异世界。后来进入的,是我用催眠方式帮洛熙记起的一些记忆碎片。所以,在记忆碎片里,你没办法跟里面的人产生任何联系。但是异世界里,你却可以。"赵央仰头享受日光浴,同时回答道。

"我知道异世界,但那不是科幻小说里才有的东西吗……学长!这个我怎么都觉得超出了心理学的范畴啊,简直是科幻世界!"肥钉早就一肚子疑问,这时总算可以全部倒出来了。

"异世界是可以靠磁力变化而达成的,之前也有过空间站表示,他们做出了一个异世界的磁力空间,但关于念力还未有定论。我们的眼球让我们看到的东西,都是通过光线折射而成,谁也不知道那折射的波长到底经历了多少变化。或许我们看到的就是过去的折射,又或许连我们自己,其实都不过是某个念力所幻想出来的。

"听起来很科幻的事情,我们可以从心理的角度来解答一部分。我们是修复人类认知的医生,可什么样的认知是对的呢?如果你把世界想象成一个多维空间,你就会发现,对平面之外的世界,我们大多数人其实一无所知。心理学有时并不能帮助你了解世界,却能修复你的心灵损伤和对自己有害的认知，比如说，通过遗忘的方式。如果你关心的人，对一次磨难念念不忘，你会希望他忘记，还是牢记？"

"忘记？"肥钉迟疑地道，"忘掉比较好吧。"

"我觉得不好。"阿喜攥紧拳头，"我觉得，发生过的事，我就一定要弄个清清楚楚。"

"所有的事，都要因人而异。其实忘记不是我们的目的，我们要做的，是直面痛苦，然后消除掉对痛苦的依赖，学会不怕痛。有些时候，如果那痛苦无法平息，遗忘可能是更好的途径。

"对情感、创伤、痛苦以及所谓的'秘密'过于敏感的人，注定要受到这些东西的折磨，这，便是我们存在的意义。

"告诉他们，其实有更好的理解方式，不论对痛苦也好，对这个世界也好。"

"是啊，不过这种特殊人类，真的是中彩票一样的概率呢。"赵央道。

"原来我不是孤单的，我真的觉得挺高兴的。"阿喜笑着道。

这时，远处的一个男人正抓着一名女郎朝着他们的方向走来，躺着的肥钉慢慢地直起腰来。

那男人用庸俗的俚语，轻佻地调戏着女郎，女郎不情愿地挣扎着，那男人抬手给了她一个耳光，骂了一句"Bitch"。

肥钉慢慢地直起身子。阿喜猛地抓住赵央的手，压低声音道："老大，我们得准备起跑了。"

"哎？"

"肥钉要英雄救美了。"

说时迟、那时快，在肥钉握着拳头冲出去的瞬间，阿喜拽着赵央往酒店的方向狂奔起来。沙子硬邦邦的，有些硌脚，就像人生一样，难免磕磕碰碰。

迎面的风有力地吹在脸上、身上，赵央迎风问了句："你摘掉我的眼镜的时候，其实还没有彻底'出来'对吗？"

她没回答。

"阿喜，你看到什么了？"

"我看到了黑暗，原来，洛熙也只能感受到你眼睛里的黑暗……"阿喜笑着说，"她没有比我强哦！"

阿喜说着笑着，心里却有隐隐的不安。

她看到的，其实不仅仅是黑暗。

第十章

小说

1

早晨的阳光照进"特殊人类研究所",肥钉打着哈欠,饶有兴趣地看着手机。阿喜一进客厅,见他窝在沙发上,有些讶异:"懒虫今天起这么早?"

只见肥钉猛地回头,露出一双熊猫眼,一脸没精打采地说:"我是没睡。"

"你干吗呢!一天到晚捧着个手机,别人还以为你网恋了呢。"自从度假回来,肥钉几乎是日夜颠倒。阿喜倒不是操心他,只是好奇,世界上还有比睡觉更具诱惑力的事吗?

"网什么恋!看小说呢。"肥钉的视线已经回到了手机屏幕上,那双以后注定要得青光眼的双目此时发射着如饥似渴的光芒,"这本小说超棒的,讲的是一个叫李特的Loser突然开挂的故事,那叫一个爽啊!他一步步走向人生巅峰,让父母刮目相看,昔日瞧不上他的女神后悔得肠子都青了!并且,小时候差点儿要饭的他,还建起了一个黑客帝国!"

也不知是肥钉的表达能力有限,还是她的欣赏水平不够,阿喜讪讪一笑:"就这么个故事让你熬夜啊?"

肥钉顿时就炸了:"什么叫就这么个故事啊!你、你、你是不知道作者文笔有多好啊!

有多知道我们读者的心理！算了！我不和你这种文盲聊我的心头好！"

阿喜耸耸肩，憋着笑打开电视。晨间新闻中应景地出现几个大字："沉迷小说的青少年该如何救赎？"

沉迷小说的肥钉一副无药可救的样子，躺在沙发上继续打起精神看手机。阿喜盯着电视机，她知道这条报道是几天前一桩青少年失踪案的后续。

据说当时三个孩子夜不归宿，家长们急得不行去报案，结果却令人啼笑皆非——警方没费多大力就发现三个孩子去了同一个地方，那是一个号称职业作家的男人的地下室。地下室自然会让人产生一些不好的联想，不过到了地方才发现，那里没有任何阴森恐怖或违法犯罪的迹象。几个孩子也很安全，只是看上去精神萎靡。而坐在电脑前那个胡子拉碴的胖子自称是地下室的主人，也就是作家本人。他表示，几个孩子是读他的小说太过入迷忘了回家。

这个理由虽然不大让人信服，但孩子们的口供也别无二致，因此警方只是给他们做了笔录，但各大家长群里还是因此沸腾了。近年来，网络发达，中学生们沉迷网络小说的可真不少，搞得日夜颠倒，学习退步……于是这几天，各大媒体都没少拿这事儿做谈资。那几个孩子也似乎都患上了颇深的"后遗症"。用某个主持人的话来说就是："有了毒瘾一般。"

看到这里，阿喜狐疑地回头看了一眼肥钉，看他那眼眶乌黑、脸色惨白的尊容，还有困得要晕过去了却还是不放下手机的样子，还真是跟有了毒瘾似的！

这时，赵央从书房出来，边走边披上外套："新闻看了吧？走吧，有活儿要干。"

"这么早？"阿喜睁圆了眼睛，"那肥钉……"

刚说到这里，就听到身后传来肥钉的呼噜声。这家伙终于熬不住了。

2

张小北卧室里的窗帘一直没拉开过。这是他从地下室回来的第五天，一如既往地不肯去上学。他睁眼看着天花板，睡不着，却怎么也不想起来。他闭上眼睛去细想那被大人们称为"发梦"的细节，那些黏附在神经末梢的记忆片段仿佛在一天天地剥落，这让他无限惶恐。

听到外面传来重重的关门声，少年狠狠地咬了一口自己的手，口中的血腥味和痛觉都在提醒他这才是现实世界，张小北的眼角忽然渗出眼泪，发出低低的哀鸣："我想回去，我想回去啊……奶奶，我好想你！"

他闭上眼睛，回想起那些已经褪色的场景，那些精巧的游戏环节。那里没有那么多胜王败寇的竞争，他的人生也不会被奖状和名次所淹没……他可以享受闲云野鹤的生活，主宰自己的时间，自由、快乐，那才是他张小北该拥有的人生！

然后他就想不起来了，他像是被那个世界给踢出来了一般，怎么都进不去了。他听到家门口传来反锁声，似乎是深谙他性格的父母所为。他们不再哄他去上学，但又怕他跑出去，重新回到那个被他们称为"混蛋"的作家身边去，于是就将他锁了起来。

张小北蒙在被子里哭泣。回想起一周前，他正在电脑上做题。他将代表学校去参加一个比赛，所有人似乎都将赌注压在了他的身上，一副绝不容败的架势，让他喘不过气。而这时，QQ上忽然弹出一条消息。鬼使神差的，他点开来看了。

那是一个叫"造梦小说家"的ID，消息只有一行字："少年，想看属于你人生的小说吗？"

这个家伙，说来算是他从前的游戏好友，自称是个小说家，但其实张小北查过他的资料，这家伙所谓的作品并没有什么人看。

"我的小说，可以比游戏和奥数都让你沉迷，你信不信？"那边发过来一个自信地叼着钻石的表情图。

"没这个可能。"

"要不要挑战一下？"

张小北是一个擅长比赛的人，当然，这也代表他是个经不起挑衅的人。这位"造梦小说家"深谙其道，勾起了他的战斗欲望。少年人有些鲁莽，凭着一腔不服气就出了门，没想到，这位作家的工作室比他想象的还要简陋。"造梦小说家"踩着一双塑料拖鞋出来接他，脸上挂着淳朴的笑容。虽然邋遢，看起来还真不像个坏人，反倒是让人产生一种莫名的信赖感。

"小北你来了！刚好，有两位读者已经开始了他们的阅读！快跟我来。"

尽管张小北觉得，去陌生人家的地下室很像恐怖片的前奏，可来都来了，小说家又一脸老朋友式的热情，让他有些不好拒绝。

张小北是这么打算的，他要怀着一颗警惕的心，在门口看看他的"地下工作室"长啥样，稍有不对劲就逃跑，顺便报警把这个家伙的窝点给端了。没想到，小说家没有骗人，地下工作室虽然简陋得要命。还真有两个跟他差不多大的孩子在里面。其中那个胖乎乎的男孩，戴着耳机，眼睛紧紧地盯着屏幕，像是在看一出冒险剧，时不时地露出目瞪口呆的表情。而另外一边坐着一个漂亮的长发少女，看到小北，冲他露出了一个敷衍的笑容。

小北不好意思地笑了笑，见那女孩朝着小说家催促道："麻烦您，能不能快点儿开始啊？"

"稍等一下，我马上开始。"小说家回头看了一眼一脸狐疑的小北，介绍道："这两位都是我的忠实读者，她叫小优，他呢，叫狄明。小优等了有一会儿了，我先把为她准备的小说给她。"

小说家撇下一旁的小北，坐到了自己的专属电脑前，眼镜下那双小眼睛像是忽然发光了似的紧盯着屏幕。然后，小北看到一脸兴奋的女孩儿戴上耳机，深吸了一口气，嘴角忽然浮出了一个淡淡的弧度。

"Ready!Go!"键盘忽然发出有节奏的敲打声，小说家的手指在上面噼里啪啦地敲击。与此同时，他身旁的女孩忽然捏紧了手指，小北凑过去看了一眼她的屏幕。只见屏幕上字体很大，但过于闪烁，他看不太清，心想这样不伤眼睛吗？再一看，屏幕上的字好像正在滚动，小北心中一动：难不成，他是现场写？

这样的情况不知持续了多久，小北见那作家，一副修仙快要成功的样子，对键盘敲击不停。他似乎是完成了自己的最后一个字符，来到小北面前，对着这位已经因好奇而焦灼的未来读者发出邀请："你准备好开始阅读了吗？"

3

赵央在阿喜的陪同下来到一幢别墅前，阿喜摁了门铃："是你的导师让你帮忙的？这家挺有钱啊。"

"让我们。"他纠正道，"导师最近在国外，这个叫狄明的男孩，是他以前邻居的孩子。"

"我们现在承接防治青少年沉迷网络的业务了吗？"阿喜嘀咕道，"那得第一个拿肥钉开刀呢！"

"这件事好像没有那么简单。"赵央摇头解释道，"这个叫狄明的男孩，因为父母是老来得子，特别受宠，从小到大几乎十指不沾阳春水，但胆子特别小，一点点动静都会把他吓得要命，之前他家长也带他来找过教授，没诊断出任何毛病……可是，在失踪几天后，他回到家中，却跟变了个人似的。"

狄明不止胆子变大了，而且变得盲目胆大。原本家里好不容易找回他，不忍责罚，让他照常上学，可狄明忽然提出不需要司机接送，要自己骑摩托车上学。狄明妈妈心想，儿子连自行车都不会骑，怎么骑摩托车？但为了哄他开心，还真给他买了一辆昂贵的哈雷摩托。

而就在买回摩托车前，还发生了一件事：狄明的堂哥跟着爸妈过来看他，结果狄明一见堂哥，忽然摆出李小龙的招式，朝着堂哥的眼睛就是一拳。堂哥是学武术的，几乎是条件反射地就一脚回了过去，一下把狄明像踢皮球似的给踢滚了。当下整个别墅鸡飞狗跳……结果狄明这小子才好了伤疤又忘了痛，骑着摩托车还没出别墅的院子，就撞骨折了。更可笑的是，狄明受了这么重的伤，却坚称自己的伤口很快就会愈合，死活不肯去医院。没办法，只好请了家庭医生在别墅里给他打石膏。家里人怀疑狄明中邪了，突然从一个胆小的巨婴，变成了一个胆大心大的神经病。

赵央和阿喜一起去了狄明的房间，可沟通非常困难。阿喜并没有瞧出这孩子有什么"异样"，赵央却觉得这孩子哪里都有些异样，非常兴奋，满口胡言，还跟他们说："师傅，我们江湖人士，这点伤这点痛算什么！"然后他闭目养神，一副安详的样子，嘴里还含糊不清地嘟囔着。

"所以，跟他看的小说有关系？"狄明的妈妈是一位非常有气质的富家太太，她略显担忧的脸上写满了诧异。

"以前倒是听说过，有部分青少年因为阅读穿越小说而真的相信自己能够穿越，因此做出一些……过激行为。"赵央搬出以前听过的新闻作为例子。

"可是……这可怎么办啊。"狄明妈妈显然是讲道理的知识分子，"总不能因为这个去找那个作家的麻烦吧。警察也做了笔录，这个没办法定罪吧？"

"我倒是觉得，太太您不用太担心。"赵央道，"狄明现在还处于沉迷阶段，可能要费心看着一些，防止他做一些不太符合他自身能力的行为。"

从别墅离开，阿喜好奇地问："老大，这狄明是什么毛病啊？看小说走火入魔？"

"老教授跟我说过狄明这个孩子，他除了胆小，其实还是个聪明、理智的孩子。"赵央没有下定论，"不如去查一下，另外两个孩子怎样了。如果他们都有这个症状，就证明跟那个小说家有关系。"

4

因为只是民事案件,所以几位当事人的信息并不难了解。

"三个孩子学校都不同,第一个是狄明,第二个是个叫张小北的男孩,据说成绩很好,当时准备代表学校去参加奥数比赛呢,还有一个女孩。三个人除了年龄和身份之外,算不上有太多共同点,不过在事发之后,他们都因为各种原因没有去上学。尤其是那个叫张小北的男生,他连之前全力以赴准备的奥数比赛都死活不肯参加。"阿喜汇报完,下意识地说了一句,"可怕可怕!老大你能理解吗?"

"其实我也沉迷过小说。"赵央笑了笑,"我以前看过一篇与心理学有关的小说,男主角帮过很多人,我当时看得热血沸腾,几乎认为那就是未来的自己。"

"……我可能太不爱看书了。"

"先不聊这个。除了你刚才说的,这几个孩子,不去上学的理由是什么?了解到了吗?"

"我打电话问过他们家长了,那个女孩叫小优,是个狂热的追星少女,喜欢一个叫Daniel的偶像,回家后就死活不肯去上学,还拼命给Daniel的经纪公司打电话,称自己是Daniel的女朋友……"阿喜说着说着都笑了,"现在的粉丝都这么厉害啊?至于张小北,他的爸爸妈妈似乎很忙,接了我电话后没什么好气。他们似乎对自己的儿子很失望。但我打电话到他的学校,老师对他是赞不绝口,却不知他为什么突然就不肯来上学,也放弃了比赛。张小北原本是个非常优秀的学生,同学们也都很喜欢他。班长是他朋友,去看望过他一次,说他状态不好,整个人看起来很忧郁。"

阿喜汇报完,见赵央陷入沉思,忍不住问道:"老大,他们的反应不一样,如果真的跟小说家有关系,会不会是因为他们看的……不是同一本小说?可是我搜了这个作家别的作品,文字算不上特别吸引人,浅显易懂,但都不长,而且没有结尾,所以一直都没什么人看。"

"没什么比亲自去拜读和拜见更接近真相的了。"赵央说。

5

他们要去找的这位作家笔名叫追梦。网络平台上并无成绩,据说原本是个计算机专业出来的 IT 男，后来因为热爱写作放弃了本职工作。虽然没做出什么成绩，但不肯放弃。后来因为经济压力，从原来还不错的小区搬到了现在的地下室。不过，在网上可以搜到他的消息，是最近更新的，上面写着："你想要过不一样的人生吗？来我的小说里，我将让你如愿以偿。"没引起什么热度，大抵是因为没几个成年人会相信一篇小说能给人带来"如愿以偿"的感受。

不过，赵央还是打算去会一会他。

门打开时，追梦见到他俩，露出了惊诧的神色，似乎这几天已经被警察和媒体骚扰得烦不胜烦了，立马板起脸说："我不接受采访啊。我还要码字呢！"

阿喜打量着这人，他戴着一副镜片很厚的眼镜，看起来有些呆板。

"追梦先生，我们是慕名而来的读者。"赵央温和地解释道。

"真的？"追梦有些犹疑，但摁着门的手松弛了下来，"不是记者啊？你们真是读者？那先进来吧……"

屋子里有些潮湿阴冷，只有他一个人，可数台电脑仍旧保持着运行。中间的那台电脑旁，堆满了白色的稿纸。满桌的泡面碗正散发出发霉的臭味。

"追梦先生最近在创作什么作品？"赵央问道。

"规矩是一人一篇。你们不明白吗？"追梦的语气有些冲，但不是故意这么没礼貌的，而是旨在反问，"我给你们的小说，都是量身定制的，明白吗？"

赵央心里一动，按捺住了心里的疑问，点了点头。

"你是不是看不到？"追梦伸出手在赵央眼前晃了晃，"那可惜了。那你读不了我的小说。"

"我听网上说，你有配备语音转换系统，不是可以听吗？"阿喜插了一句。

"不不不！"追梦重重叹了口气，"不是那样的，听说读写，是四件套的。其实就算你眼睛没问题，你的年龄也超标了。"

"什么意思？"赵央徐徐问道，"您的目标群体只能是青少年吗？不是说'量身定制'吗，那难道不能为成年人定制一个吗？"

"哎，不行！"追梦有些不耐烦地说，"你们这些成年人，太复杂了！过了十八岁的我都不接！"

阿喜心里一咯噔，她也满十八了，会被赶出去吗？

"不过，这个小妹妹看起来好像才十五六岁吧？来，你过来。"追梦打开里屋门，冲她招手道。

胜在有一副童颜的阿喜，指着他站的方向问道："这是要干吗？"

"定制啊。定制，要量尺寸！懂吗？"追梦看来是很习惯用"尺寸"这种比喻方法了，耐心地解释道，"我得了解你的心理尺寸，才能定制出你想要看的小说。这是我们的沟通室。"

他又指向旁边的一扇窗户："窗户是透明的。你看得到外面，我也不锁门，你不用怕。就是个基本谈话。你放心吧。"

阿喜会怕吗？她从小可没少被"心理辅导"呢。

6

隔出的小屋子不似外头有股发霉的味道，反而有一股香气，像是点了熏香。屋里的摆设也相对精致，布置得像个简易的咖啡馆，很难想象它会出现在一间地下室内。书架上有成排的书，倒很符合追梦的作家身份。此时，追梦打开了一旁的老式唱片机，有咿咿呀呀的音乐冒出来，不知是哪国语言，听起来像是女人空灵的梦呓。随着那音乐，阿喜原先还有些紧绷的神经舒缓了下来，追梦示意她在一张摇椅上坐下。

说实话，阿喜见追梦第一眼就没发现什么异常，这个家伙除了看上去有些油腻之外，还是很正常的，她也没看到他有任何"症状"。当然，并不是所有的症状，都能靠她的眼睛看得到的。

"我们就随便聊聊吧。"追梦很专业地搞了个小本子，似乎是用来收集素材的，"你喜欢哪一种背景的？"

"唔……"阿喜眼球转了一下，"武侠？"

"那你喜欢哪部武侠？我了解一下文风……"

聊天的内容极其正常，追梦是个很能掌控节奏又比较有亲和力的人，阿喜并没感受到接受心理辅导时那种咄咄逼人的气势。量身定制到底是什么意思呢？

"那先这样。"追梦合上了本子，然后说，"阿喜，我们可以开始了。"

"这么快？"阿喜倒显得有些意犹未尽了，她莫名地有些期待追梦为她量身定制的"人生"。

"跟我来吧。"追梦朝她勾勾指头，将她引到电脑前，"坐这里，戴上耳机。"

一旁的赵央闻声站了起来，朝着他们的方向道："开始了吗？"

追梦朝他递了一个耳机："这里有储存好的小说，估计阿喜会看得比较久，你等得无聊时可以听一听。"

阿喜有些莫名地看了赵央一眼,鬼使神差地拿起了耳机,而这时追梦已经坐到了自己的位置上,朝着阿喜比了个"OK"的手势,然后他瞳孔突然收紧,像是变了个人。如果非要从阿喜不多的词汇量里找出一句话来形容的话,那大概是:"那一刻追梦的眼睛里,有种虔诚得近乎可怖的信仰。"

在听到键盘噼啪声的同时,阿喜听到耳机里传来的转换声,声音不大,却像是贯穿了她的头颅。

眼前闪烁的屏幕上,忽然开始滚动大字:"我是一个杀手,江湖上,有很多关于我的传闻……"

她感觉到自己的头皮像是被紧紧抓起,整个人都像是被提起来,灵魂脱离了天灵盖……尔后一片白光冲向眼皮……

7

赵央其实并没在仔细听小说,听不进去。追梦的文笔非常普通,讲故事的水平也很一般。赵央虽然很少看网络小说,但也了解他们的套路,什么爽点虐点撒泼打滚……追梦统统没有,却有一种罕见的激情和虔诚,像是在努力传达什么。赵央听出个大概,听得出追梦对写作这件事是非常赤诚的,甚至有些用力过猛。而另一头,阿喜已经没了声音。秉持着礼貌原则,赵央没有打搅,但他觉得气氛有些诡异。

只有键盘吧嗒吧嗒地响动,空气像是静止在了这间屋子里,让人有种密闭空间的窒息感。阿喜在读吗?她可是一个看书看不到几页就会睡着的人啊。她真的会如追梦说的一般,为他的小说着迷?

那些孩子,又是怎么回事?

不知过了多久,赵央下意识地轻轻唤了一声阿喜。没有人回应他。这时,键盘的响声已经停止,从另外一头飘过来追梦的声音,有些低沉:"先生,不要打搅别人看小说啊。"

语气里带着些不满,就好像自己的艺术品被人糟蹋了一样:"你这样,很不尊重我的作品。"

"抱歉。"赵央见键盘声已停,"不过我可以问一句吗?既然您的作品是现写的……那现在她难道还没有读完吗?"

"哎呀,看你也像是个有文化的人,留白明白吗?作者,一定要给读者想象的空间!读者才有发挥空间啊!一部成功的作品,一定是读者和作者一起完成的!"

然而在赵央看来,所谓的作品创作,大多数时候是一件孤独、隐私的事,至于"一千个观众心中有一千个哈姆雷特",那与作品创作本身并无关系。此时,赵央并不想与他理论。

"所以……她是在哪里发挥想象空间?"

"小说里啊。"追梦的声音听起来又傲慢又自豪,"我说过,我的小说,可以让人深陷,让人沉迷!"

话语尾端,追梦像是激动了起来,声音都在颤抖。

就是这个诡谲的语气,让赵央脑子一蒙,他似乎是意识到"不好!",腾地站起来,迅速朝着阿喜刚才发出落座声音的方向走去。

赵央不小心碰倒了一张椅子,椅子当即砸在他的脚上,可他顾不上疼,一边喊着"阿喜",一边继续往前扑去。与此同时,什么东西猛扑了过来,将赵央压倒在地——是追梦,他身上有一股陈腐发霉的味道,情绪激动地摁住赵央:"你想干吗!"

"让她醒来!"赵央的胸膛被追梦狠狠压住,却坚定地大喊,"你赶紧让阿喜回来!"

8

可这时,追梦的声音忽然变得诡异,他降低了音量,"嘘"了一声:"让你轻一点,你会打搅到她的……你不能这样没礼貌啊……你这样,就不能怪我不客气了哦!"追梦已经举起了拳头,圆镜片下的小眼睛寒光一闪,朝着赵央的脖子就要劈过去。

这么吵,会打搅到我的读者,那我只能把你打晕了哦……

拳头大力地砸下,几乎要碰到赵央的脖子时,忽然被一股力量擒住,少女不知何时站在了他的身旁,双眼发红:"你要干吗?你疯了!"

像是灵魂归位般,方才追梦眼中的气焰,此刻全部转为惊讶。他松开了赵央,像是不敢相信自己的眼睛般看着阿喜:"你……你……你居然不喜欢吗?我为你写的小说,你居然不喜欢?"

阿喜脸一红,一时不知如何回答,一把拉起赵央。

"为什么你不喜欢……不对啊……明明都是你最想要的,最喜欢的……"与其说追梦在质询,不如说他是在自言自语。他失魂落魄地退到阿喜身后:"我写得那么好,你为什么不喜欢？"

赵央喘过气来，伸出手在阿喜的脑袋上乱摸了一把，似乎放下心来："没事儿吧？"

阿喜"嗯"了一声，赵央一把抓住她的胳膊："我们先离开这里再说。"

这时，追梦却用带着一丝祈求的声音道："别走，你能不能告诉我，哪里不好？哪里不值得你喜欢？"

阿喜的背影停滞了一下，她恶狠狠地回头说："我太不喜欢了，因为一点都不真实！"

9

两人迅速离开了地下室，阿喜心里有说不出的慌，要不是赵央牵着她的手，她几乎有灵魂出窍的感觉，还在门口跟一个男孩撞了满怀。男孩匆忙说了句抱歉便跑开了，阿喜被这么一撞才清醒了点。

等两人回到工作室时，肥钉总算没有在看小说，而是在打游戏。他一抬头，看到赵央和阿喜，发现两人的脸色都不大好，一个白着脸，一个红着脸。肥钉不由得瞪大了眼睛："你们咋了？哎，咋还拉着手呢？"

赵央的心这时才落定，缓缓松开了紧抓着阿喜的手，声音稳定下来："阿喜，我们进屋聊聊。"

书房的门合上，赵央问："刚才到底怎么回事？我叫你，你为什么没反应？'你'去哪儿了？"

阿喜半晌没回答，她自己也摸不清头脑，不知该怎么向赵央形容。她刚才……好像真的去了别的地方。

白光一闪之际，她从一张古老的板床上醒来，周遭都是古建筑，似乎是穿越了。奇怪的是，她一点都没有穿越的感觉，而是觉得自己本来就是存在于这个世界的人。她依旧叫阿喜，是一名来无影去无踪的杀手，擅长使短刀，杀人于无形，是为民除害的隐世高手。

她用轻功起身，从枕头底下摸出那把做工精致的短刀。短刀上镶嵌着一颗剔透的夜明珠，因为嗜恶人血而更加明亮。她拔出短刀，刀面极其光滑，刀锋薄如最细的纸，划过人的脖颈，不需要一秒钟，便取恶人首级。

正是中秋，她不必杀人，而是要去赴一场宴席。那是一场喜宴。她倾慕的男人要迎娶大户人家的小姐。那是全城最风度翩翩的玉郎儿，因此满城张灯结彩，庆贺这对璧人喜结良缘。街上的唢呐声吹得喜气洋洋，吹得阿喜有些烦心。她略施轻功便到了赵府，府衙中的赵公子已整装待发准备接亲，即便戴着俗气的大红花，站在人群中的他还是最耀眼的那一个，看得她又心痛又心醉。

忽然一个念头生起，她施展轻功，向城中另一个最喜庆的府衙奔去。小姐的闺房附近，仆役来来往往，脸上皆挂着欢喜之色。她潜入闺房，见一个坐姿端庄的女子披着红盖头，想必，就是赵公子的新夫人了。

那念头挠得阿喜心痒，她猫步上前，脚步声几不可闻，几乎以迅雷不及掩耳之势掀开了那小姐的红盖头。盖头之下，是一张丑陋无比的脸，满脸的麻子像嘲讽的注脚，小姐粗声粗气地问她："你哪位啊？"

可不能让这样的人嫁给赵公子！这也太埋汰人了吧！简直无法想象他们生儿育女，白瞎了赵公子那么好的基因啊！

"阿喜？"这时，赵央低声打断了阿喜的回忆，"你还好吧？"

"我……"阿喜咬了咬牙，"我做了一个梦。"

在这个梦中，她将那新娘五花大绑，褪去她的新衣，自己换上，盖着红色盖头，被迎亲的队伍接走。赵公子掀开盖头时，看到是她，脸上的表情欣喜若狂，唤了她一声："娘子，果真是你。"

此时，远方是一片大海，无数的星辰仿佛直接从天幕坠进海中，场景美到令人窒息，而手被身畔的人轻轻握住，他的气息就在耳边："娘子，此生有你无憾。"

这回忆让阿喜羞赧至极，这时再看赵央的脸，再对上那梦中人，真恨不得找个地洞钻进去！她的牙齿咬得更深了，只能含糊道："一个……真实得不得了的梦。"

太真实了，真实得好像那把短刀所经历的一切鲜血她都见过，真实到眼前的赵央就是她朝思暮想的赵公子。

花也真实，草也真实，愉快得像是抵达了心灵的高峰，真实到她现在想掐自己一把，看看到底现在是梦，还是刚才那小说里的情景是梦。

"就是很高兴，很痛快，就好像那个世界是以我为中心的，就好像……"就好像每一环每一扣都严实合缝地符合心迹！就好像那星辰大海般、在现实里纯属想象的景象，才是真的，但细想又觉得不真实、不可能。

10

"我当时出不来。当时……我在一个宴席上,忽然听到了钢琴声,然后看到我妈妈从帘幕后面走出来,跟我说……"阿喜当然说不出那句"恭喜女儿嫁了个好儿郎"这样羞耻的话,直接略过,"然后我忽然反应过来,古代哪里有钢琴啊?然后我才觉得一切不对劲起来,我就拼命挣扎,拼命喊你的名字。你听到了吗?"

赵央凝神思忖,然后摇头:"我也在喊你的名字,你也没有回答我。"

阿喜内心忽然极度恐惧起来:"老大,那我到底去哪儿了?一个人的文字的力量,能达到这种程度吗?"

赵央沉思了片刻,然后说:"我怀疑,你和那几个孩子都被催眠了。"

"催眠?什么时候?"

"应该是从你进入他那间隔离出来的屋子开始。"

"可是……"阿喜细细回忆,"在那间屋子里,他并没有问我什么啊。"

"你进去足足有半个多小时,你们聊了什么?"

阿喜眼睛瞪大:"有半个小时吗?可是我感觉时间过得很快,他说要为我量身定制……等一下!"

阿喜忽然想起了什么:"不对。我记得很清楚,我在聊天过程中从来没有自报过家门,可离开那间屋子的时候,他却向我发出了邀请,叫我'阿喜'。他怎么会知道我叫阿喜?"

"你再想想,还有什么?"

阿喜闭上眼睛回忆起那间屋子里的事,忽然后知后觉到自己的思维像是慢了半拍,这半拍几乎察觉不了,要不是她有职业敏感性,她真的会忽略这件事。

"对了,我在那间屋子里,还闻到了熏香的味道。"

"有可能是致幻剂。"赵央的眉头紧皱,"这个家伙原先是一位电脑工程师,有不错的收入,但似乎从小就梦想成为一个作家。我之前看过他自己发的一篇帖子,似乎是在向这个世界宣誓,向让他'仆街'的市场宣誓,誓言自己一定会成为最优秀的作家,让人顶礼膜拜。写出……真正的令人沉迷的好小说。"

赵央深吸了一口气。

"看来……他找到了令人沉迷的'另一种办法'。"

"他是怎么做到的?"

"如果我没有猜错的话,你,还有其他读者,其实就只看到了一个开头,也就是他给你们的人设、背景,让你们的意识可以随心所欲地发挥,成为世界中心,自然会沉迷。"

"那我们该怎么做?"阿喜有些心焦地道,"他……他到底图什么呢?"

"图成就感吧。每个人追求的成就感不一样。"

"那会有什么后果?"

"就像你调查的几个人,会分不清现实和幻想,甚至只想活在幻想里。"赵央叹了口气,"难怪他不愿意成年人成为读者,而总是挑选心智尚不成熟的孩子。孩子,是不容易发现他所搭建的世界的矛盾点的。"

这时,书房的门被轻轻推开,抱着手机的肥钉正一脸诧异地看着二人:"你们瞒着我,又出活了?"

阿喜白他一眼:"你还好意思,怎么不继续看小说啊!"

"不看了!"肥钉嫌弃地道,"作者根本不行,到后面简直是瞎写,哪有这种完全开挂的主角啊。没意思!不真实!不过我看到一个新闻,倒是挺奇怪的。"

肥钉一面将手机递给阿喜,一面道,"喏,就是上面这个小孩,我见过,他可是我母校的重点学生,本来要去参加奥数比赛的,结果好像就是看了个破网络小说,忽然不乐意去了!唉,阿喜,你这啥表情啊?"

此时,阿喜徐徐抬头,倒抽了一口气:"老大,这个张小北,刚才好像……去找追梦了!"

11

张小北的背包里装着行李,脸上透露着一份决绝。

他好不容易从家里跑出来,不打算再回那个家了。

他要让追梦帮他把这个梦掐碎,再把他送回到他真正的家里去!

然而他在追梦家附近撞上了阿喜和赵央,当找到地下室时,却发现门是开着的,追梦颓丧地坐在地上,像是一摊肉。张小北轻声地叫了一句:"作家?"

追梦正喃喃着什么,猛地抬头,看到张小北,诧异地瞪大眼睛:"你……你怎么回来了?"

"我还想读你的小说,你能帮我接着写吗?"

"你……你喜欢吗?"

"很喜欢。"张小北咬着牙,像是发誓,"我很喜欢很喜欢。"

追梦像是垂死之际被打进了一针强心剂，脸上忽然绽放出了极大的喜悦，跌跌撞撞地站起来："我的小说，写得很好，对不对？"

"对。没错。"张小北说。

"那你说，我是不是……这个时代最好的作家？"追梦此刻的样子，就像是站在镜子前问"我是不是这个世界上最美丽的女人"的后妈皇后。

张小北毕竟不是一个满嘴跑火车的孩子，他犹豫了一下："这个我不好说，我很少看小说。但是你为什么非要做那个'最'呢？做'最'不累吗？我们为什么总要和别人比？"

追梦扶了扶眼镜，原先激动的情绪稍微平稳了一些，他总归是个大人，不能在一个孩子面前情绪失控："你说得倒也对。"

张小北低着头，像是自言自语一般："我真的很讨厌你们大人，很讨厌一切比赛，为什么人总要为了个名次争来争去？我奶奶曾经跟我说过，人活着，自由快乐才是最重要的。作家，我之所以喜欢你的小说，就是因为，你给了我这样的世界观啊。"

追梦一时不知道该怎么回应，作为一个作者，他有虚荣心，一个读者告诉他，他给了自己什么好感悟，他当然能得到虚荣心的满足，可是内心又有种隐隐的不安。因为这个世界观，不是他给张小北的。

他其实不过就是造了一个人设，单用文字不行，还必须用自己的技术方式来辅助。可此时他不想去思考太多，因为眼前这个少年可是他的读者啊，为他的作品痴狂的读者！他总算有个忠实的读者了，哪怕只有一个，也是他写下去的巨大动力。

追梦的眼中含着光，情绪颇有些激动，恨不得掏心掏肺地对张小北说："小北，你觉得还需要什么？你都告诉我！我都给你安排进去！"

"啊？"张小北的视线微微有些迷离，他情绪有些低落，"之前的就很好，只要能逃离这里、不用参加没完没了的比赛，就很好。有奶奶就足够了……当然，如果你能把我的爸爸妈妈……"

7岁之前，张小北是跟着奶奶在乡下长大的。每年他只能见到爸爸妈妈两次，两个人还常常不是同时出现。爸爸妈妈都在大城市里工作，为了出人头地，为了爬到金字塔塔尖，或者，为了不让他们的儿子输在起跑线上。

他们总是很忙，表情也像两个机器，但奶奶不一样，奶奶年轻时是个老师。在陪着张小北爬山下水、在田埂间玩耍时，她都会教他很多东西，但从来不会勉强他。奶奶教他的是了解世界，是怎样在拥有很多知识的情况下更喜欢这个世界。

后来他长大了,奶奶老了,他被接回城里生活,爸爸妈妈要求他做第一名。任何事情都要做第一并不是一件容易的事,张小北很聪明也很努力,但这也无法阻止对手与他彼此较劲,抢着爬上"第一"的宝座。

他的家里开始有无数的奖杯,可他却发现,自己根本不快乐。沉闷的学习让他喘不过气来,可对第一名的渴望那样强烈。他不想让任何一道对他充满期待的目光失望,也不想让任何一颗嫉妒的心如愿以偿。他开始越来越像一台机器。

一年前,奶奶去世了。张小北没有去给奶奶送行,因为当时他在参加奥数的集训比赛。爸爸妈妈说,比赛太重要了,所以就向他隐瞒了这件事。

这个世界上到底什么才是真正重要的?第一名吗?第一名重要过这个世界上最亲爱的人吗?

得知一切时,张小北并没有生气。他习惯性地听话,也习惯性地觉得爸妈说得对,在机器的世界观里,保持运行不被淘汰是最重要的。他没有发怒,很自然地接受了一切。但是,他从此没有奶奶了,就连一场告别都不曾发生。在他脑中,那段在田野间、清风里快乐的日子,好像被锁在了一个有着复杂密码的盒子里。

机器继续运行着,直到那天,眼前这个叫追梦的作家破解了他的密码,那盒子里的一切回忆都跑了出来,真实得让他仿佛从那已经僵化的世界里醒了过来。

张小北跟其他两个孩子不一样,聪明的他知道那是一场梦。可他又不得不承认,他更喜欢那梦里的世界。在那个世界里,他没有那么多成功的喜悦,也没有了失败的压抑。尽管知道那是假的,可张小北好像没办法忘记,也没办法继续过他现在的生活。

何况,梦中的那一切,才是他本来该有的生活啊。

12

看着眼前这个孩子,追梦觉得,他就是给自己这个不被认可的作家最大的安慰了。追梦想要给他最好的小说,属于张小北的,绝顶幸福的小说!

这一次他的催眠时间用得久了点,这样效果会更好,他可以更加了解这个孩子的内心,也可以通过这个方式,让他进入到自己制造的虚幻世界时更加自如。

这就像是喝酒,熏香是第一杯,他的催眠术是第二杯,而最大一坛是他为他们灌输的世界观,那些虚拟世界的美好,他统统都倒进这坛酒里,令人醉生梦死!另外还有声效,那些声音都是经过特殊处理的，绵软却具有穿透力，对于他这个电脑工程师来说并不难。最后，通过滚动屏，他码下的字符在读者那边会即时出现，摇曳、闪烁，如同快乐的精灵。

然后，读者的神经就会在"酒精"的作用下，被这些字符拉进文字和意识所创造的世界里，为所欲为，尽情寻乐！

现实是多么残酷啊！追梦觉得自己现在就像一个救世主，他不仅仅是为了自己的作家梦想而拼命，而且好像还承载了更多使命……此时他露出了诡谲的笑容，像圣人，又像恶魔："张小北，跟我来吧。"

当张小北如他所愿，露出少年那难得的纯真笑容时，追梦觉得自己的成就感满满，他心满意足地放下了键盘，起身，打开了一罐啤酒。他有些飘飘欲仙，以至于门被用力拍响时，他都花了半天才回过神来。

"是谁啊，这么晦气！"门一开，便见赵央、阿喜，以及一个跟自己长得三分相似的陌生胖子冲了进来。

"人怎样了？"赵央问。

阿喜看到电脑前那一脸陶醉的少年，心下一紧："已经……在读了。"

"你们想干吗？"被肥钉一把堵在墙角的作家充满敌意地说，"我要去告你们！"

"告我们？"肥钉啐了一口，"警察已经在来的路上了，你对青少年使用非法的迷幻手段，你等着坐牢吧。"

"非法？"作家一愣，"你们胡说！我是在做好事！"

阿喜走到张小北面前，不敢轻举妄动，轻轻晃了晃他的手："张小北，张小北？"

张小北毫无反应。

"做好事？"赵央眉头一皱，"给心智尚且不成熟的青少年制造幻境，这就是好事？"

"我为他们量身定制小说！他们在现实里得不到的东西在我的小说里可以得到，这不是做好事吗？"追梦据理力争，"你们凭什么告我？"

"你做好事的后果，就是让女孩幻想自己成了偶像的女朋友，并且不能自拔地陷进粉红泡沫里，最后因为'私生粉'式的违法行为被派出所扣留；让一个孱弱少年自以为获得神力，不自量力地进行挑衅导致受伤，还让……"赵央向着阿喜呼唤张小北的方向，屏息，颇有些痛心地道，"让一个原本在他的规则里游刃有余的孩子，绷断了最后一根弦，拒绝接受这个世界，宁可在虚假中寻找温情……这些，我不敢苟同！"

"他们在我给的世界里就不会这样！你看，现实多么残酷！"追梦情绪激动地道，"那些得不到的美好，都能在小说里得到弥补，而且如此真实，不好吗？"

"你以为你是假借了文字的力量？其实根本就是靠着致幻的迷香攫取他们的意志，你为他们撰写开头，是搭建了一个看似美好的温床。你以为你在做善事，你难道不明白，梦是会醒的吗？"赵央声音里带着怒意，作家的表情则有些绷不住了，整个人情绪崩溃，大叫道："你不懂！你不懂！"

"一个作家真正该做的，是不断地从生活里汲取能量，在自己的写作能力和学识阅历上下功夫，而不是用这样的方式来哗众取宠！你用他们来满足自己的私欲，用他们的虚假快乐，为自己搭建一个虚荣的梦。"

"我没有！我没有！"作家咆哮道，"你凭什么这么说我！我没有利用他们，我是在帮他们啊！"

"你之所以挑选孩子作为读者，是因为你知道成年人无法对你的小说信服，包括你自己。你也为自己搭建过吧？是把自己幻想成了一个最优秀的作家吗？可是你却无法说服自己，因为你根本不相信自己的才华，所以才会用这些旁门左道！你根本没办法在小说中那个完美的世界里，相信自己的主角光环！"

"不是的！"作家跪在地上，眼泪鼻涕流了一脸。

"你把现实过得这么糟糕……你忘了，艺术再怎么高于生活，也是来自生活的。现实都过不好的人，是没办法长久做梦的。你能保证他们一辈子做梦吗？"

作家发出了小声的啜泣："我……错了吗……"

赵央叹了口气，声音稍微温和了一些："追梦，在你还没酿成大错之前，告诉我，怎么让他醒来吧。"

追梦抬起茫然的眼睛，看进赵央那双黝黑无光却好像宇宙般深邃的瞳孔里。

"其实只要拔掉耳机……但那是强制切断，真正要醒来，还是要靠自己。"

作家没有骗人，阿喜摘掉张小北的耳机过后不久，张小北醒了过来，他有些生气，但毕竟是个好孩子，没有做过激的行为。这时，警察们已经赶到了。

赵央带走了张小北，顺便给导师打电话，告诉了老教授事情的前因后果。老教授叹了口气："其实他的初衷或许是好的，只是用的方式不对。"

"老师，这几个孩子会慢慢从想象中醒来吧？"

"也许会。但我一定要告诉他们的父母，他们是失职的，父母对他们的需求的了解，竟不如一个与他们素不相识的作家，只知道一味地用对成年人的要求来对待他们。我一定要告诫他们，要将自己的孩子作为独立思考的个体来尊重。至于作家……他在做他以为的好事。人最可怕的就是，并不知道自己做的事会有多大的破坏力吧。"

是。赵央不否认。挂掉电话以后，他听到一旁的阿喜和肥钉正在小声议论："唔，不过他搭的梦真的很美好。如果能让有是非分辨能力的人偶尔阅读，满足满足自己，该多好啊！"

"作家会坐牢吗？"阿喜问。

"应该不至于。这个事该怎么说呢？给别人制造幻觉，却没有用任何毒物，没有谋求任何实质性的利益，也没有造成实质性的伤害……"肥钉咂舌，"不过，谁知道他还会不会这么干啊？任何事情，沉迷了就是不好啊！信仰也是！"

"哇，前几天还在沉迷网络小说的人，现在倒跟个过来人似的了？你不害臊啊！"

"我悬崖勒马！"

和肥钉你来我往拌嘴的阿喜忽然意识到赵央一直没有说话，回头看向他，只见他皱着眉头："阿喜，我问你个问题，如果那个梦更真实，你会喜欢那个梦多一点，还是现实多一点呢？"

"喜欢……"阿喜思考了一下。尽管在那个梦里，她好像把自己的欲望都放大了，并且万事都如意，但还是现实生活会让人觉得更加有血有肉吧。

"喜欢现在。"因为，现在你也在我身边啊。

那就好。赵央莞尔一笑。他刚才想起的，是那作家被带走时，跟他说的最后一句话。

"赵医生，你说得都对。可是……你怎么知道我们又不是在梦里，在一个比我更高明的小说家笔下呢？你怎么知道我们其实也不过是一个名字、一团纸，或者一些凑起来的意识呢？"

如果真的是那样，赵央想，他也不奢求那种一路顺遂的人生，只希望这位作家，能够给他更真实的触感，让他……

永远都不要醒来。

第十一章

救贖

1

  晏城暴雨。雨几乎是倾盆而下，往地上哗啦啦地倒。临街商铺的雨棚上发出的声响宛若成千上万只蚕在食桑叶。

  赵央站在屋檐之下，手中无伞，抬眼望着远方，隐约有光，远处是海面，黑暗并且汹涌的浪头猛打过来，像是随时要掀起一场天时地利的海啸。

  赵央走进雨中，那透明的雨束砸在身上，滑落，像是碰到了一个看不见的结界。他眉头紧皱，在雨帘中朝着那盏光亮踽踽而行。

  不知过了多久，大雨仿佛下得没了声息，那灯光却仍旧保持着遥远的距离，只是他已来到海边。

  海面的浪头略显平息，像是有无数双手想要冲破那海面的结界，面目狰狞地寻求生机。

  他心头猛动，却不知该从何做起。

  海面倒映出他修长的身形，他的脸，他紧皱的眉。

  那影子与他对视着，忽然一笑："赵央，好久不见。"影子露出一个邪恶的笑容，忽然将一双手伸破海面，直直朝他扑过来。耳边是无数人的呼救声和满世界的浪与风，他所熟悉的、发自他腹腔的声音却裹挟而来——"你连自己都救不了，还妄想救别人？"

2

"我希望你能替我杀了她。"

眼前这个女孩叫方秋,是师姐介绍过来的,最近这段时间都在"特殊人类研究所"会诊。

她的脸色过分苍白,手极瘦,细细的手臂上,小心地用一根并不细的红绳遮挡着。

那是三个月前,她自杀留下的疤痕。

并不漂亮的方秋有一双很漂亮的眼睛,瞳孔很黑,只是不怎么敢看人,偶尔抬起时的惊慌一瞥,看起来像一只惊弓之鸟。

不过,那是之前。今天的方秋眼神尖锐,对着赵央斩钉截铁地说:"不然的话,我自己会动手。"

赵央虽看不到她脸上的表情,但从言语中也能听出女孩的决绝。

"你就这么讨厌她?"他仍旧温和地问道,保持着冷静的坐姿。

"是的,我讨厌她,非常讨厌。"她厌恶地道。

"但是……"赵央不疾不徐地道,"没有她,就没有你。"

"你胡说!"

地面发出板凳腿刮到地板的剧烈摩擦声,极其刺耳,看来方秋是真的非常恨"她"。她实在无法控制自己的情绪,牙关打颤,怒气冲冲:"你胡说!她根本不配留在这个世界上,她本就该去死!怯懦的人,就不该来到这个弱肉强食的世界!"

赵央并不因为她的情绪失控而有所改变,他慢条斯理地将一勺奶油放进嘴里,然后说道:"方秋,我需要跟'她'聊一次。"

方秋的身子颤了一下,嘴唇有些发白,她撇过头去咬着牙,似乎在思忖什么,过了会儿才说:"我考虑考虑。"

"那今天会谈结束吧。你要不要吃点蛋糕?"赵央将面前的蛋糕往前一推,"阿喜做的。"

阿喜最近迷上了做蛋糕,用自己所有的积蓄买了个昂贵的烤箱,可烤出来的蛋糕实在是令人担忧。最开始肥钉和赵央每天闻到蛋糕的香气还觉得幸福感挺强的,但烤焦的味道实在是不曾绝过。并且,吃面包、吃蛋糕吃一整个星期这件事还是让人很烦恼的。更烦恼的是,阿喜显然已经霸占了原本属于肥钉的厨房……

方秋没理会赵央的"蛋糕邀请",离开了事务所。阿喜这个时候戴着个厨师帽有模有样地走过来。

"怎么样?"

"……糖是不是放得有点多?"赵央终于拧起了眉头,那味觉差点混沌的舌头缓慢地在恢复,但他还是礼貌地把蛋糕咽了下去。

"又放多了?"阿喜惊慌地问道。

"没事,有进步了。"赵央笑着说,起码没把盐当成糖。最初的那几个蛋糕,才叫黑暗料理。

"你别吃了。"阿喜一把将蛋糕抽走,甩给了在客厅打瞌睡的肥钉。"吃饭了!"

肥钉刚从一个美食梦里出来,张嘴要吃梦里的烤鸭时就被阿喜给推醒了,睁开眼睛首先看到的就是眼前的蛋糕,差点一口气没提上来。可迫于阿喜的强势,他苦哈哈地接过,委屈地求饶:"我们能不能……吃点别的……阿喜!让我进一次厨房吧!哪怕做一碗面也行啊!"

阿喜并没有搭理肥钉的恳求,而是将厨师帽一摘,歪着脑袋问:"老大,刚才方秋说要杀谁?是那个欺负她的女生?"

赵央摇摇头。

阿喜若有所思:"刚才我看到,送方秋来的是一个很帅的男孩子,也很有礼貌。我让他进来等,他非说在附近的咖啡馆等就好了,说方秋一定不希望他像个监视者一样。"

"嗯,应该是陆师姐安排的学生会志愿者吧。"

"所以,今天来的,是方秋……还是方秋啊?"阿喜皱眉道。

肥钉听着阿喜左一口方秋又一口方秋的,一脸蒙:"你们就不能给两个方秋分别起代号吗?听得我都糊涂了。到底哪个才是方秋啊?"

"用不着,老大听得懂。"阿喜白他一眼,忽又垂下眉眼,"何况我们没办法决定,谁才是真正的方秋。"

"叮咚。"这时门铃响了起来,阿喜迅速跑去开了门,还以为是方秋折返,结果门口站着的人……可以说是非常奇怪。

因为,这家伙上半身裹得跟个爱斯基摩人似的,下半身却穿着短裤和一双夹趾凉拖,这个季节天不算太冷,但他这两个季节混搭的打扮也太奇怪了吧?这个人看年纪五六十岁,看精神却跟个少年似的。

"小央央在吗?"那人说着打量了阿喜一遍,忽然激动地握住了她的肩膀,"你就是阿喜吧?"

"您是……求助人吗?"阿喜愣了一下,被晃得有些晕。

"于老师来了?"里屋的赵央起了身,向着门的方向打招呼道,"来来来,肥钉,阿喜,给你们介绍,这是我大学时带我的导师,于博士。"

本还在对着蛋糕幻想烤鸭的肥钉登时跳了起来:"天哪,于博士!"

对于博士这个名字,阿喜其实是如雷贯耳——他虽然是赵央当年的伯乐导师,但多数时候他的光辉事迹都是从肥钉那张大嘴里传出来的。

这位六十出头的于博士,可是圈内鼎鼎大名的心理学领军人物。他不流俗于发表各种论文,而是一个实打实的实践派。看上去混不吝的他深谙人类心理,曾放弃心理学院的高职位离院出走。

据说他"消失"的那段日子里干过三十多种工作,深入龙潭虎穴吃过苦,也曾进入大宅院里享过福,后来还曾为某国际组织做侧写师,立过无数功。据说赵央当年在A大念书的时候,他是心理学院的名誉院长,一贯神龙见首不见尾,神秘到全学院只有几个最优秀的学生和他打过交道。至于院外的瞻仰者,比如肥钉,只能凭幻想和传闻了解他了。

在肥钉的描述中,这个他其实没见过的传奇人物神乎其神,据说有看你一眼就看破你的皮囊直捣灵魂的能力。阿喜总觉得对方要么是个邓布利多型的慈祥老巫师,要么就是个严肃的老学究,却怎么都没想到……是眼前这个表情丰富,外套大棉袄里头穿大裤衩的度假风老头儿,是个一直忙不迭地跟赵央讲他路上碰到的漂亮小姐姐的"周伯通"。

肥钉这个壮汉忽然变身为金刚芭比,对于博士分外殷勤,顺便把阿喜刚才逼迫他吃的蛋糕"借花献佛"……"肥钉听说您顺路过来,可是连朋友结婚都没去。"赵央笑着解释道。

肥钉不好意思地道:"朋友结婚而已,下次再去下次再去。于博士您难得来一趟……"

阿喜翻了个白眼。

于博士现在的确是行踪不定。几年前他的妻子去世之后,他就满世界地跑,加上两夫妻都是学术派人士,没空养孩子,丁克。所以现在于博士可以说是没什么牵挂,四海为家。这不,这打扮,一看就是从海岛回来的。

"于博士这是去度假了?"肥钉问,"我们前段日子也去度假了!不过最后也变工作了……"

"度假?工作就是度假啊。哈哈哈!你们难道没有在做自己喜欢的工作吗?"于博士嘻嘻哈哈，"我是去印度洋上一个岛屿参加国际会议，就顺便过来看看我的爱徒。"

赵央听到爱徒二字，忽然嘴角一僵，莫名有些失落。

老头儿环顾四周，忽然道："央央，就这么个地方……你要不要考虑，再跟着老师一起去搞新的研究啊？"

"研究什么？"

"我现在啊，在搞宇宙社会学。"

除了赵央，剩下两人都是一脸蒙。

"宇宙社会学？是什么？"

赵央虽有些吃惊，却还是认真地解释："这是在《三体》里提出来的，讲的是宇宙间有各个文明，他们具有复杂的结构，就像把一颗颗星星视为一个个拥有参数的点，然后用数学来处理。"

肥钉递给阿喜一个眼神："你听得懂吗？"

阿喜翻了个白眼："你觉得我听得懂吗？"

"不不不。"于博士解释道，"你说的是宇宙文明公理。宇宙社会学，其实是把整个宇宙笼统作为一个社会生态链。这个社会关系，当然不能用纯人类的角度和习惯去研究，而要从宏观上寻找规律，有几个部门其实都有很多新发现，但这个专业还在研究初期，我们就是打头阵的一代。"

"就是研究外星人吗？"

"不是，是研究宇宙文明。"于博士知道这解释可能会很长，转移话题道："你们知道B300吗？"

"一颗极小的彗星，就落在晏城附近。"赵央道。

"没错。我也听说了它陨落之后出现的很多变化。其实在B300之前，就已经有过彗星落在同一个地点，但因为彗星太小，并没有引起天文界太大的反响。"于博士慢慢地阐述，方才老顽童般的表情尽数消退，整个人忽然变成了一个严肃智慧的老头儿。

虽然这个老头儿说的，阿喜没几个字听得懂。

"经过研究，我们发现这两颗彗星对晏城造成了不小的影响。我怀疑，这就是某种磁场上的文明入侵。"

"什么影响？入侵？"肥钉迫不及待地问道，"彗星跟文明有什么关系？"

"彗星，或许就是文明。文明有很多形态，并不仅仅是书籍、报纸和人类。至于影响，主要是对人类意识的影响。"他忽然看向阿喜，眯着眼睛道，"小阿喜，你好啊。我可是久仰你的大名。来来来，快看看我的心理世界是怎样的？"

阿喜看到的是一双炯炯有神的眼睛，这双眼睛深邃得像是宇宙天幕，像是有无尽的能量。

不过，除了这些，阿喜啥也没瞧出来，但是她忽然意识到，于博士刚才说的话，是指她能看到幻境的能力，跟这两颗彗星有关？

"哎。"于博士略感失望。

"阿喜看不到证明您没毛病啊。"肥钉挠挠头。

"不不不，不可能的！"于博士道，"活在这人类文明里，每个人都有病，只是有些人严重，有些人轻，有些人知道，有些人不知道而已。"

于博士恶狠狠地啃了一口蛋糕，立马被甜得歪嘴。

"阿喜，于博士一定渴了。倒杯水，上点水果啊。"

"您……想吃什么水果？"

"榴梿！哇，岛上的榴梿真是又香又甜啊！"于博士激动地手舞足蹈，"我行李箱里带了。你们尝尝！对了……有没有我能穿的这个季节的衣服？为了腾出空间放榴梿，我的衣服全丢在机场了！"

阿喜一边背过身去拿榴梿，一面想：我觉得这个于博士……起码是有多动症。

3

"方秋！你等等我！"

方秋走得飞快，身后的男生追得满头是汗。阳光下，少年的脸上毫无埋怨的神情。

"你……你不用跟着我。"方秋红着脸，回头跟他道，"我真的没问题。"

"不行！"少年叫程子杨，和方秋同届，笑起来唇红齿白，剃着干净的寸头，是那种会让女孩内心小鹿乱撞的阳光少年。他拍着胸脯说："我可是答应陆老师，一定要护送你到家的！"

"你也把我当病人。"方秋气呼呼地瞪着眼睛道，"你们都把我当病人是吧！"

"怎么会呢！"方秋发起火来的样子，实在是有些吓人，但程子杨总是有办法保持笑容，他并不介地挠挠头说，"只是你不觉得，一个人回家有点无聊吗？对了，你要不要一起去漫画书店？"

少年发出的邀约像是粉红色的橄榄枝，方秋却仿佛看一个烫手山芋似的，想接过来，却又觉得……

"走啦！"他却不等她拒绝，一把拽起她的胳膊，"那个漫画书店，有很多好看的漫画……我以前啊，常常一去就待一个下午！"

是吗？方秋也不知道自己怎么了，任由着他拉扯，听着他絮絮叨叨。夕阳下，一双少年少女的影子映在脚下，她那狂躁的心绪忽然就沉寂了下来。

也不知过了多少个街口，夕阳已经只剩下一点余晖了。到了漫画书店的门口，程子杨回过头，献宝似的说："这就是我说的漫画书店！"

可方秋却没反应，眼神有些呆滞。

"方秋？"

听到程子杨叫她，她才恍惚过来，大梦初醒一般。

"啊？"

"我说，漫画书店到了。跟我来吧。"

男生们喜欢的地方，原来除了篮球场和网吧，还有漫画书店啊。方秋从来没有来过漫画书店，也从来都不看漫画，更不要说跟程子杨这样的男生一块儿来逛了。

程子杨此刻就站在书架前，踮起脚在搜寻着什么。

他的个子可真高，样子也真是好看啊，难怪年级里那么多女孩，一提到他的名字就忍不住笑。

方秋是不敢笑的，对于曾经的她来说，程子杨这样的人，离她的人生太远太远了，是不切实际的梦，就连想都觉得是种奢侈。

如果不是陆老师叮嘱，他一定不会理她，更不要说护送她去诊所和上下学了。程子杨是个听话的好学生，也是个乐于助人的学生会主席。

此时，方秋就站在他半米开外，在漫画书店一个角落里，眼前花花绿绿的书脊封面，让她觉得置身于一个万花筒中。她可以闻得到程子杨身上的汗味儿和他用的橙花香的沐浴乳混在一起的气味，还夹杂着墨香。她有些失神。

"看！"少年够到了书，发力抽了出来，递给了她。封面上是一只座头鲸，程子杨有些兴奋地说，"这是一个小众漫画家画的，讲的是海洋里的故事，主角是这只座头鲸！"

什么是座头鲸？方秋并不知道，可她不敢暴露自己的无知。

她从小就是个胆小的孩子，又不够聪明。家里还有个弟弟，她很小的时候就帮着妈妈开始带弟弟了。她小时候没时间跟别的小朋友玩泥巴，长大了也没时间跟同龄人交朋友。而且，她好像天生就没长"胆"这个东西，就连弟弟凶她，她都害怕。弟弟比她小五岁，像个小小的暴力分子。跟方秋本人的基因差不多，长得不高，而且瘦，除了方秋这个出气筒，弟弟方冬谁也打不过。即便是妈妈知道了方秋挨打，也总会说："方秋啊，你就不能让着点弟弟吗？"

妈妈偏爱弟弟，可是妈妈也挨爸爸的打。

方秋就是在那样的家庭里长大的，那是一个总是平地惊雷起、阴霾很多天的家，爸爸脾气臭得要命，弟弟像爸爸，她像妈妈，可妈妈总向着爸爸和弟弟。

从小方秋就想离开这个家，离开这个总是因为一点点小动静就让她宛若惊弓之鸟的家，离开这个总是让她做噩梦的家。于是她拼命考上了晏城的高中，想要离家越远越好。后来却得到一个悲剧的消息，爸爸也调职了。这个噩梦随着家一起搬迁到了晏城。

真是拿命运一点办法都没有。但方秋还是想着能够重新开始，毕竟家离学校远。可她一到学校，却发现她的命运早就刻在了自己的骨子里了。

方秋的人生是三点一线，家、学校，还有妈妈开在美食街的馄饨铺子。往往作业都还来不及做，她就要开始忙忙碌碌的打工生涯，洗盘子，端碟子。

其实，方秋到现在都不明白，自己是怎么招惹到了比她高一级的学姐许明明的。那天许明明和几个身上有纹身的男生一块儿来吃馄饨，方秋只是好奇地盯着她身上跟自己一样的校服看了一会儿，许明明突然发飙了说："看什么看！"

方秋一声都不敢吭，忙不迭地道歉，许明明恶狠狠地白了她一眼。

方秋认得她。谁能不认识许明明呢？长得漂亮又混得开，有一大帮女生叫她大姐大。方秋可惹不起这样的人，可许明明似乎被她的道歉弄烦了，本来只是随便凶一凶，忽然就来了气。

"真是讨厌。"许明明这么说，漂亮的眉毛耸了又耸。

旁边的男生讨好似的跟她说："许明明，这么讨厌……要不，我等下恶作剧一下？"

方秋端着热腾腾的馄饨出来的时候，那作势要恶作剧的男生，忽然像老虎一样朝着她一扑，方秋本来就胆小，这个时候被吓得手一抖，整碗馄饨都泼了出去。

一大半泼在自己身上，烫得她撒了手，一小半砸在地上，汤汁溅到了许明明裸露的脚踝上。

那之后许明明就记上仇了。虽说高一高二不在一座教学楼，但她总是不辞辛苦地来找方秋的麻烦。一开始只是许明明一个人，到后来，是许明明的跟班们。

她们乐此不疲地欺负方秋，看方秋手足无措道歉的样子就会很开心。那欲哭无泪的样子，那被捉弄后的惨状，惹得男生们哈哈大笑，"许明明们"就笑得更开心。

谁都知道方秋好欺负，别说反抗了，连告诉老师都不敢。跟风欺负她的人很多，很多人的目的甚至只是想知道，方秋有多没用。

方秋真的很没用啊，此刻她接过那漫画，手有些发抖。

"座头鲸。"程子杨的声音很温柔，他的眼睛很亮，可方秋忽然觉得很害怕，"你是不是不知道座头鲸？"

程子杨的脸明明没有变化，可方秋仿佛预见到了他马上要露出来的嘲笑，她迫不及待地说了句："对不起！"

我不知道，对不起！

程子杨愣了一下，他不明白，不知道座头鲸有什么好道歉的，但他还是很绅士地笑了笑。

方秋的耳边，忽然响起了一阵呵斥："像你这么没用的人，死掉好了。"

这个声音像是炸开了耳膜。"死掉好了"无限循环，且越来越快，越来越响！方秋整个人如同帕金森病发作一样抖了起来，手里的"座头鲸"像是碰到了海啸！

诚如许明明们所喜闻乐见的一样，方秋紧张而恐惧的时候瞳孔放大，像某种受到惊吓的小动物，令人同情又觉得好笑。程子杨竟一时不知道该做何反应，只见方秋忽然将漫画书往他怀里一塞，然后跟跄着冲了出去。

"对了，这就对了，你根本不配和他那样的人说话！"

耳膜里嘲讽的声音终于弱了，取而代之的是风声。可黄昏怎么会起这么大的风呢？

"方秋！方秋！"程子杨愣了一下再跟上去，跑出漫画书店的时候，跟人撞了个满怀，抬起头来，急着要看方秋离开的方向，忙不迭地说了句"抱歉"。

刚要走，衣领却被人狠狠揪起，面前这个染着草绿色头发的小痞子看起来跟程子杨年纪一般大，龇牙咧嘴："你撞到我了！"

"啊，对不起。"程子杨咧嘴笑道，"那个，我朋友刚才跑……"

"道歉有用的话要警察干吗？"绿头发眼中放着怒光。

这……都什么时候的台词了？程子杨忍住没笑，可这时才看到他身后还跟着两个男生，一个红头发，一个黄头发。

再一看这绿头发，活脱脱的一排红绿灯。

程子杨真是没忍住，笑了。

4

"您好。什么？警察？……什么？啊？方秋把人给打了？啊？"阿喜接完电话，一脸诧异，回头见赵央已经飞速地将外套穿了起来，一面指着空气说："于老师您要不要赶紧换一套？"

此时已经站到他身后的于博士，"咯咯咯"地笑道："真是看不到啊，我在你背后！我去干吗？不就是个普通得不能再普通的案子吗？我现在可是要搞宇宙社会学的人！央央，你真不跟我混啦？"

"于老师。"肥钉涎皮赖脸地哀求道，"一块儿去吧，也给咱长长脸嘛。"

于博士正要摆架子。

"真不去？"赵央挑了挑眉头，"那我们办完事吃火锅去吧，于老师就自己解决了。"

"去去去！"老头儿飞快地冲进了赵央的卧室，不过三十秒，居然就套上了赵央的衣服。

那是一套西服。于博士倒也不矮，可穿上赵央的衣服，袖子宽大得像戏服。

肥钉觉得跟看把戏似的，惊诧地说："这么快？"

"又不要化妆！"于博士得意地说，"早年练出来的，一接到电话，可是要飞奔过去的咧！"

肥钉正迈着小肥腿准备跟着去警察局，却听到赵央回头说："肥钉，你看家。顺便把榴梿味去一下。"

肥钉脸上的笑容僵住，欲哭无泪。

不得不说，于博士穿上正装之后还是挺像模像样的，尤其是一进入工作环境后，立马就跟变了个人似的，哪里能想到，他曾是穿着个泳裤裹着个大棉袄在他们面前吃榴梿的老顽童呢？

方才在车上，于博士大致了解了方秋的情况，对他这样的老江湖来说，答案当然是显而易见的。不过博士深谙人心，他清楚如果只是一个普通的人格分裂症患者，不至于让赵央眉头紧皱，这中间，一定有别的原因，他想再看看情况。

他们到了事发地点，便见里三层外三层围着人，差点挤不进去，幸亏程子杨在里头招手，人们才让出一条道。

见到救星，程子杨一脸担忧的表情总算得以放松。

此时，方秋正握着一块板砖，在三楼没有扶栏的露台上，像是一个反叛分子一般地被围着，脸上滴着血。情况看上去有点紧急。

"通知家长了吗？"

"嗯……"程子杨道，"打电话了。"

"你的脸怎么了？"阿喜问道。

程子杨的脸上也有一大块的淤青，嘴角也划破了。

"不是你和她打架吧？"于博士震惊了。

"不是不是！"小小少年急得忙不迭地摆手，"被方秋打伤的人已经送到医院包扎了……但她怎么都不肯把砖头放下来……"

"她头上的血不会是自己拍的吧？"于博士又说道。

程子杨点了点头。

当时的方秋跑了一阵，总算缓下劲来，其实也没跑多远，回头便听到身后的骂骂咧咧和打斗声。

不会是程子杨吧？她蹑手蹑脚地回去，便看到三个染着奇怪颜色头发的男孩，正对程子杨拳打脚踢。程子杨被踢得一点反抗之力都没有。方秋吓得要命，当时下意识地就想跑，可刚起身，耳边就又响起了一个声音。

"你现在去找警察，回来人都给打残废了！"

方秋晃了晃脑袋，带着哭腔呢喃："不然怎么办呢，我也打不过啊。"

"你真是个废物，我告诉你，你这是见死不救，你这种人留在世上何用？"

"可是我没有办法啊。"

"你真的是个废物！程子杨要是出事了，我告诉你，像你这种废物，一百条命也还不了！"

大脑皮层被猛烈地刺激着，方秋几乎是咬着牙闭着眼睛回过头去，可喉咙口像是卡着一团棉花。

"你快救他啊！你这个废物！"

"你别逼我了！"她嘶哑地道。

"你真的是个废物！废物废物废物！你给我滚开！"

方秋的眼前仿佛天旋地转，等到她站稳，手里已经拿起了一块板砖，方才哭哭啼啼的少女像是变了个人，脸上还残留着眼泪，却像一头凶猛的小兽，冲了过去。

方秋的身体里像是积蓄了无数的能量，她有一股不要命的架势，暴戾得像是炸开的爆竹。那三个男孩也不过是仗着人多势众，被这么偷袭，居然一下慌了神，最后，竟被一个女孩打得抱头鼠窜。

绿头发是最惨的，他被方秋给捉住，死命地求饶。少女像是发怒了的狮子，最后若不是程子杨拖住，后果还真不堪设想。

漫画店老板在程子杨挨打时就报了警。他生活的这一带少年多，小混混也多，这些孩子往往像受荷尔蒙和肾上腺素支配的小猛兽，做事不计较后果，所以他也算是熟门熟路地搬来了救星，结果来了三个大人才拉开了方秋……

方秋像是上了发条，根本停不下来，她挥舞着双臂，似乎把视线所及的一切大人都当成了敌人："你们欠我的，我会让你们一点点都还回来！"

此时方秋站在三楼露台，大家都不敢对这个情绪失控的少女轻举妄动，生怕她稍有不慎就掉下来。偏偏这个时候，一个情绪激动的妇人大喊着冲进了人群。

"秋！秋你给我下来！"

是方秋的母亲，两人眉眼神似，她大喘着气挤到他们身旁："你给我！马上下来！"

"这一次。我不会听你的了。"方秋看了一眼母亲，忽然冷笑，"你不是一直嫌我多余吗？那好，我现在就跳下去。"

人群发出了呼喊，这时却有一个中年男人嬉笑着说："三楼可跳不死哦！"

赵央他们顾不上这个令人厌恶的声音，方秋却像是被什么猛地刺了一下："跳不死？没事的，残了也好，彻底当个废物！"

"别激动！"于博士知道，这个时候千万不能让女孩受到刺激，很多人自杀都是一时冲动。

此时阿喜正在悄悄告诉赵央情况。

"我现在看到了……两个方秋,一个就在台上发火,另外一个……"

"告诉我位置。"

阿喜轻轻地扶起赵央的手指,指了角落:"在一旁的台阶下面浑身颤抖……她看到她妈出现,发抖得更厉害了。"

这个时候方秋的母亲号啕大哭:"方秋,你赶紧给我下来!你再不下来,你爸要知道了,非打死你不可!"

"横竖都是死啊!"方秋忽然笑了起来,"我这个方秋,还真是人生曲折呢。"

人群里忽然有人不耐烦地道了句:"要跳赶紧跳啊!浪费大家时间!"

这个中年男人的声音如此刺耳,在场几个人的神经都像是被猛地刺了一下。人群安静了下来,台上的方秋忽然冷冷地一笑,朝着边缘的方向,又挪了一步。

"怎么样!"程子杨着急地拉着旁边的巡警的手,"救生垫怎么还没到!"

于博士一把将巡警手中的喇叭夺了过来:"方同学是吗?你先往后退一步,别听那些社会渣滓的话,你要是听完这种混账话再跳,岂不是很吃亏?"

这时,阿喜猛地将刚才说话的男人衣领抓起,那男人长得贼眉鼠眼,没料到被一个小姑娘给拿住了尊严,登时没反应过来。

于博士跟阿喜唱双簧似的:"就是啊!看!要跳也先拍他一板砖再跳啊!"

"我去你……"男人的脏话刚要骂出,手上已经有了动作,欲一把掀开阿喜,却被阿喜轻轻地躲开。

搞笑,社会渣滓也想跟我过招了!阿喜一个擒拿手就将人扣下,一脸正气地冲着身后的人群道:"虽然现在还没什么道德审判,但我打这种人,大家没意见吧?"

大家听到这个声音都义愤填膺,此时忽然爆发出了一阵热烈欢呼,大喊:"没有意见!"

方秋似乎并不为这些所动,她冷笑着:"方秋,既然他们不愿意帮我杀死你,那么,我们就一起死吧!好不好?像当初你想要做的!反正这个世界,你也没有什么可留恋的!"

众人有些莫名其妙,就连方秋的妈妈都哭着喊:"你不要闹了……你在说什么啊!咱们好好治病啊……妈妈知道对不起你,秋,妈妈错了……"

程子杨也在喊:"方秋!你别这样!这个世界还有很多好吃的好玩的,你不喜欢漫画书店,我们下次去别的地方不行吗?"

阿喜闻言猛地回头,赵央急促地道:"方秋什么反应?"

阿喜意识到赵央问的方秋是指蹲在墙角的那个……

"她……她摇头了,她看了一眼她妈,还看了一眼程子杨……她……"

阿喜话音都未落,便见赵央一把夺过了于博士怀里的扩音器,他朝着方才阿喜指给他的方向喊:"方秋,你的生命是你自己的!你或许会埋怨自己没有勇气,但这一次,只有你才有权决定!"

赵央摁住那碎嘴男人要抬起来的头,又往下按了一把。

"伤害你的人,是他们自己修养不够。你不需要为此付出任何代价!没有人可以杀死你。"

包括……包括另一个所谓的你!

那台阶上的少女缓缓抬起头来,胆怯地看着台下的人,又抬头看看台上的自己。

"站起来,方秋。我会让许明明他们向你道歉,正式的,道歉。你愿意相信我吗?"赵史说。

人群有些骚动,也有些看不明白,这个年轻人是看不见吗?他怎么不对着事发地点喊而朝着另外一个方向呢?正当有人预备要提醒他时,赵央屏气凝神:"方秋,我相信你。"

这时,众人惊异地看到露台上那几乎快要凌空的少女,身子惊险地一抖,然后往后退了一步。她脸上那厌世的模样消失殆尽,取而代之的是惶恐大哭。几位巡警就势抓住了她……

在众人合力之下,方秋远离了危险,大伙心口的大石也落了地。

那个被松开的中年男人没敢造次,却还是嘴碎地说了一句:"白看了,都没跳。"

程子杨正准备出手,却见赵央表情阴郁,忽然举起一拳将那人打得一个踉跄。

这一拳辩了音,快准狠,赵央吹了吹自己的拳头,冷冷道:"这一拳,是替所有心怀善念的人打的。"

5

方秋掩面哭泣,整个人发着抖。

赵央那句"我相信你",像是给她注入了一股从来没有过的勇气。

小时候,弟弟偷了家里的钱去打游戏机,冤枉她,爸爸打了她一顿,妈妈站在旁边,虽然心疼,却不敢阻拦。

因为没有人相信她。

长大后,因为性格的原因,她总是被人欺负,说什么话都没有底气。有一次班上丢了东西,她因为留校写作业(毕竟回到家,作业是写不完的),成了最大嫌疑人,她都不敢为自己辩解。

没有人相信她。

没有人相信她诚实善良,没有人相信她有勇气,没有人相信她可以过好这个人生。

就连她自己都不相信自己。

三个月前,许明明胁迫她帮忙写情书给一个男孩。她写了,被爸爸发现了,想要解释,可爸爸却狠狠地打了她一顿,还撕掉了她所有的作业。

她回到学校的时候,满身伤痕,可老师也不相信她,还当众骂了她一通,让她把父亲叫来对峙。方秋不敢,她在台上抖得如同筛糠,下面的同学,笑作一团。

方秋知道,自己害怕的样子,很滑稽,活像个小丑。

她憎恨这样的自己。

所以,她绝望地,想要离开这个世界。

可为什么,又会有另外一个方秋出现呢?在她割开自己的手腕,被程子杨发现的时候,他从学校的后山把她抱到了医务室,她耳朵里只有三个字。

"谢谢你。"

这一次仿佛重生,爸爸刚好出差,妈妈不敢告诉他这个事,怕方秋挨打。

可方秋已经不怕了,她连死都不怕。

她像变了个人似的,将暴戾的弟弟揍得嗷嗷直哭,妈妈也没有办法。

许明明他们再来找她麻烦,她掀翻桌子让她们滚蛋。

可是偶尔,她又会比往常更加害怕得发抖。

她害怕过去,同时也害怕改变的未来。

可是赵央说相信她!这一次,她该相信自己吗?或许,她该相信另一个方秋?还是让另一个"她"在这个世界上生活会比较好!

病房里，方秋拒绝见任何人，一直躲在被子里发抖哭泣。

医院走廊上，于博士忽然轻声冲阿喜道："阿喜你过来一下。"

阿喜有些诧异，但仍旧乖乖跟上。于博士从不久之前开始状态就有些古怪，从一个聒噪可爱的小老头儿渐渐变得严肃阴森，眉眼之间写满了担忧。

"有什么情况吗？"到了楼梯拐角处，她问道。

"我希望你告诉我，你认识他以来，有没有……什么异常？"

"异常？我们接触的……"阿喜猛地一愣，反应过来，"您的意思是，老大的异常？"

于博士沉默但没有否认，陷入了深思。

"老大怎么了？"阿喜忽然有些急了，"老大……他多年前，到底为什么失明？说是心因性，那这个'心因'，您知道，对不对？"

于博士认真地看了阿喜一眼，笑了笑说："是我敏感了。你知道嘛，做这行的，不总是怀疑这个怀疑那个的嘛。"

他又重新露出了那个没心没肺的笑容，但阿喜却觉得那笑容有些造作，是想要掩饰什么。

"博士，多年以前，赵央当您的助手，当年……到底发生了什么？您是知道的，为什么不告诉我？"

不告诉你是因为，我觉得这件事赵央自己告诉你比较合适。于博士心里这样想着，然后眯着眼睛道："当年他表现得非常好。后来是因为我们那个部门，接触的案子都比较血腥，我就让他走了。至于你说的心因性……啧啧。我是真不知道。"

于博士拍了拍阿喜的肩膀，转身走了。

阿喜望着他的背影，知道撬不开这老头儿的嘴。他讳莫如深的眼神，让她的心莫名一紧。

他在撒谎。

这时，赵央听到了于博士的脚步声。

失明之后，对于声音，他敏感了许多。如果你细听，每个人的脚步声都是不一样的，甚至每个人怀有不同情绪的时候，脚步声也是不一样的。脚步，也带着某种"语气"。

赵央仿佛听出了于博士脚步声里的迟疑和试探。

"老师，是否有什么事难开口？"

"能有什么事。"于博士并不讶异赵央感受出了他的情绪，坐了下来，"这个案子你难得上心，是有理由的吧。"

赵央没有否认，也没有回答。

于博士继续说下去："是因为这个案子，和当年的你有些相似。也是一个人格想要杀死另外一个人格，鸠占鹊巢，不是吗？"

于博士的表情忽然变得冷漠："可是赵央，你已经成功了。"

"您在怀念他。"

"对。我有那么点怀念那个热血的，冲动的，陪着我伸张正义的孩子。"于博士看了他一眼，"但我不否认你做的是对的。"

三年前，赵央跟在于博士身边，作为他的得力助手加入了精神病犯罪科的心理法庭。那时于博士和赵央秘密地帮助处理一些犯罪侦查中的心理学侧写工作，也负责在案犯落网之后的问询工作。正是在这里，他们接触到了一个万分诡谲残忍的世界。

在这些"病人"病态的世界里，温情几乎不存在。血腥和不讲逻辑的杀人动机，让无辜的人死于非命。不要说赵央这种初出茅庐的小子，就连于博士这样见过世面的大学者，有时也难以抑制自己的情绪。在这个世界里，无法去声张正义。作为一个心理学者，他们常常陷入一种复杂的境地，一边是人伦道德，一边是职业道德。

他们一直很努力地调和情绪，于博士也敏感地知道赵央的一根弦紧绷着，但事态却在一次连环杀人案中彻底恶化。在那场杀人案中，赵央相识的一位女医生遇难。赵央的那根弦终于崩断，在心理法庭上失控，险些对犯人动手。要不是于博士及时制止，恐怕会酿成大错。

于博士叫停了赵央的工作，以"压力过大"为由替他争取了休假。这段日子里，赵央就在于博士的工作室里"休息"。

未来优秀的心理医生患上心理病，滋生出第二人格，这恐怕是赵央和于博士都不愿承认的事实。于博士隐瞒了一切，一来是不希望引起风波，二来也是为学生着想，更不愿意失去这样的左膀右臂。

于博士有些自责地说："这事，说白了也赖我，是我邀请你加入，你看了太多糟糕血腥的场面，心理失调也是正常的。但事已至此……我其实……很怕他伤害你。你需要我，赵央。"

赵央是个聪明人，他也有极强的克制力，是一个哪怕内心涌起惊涛骇浪也会把持住的优秀医生，可于博士也知道，心理病人人都会得，包括有能力治疗他的医生。在这段治疗中，于博士发现赵央产生了第二人格，对此尤其担心，他想尽办法要治疗赵央，却遭到了赵央的婉拒。

于博士凝眉思忖："你不会是……想要和他和解吧？你确定没有问题？"

"您曾经对我说，'生在这个世界，我们多多少少都有病。有人病得严重，有人病得隐晦，有人病得不自知，有人对自己的心灵了若指掌而已'。老师，我知道我病在哪儿，我会处理好的。"

赵央希望于博士给他七天的时间。

于博士尊重了赵央的意思。尽管内心非常煎熬，他还是遵守了诺言。这是他给赵央的一个机会，也是对自己的信任，即便赵央没能完成对自我"调解"，他还可以补救。

第七天的下午，于博士守在工作室的门口，时间一分一秒地过去，到了整点，他敲了门。

"老师。"

于博士当时看到赵央伤痕累累地走出来却面带祥和的笑容，内心的大石终于落下，松了一口气。可他却发现，他的眼神无法聚焦。

赵央，失明了。

人格之所以会分裂，已是心理失衡的表现之一。要消灭那滋生出的人格，必然是一场持久战。何况，那是一个暴力的失控的人格。赵央，就是在这样的过程中，在黑暗的七天七夜里，在与第二个人格对峙的过程中，付出了失去光明的代价。

于博士虽心痛，但也不忍心再追问赵央这段过程。他表示会医治好赵央的眼睛，但赵央却提出了离开部门的请求。

很长一段时间，于博士失去了赵央的消息。不久之后，他也在情绪崩溃前悬崖前勒马，离开了那个部门。"深窥深渊和人性太久，会被黑暗的深渊吞噬"的魔咒，他还是害怕在自己身上奏效。于是，他离开原来的工作环境，转而研究其他领域去了。

那之后，他和赵央才恢复了联系，得知他弄了个研究所，研究"特殊人类"。

其实还是心理学领域，只是于博士也很欣赏他用"特殊"二字来形容这些人。这时与赵央再次碰面，于博士发现，这个年轻人变了很多。或许是沉稳了、经事了，他温和谦逊，像一潭深水，理智得让他觉得不像曾经的那个学生。

有时候，于博士内心里甚至会觉得，那个失控的、热血的、被消灭的人格，更像自己曾经的学生赵央。然而，那毕竟是第二人格，赵央有能力杀死自己分裂的人格，达成自己的心理平衡，总而言之，是件好事。

但于博士始终觉得，这事情，还是有那么一小个环没解开。

这时，走廊的尽头忽然传来了暴躁的咆哮，打断了他的思绪。

是方秋的父亲。

这个中年人脾气爆，一听说这事儿就火冒三丈，要冲进病房好好教育自己的女儿。方秋的妈妈哭着拦，被自己的丈夫一把推到了一边，方秋妈妈的腰被猛地一撞。众人来不及阻止，便见方秋父亲一脚踹开了病房的门，咆哮道："死丫头你给我起来！你看我不揍死你！"

程子杨上前，一把拦在病床和暴烈的男人中间，一脸的决绝："叔叔，我不会让您动方秋一根头发的。"

"你是个什么东西！"方秋的父亲大概是气疯了，看到一个小崽子敢插手他教育女儿，凶巴巴地威胁道，"滚开！"

程子杨不动，这时一旁方秋的弟弟方冬见状，忽然"咯咯咯"地笑了起来。

对于爸爸动手打姐姐这事，他是喜闻乐见的。

这时，方秋的妈妈忍着腰疼，踉跄地过去，挡在程子杨面前："你要打就打我吧！是我没教育好自己的女儿！"

"你以为我不敢打你？"方秋的父亲扬起手来，一双眼睛瞪得要鼓出来。

这时，床上的少女忽然将被子一掀，一双凛冽的眼睛盯着她的父亲。

不知道为何，这双眼睛竟然让她的父亲觉得怵了一下，可旁观者才知道，这双眼睛，和他的是多么像！

他恼火地要伸手去将他的妻子拽开，恨不得给自己的女儿一个耳刮子。

她居然敢用这样的眼神看他！

而方冬虽是讨厌自己的姐姐，可还是心疼妈妈，他眼看爸爸冲妈妈而来，也像头小猛兽一样冲过去，对着父亲的手一口咬下去。

这场面，令人觉得无奈又寒心。

"好，你打，我今天把话摆在这儿了。"方秋的妈妈决绝地看了丈夫一眼，"你要是再打我和方秋一次，我们就离婚。"

这是这个忍气吞声的女人头一次说这样狠的话，她是鼓足了勇气说的，可说完后，却觉得浑身都松了下来。

"我受够了。你别以为你可以对我们为所欲为!"

床上那个少女紧握的拳头缓慢地松开,忽然热泪盈眶。

阿喜一直听赵央话,忍耐着没有干涉他们的家庭纠纷,这时的心也缓慢地松懈下来。

赵央说过,解铃还须系铃人。旁人的帮助永远都只是一时的,唯有受到迫害的人,自己靠着自己的双腿站起来,才能得到真正的救赎。

她看到那个失控的方秋脸上暴烈的表情松懈下来,虽然语气还是冷冷的:"你看,妈妈都能保护我们,你就不能保护好自己吗?"

6

"方秋从小的生长环境,大家也看到了。原生家庭对人性格的影响极大,所以方秋胆怯。并且她每次受到伤害和谩骂,都觉得是自己有问题。久而久之,她对这些迫害习惯了,但迫害就是迫害,会对她的神经造成影响,所以她习惯性地不反抗,却没办法习惯这种害怕。"赵央道,"我和方秋会谈的过程中,发现她是一个十分自责的姑娘,有一次,她陷入极度的悲伤,还说他们这么对她,一定是她自己不好,是她自己招人讨厌……她陷入了很深的自我厌恶。"

于博士接了一句:"极度的自我厌恶是会导致人格出问题的,就是内心失调。人格分裂在学名上也叫'解离症/间歇性人格分裂'。患者会将引起他心理痛苦的意识活动或记忆,从整个精神层面解离开,来保护自己。"

他深深看了赵央一眼。

"这些人格,往往和原有的人格相互冲突。越是极端的性格,越容易产生反向的人格。而此时,第二人格,往往想要……赵央,你是打算保护她的原有人格,杀死……"

于博士倒吸了一口气。

"其实对于方秋来说,暴戾的不行,怯懦的也不行。"

"也是,除非……"于博士感慨道。

赵央接过话匣:"除非第二人格趋于完美。不过,方秋的第二人格,并不想要杀死她的原有人格。阻止方秋自杀的也是这个人格,这一次,虽然她有自残行为,但我想我不能怀疑她对本体的忠诚。"

"她是想刺激方秋?"阿喜道。

"其实人格之间虽有冲突,但目的,都是为了自我保护。"

赵央拿出了一封信,这是暴走的方秋悄悄交给他的。虽然访谈里,她口口声声要杀死怯懦的自我,但在这封信里,却告诉了他们她的真实想法。

"真实想法是?"于博士笑着道,"怪了,我见过那么多,居然对这个还蛮好奇的。"

"她希望怯懦的方秋得到她的勇气,活下去,敢于说不,保护好妈妈,不要让弟弟变成另外一个爸爸。还有……"是阿喜替赵央看信的,她接过话题。

"她还说什么?"程子杨问道。

"这个不能告诉你们,是个秘密。"阿喜神秘地道,顺便深深地看了一眼程子杨。

"好吧。"程子杨有些失望,"那么,方秋会好吗?"

"会的。在这个过程中,你会帮忙吗?"

"一定。"少年握起拳头,"那个……许明明……方秋不是要许明明道歉吗?我去问下陆老师要许明明的联系方式。"

"她去哪儿了?"

"她毕业了啊。"

"可是……三个月前?"赵央问道。

"哦,那个不是许明明……是另外一个女生。"程子杨叹了口气,欺负方秋的人,可真不少。

赵央心里明白了,哦,是"许明明们"。也许在方秋心里,"许明明"三个字,只是一个代号。最初的那个女孩,其实早已经脸谱化,后来的那些代表恶的人,都戴着许明明的面具。

"我先去做这件事了。"程子杨握拳道,然后转身跑出去。

"真是个可爱的小伙子。"于博士由衷地道,"倒是看到了小央央以前的影子啊。难怪方秋会喜欢他。"

"唉?"阿喜咋舌,"您怎么知道。"

"我还知道,方秋说的或许是她们都喜欢着程子杨,她其实分分钟都可以跟程子杨表白,但是,她希望给自己这个怯懦的朋友一个机会吧。"

阿喜叹了口气："可怕可怕，您简直有读心术！"

"就你们那眼神，还能逃过我？"于博士得意地道，"幼稚！"

"不过，老大比程子杨可帅多了。"阿喜赌气道。

于博士"嘿"了一声，仿佛又得到了某些讯息似的大笑起来，惹得阿喜面红耳赤。

此时，赵央正在病房里，坐在方秋的身旁。

治疗方秋的办法，最重要的是让她分离的人格达成和解。

他们先和方秋的母亲进行了一次会谈，了解到她母亲内心的忍耐，其实也是为了两个孩子。之后，他们告诉方秋母亲，这样的"为"其实并没有太多的好处。方秋的妈妈看着现在的状态，也无力辩解什么了。

社会援助部门也介入进来，对方秋的父亲进行了思想教育。这个暴力的男人，因为长期酒精的作用和社会压力，常常控制不了自己的情绪，但在了解一切情况之后，他也陷入了深思，接受了调解，签下了调解书，并答应和妻子分开一段时间居住，等戒酒之后再尝试要不要在一起。

至于方秋的弟弟，这个小家伙有严重的多动症，确实很讨厌。陆老师也和他的学校的心理调解老师进行了联系。还真是应证了于博士说的那句"这个世界上，人人都有点毛病"。

"对不起。"病房里，方秋怯弱地道。

"为什么道歉呢？"赵央问。

"是我不好……"

"有时候，有些人对你有恶意，问题并不在你的身上，而在'有些人'身上。"赵央淡淡地道，"方秋，你不需要浑身长满刺、戴上盔甲，其实这个世界上，像程子杨那样的人，也不少。"

"是啊。"方秋道，"可是……"

"你不用害怕。程子杨也好，陆老师也好，我们也好，都会帮助你渡过这个关卡。以后……一定要珍惜自己。"

"我……"

"方秋，我们降生于这个世界，都是带着命运的祝福的。尽管生活有时候会给你带来很多挫折，但逃避自己的内心不是一个正确的选择。胆量不是每个人都有的，其实都是一次次磨出来的。你要明白，你并不孤独，你看，就算到了最后一步，你自己，也可以陪伴你渡过难关。"

"可那不是有病吗……"方秋支吾着说,"我知道,另外一个方秋是我幻想出来的……是……我不受控制。"

"不。你其实是可以控制的。你不要去害怕她,你要明白,她就是你,她代表你内心的另外一种渴望,你渴望强大、渴望独立、渴望得到尊重。你的另一重人格,只是将它付诸了实践而已。"赵央温柔地道,"你们,其实从头到尾就是一个人。她根本不想杀死你。她只是……

"希望你能过好这一生。"

7

"老大,怎么样?"阿喜见赵央出来,问道。

"人格要达成和解其实是一个比较漫长的过程。庆幸的是,方秋的新人格虽然脾气暴躁,但有这份心。我想,她们能够好好相处,也会很快地恢复正常。只不过……"

赵央叹了口气说:"方秋的问题,不仅仅出在自己身上,跟周围环境的刺激也有很大的关系。家庭暴力和校园暴力这些事,其实屡见不鲜。"

于博士叹了口气:"路漫漫其修远兮,人类文明,总是需要很长的一段历史才能有所进步。你不如跟我去搞宇宙社会学吧?"

"但……"赵央也笑了笑,"路漫漫其修远兮,改变,也在一朝一夕。"

"真不去吗?"于博士一边感慨,一边露出了一个意味深长的笑,"也好,一朝一夕,也是好东西……"

三人回到了工作室,肥钉难得勤劳地把屋子收拾了一遍,问起情况来,阿喜简单地说了几句,就又投身到她的烤箱事业了。

不久之后,陆老师那边来了人,据说是他们联系到了许明明,许明明对自己被要求道歉感到极其困惑,她并不觉得自己有对方秋施加任何的校园暴力。

人们常常如此,加害者并不知道自己做事的方式就是伤害,而跟风群嘲者,却总是将恶推给始作俑者。

有时候,恶就像是一种瘟疫,许多人连自己感染了都不得而知。那些恶意一经过大众传播，就仿佛成了一样值得分食的好东西，人人都要吃上一口。

就像那天，方秋站在三楼露台上时，台下的那个看客。

仿佛只要把自己摘出来，作为一个旁观者，就可以把这蓄意的恶意轻描淡写地说出来。

鲁迅先生笔下的，吃人血馒头的人，无处不在。

可是，这个世界上也有勇敢站出来反对暴力的人。赵央也好，陆老师也好，程子杨也好，他们可以形成一股力量。

学校举行了一次反对校园暴力的演讲，程子杨穿着一袭白衣站在台上，浩然正气。他说："'恶'或许是人性里无法剔除的本质，但'向善'可以占据它的位置。站在阳光下拥抱彼此，而不是站在阴暗的角落嘲笑别人，这才是更好的青春。我希望，我们都能一起努力温柔地对待这个世界，温柔对待身边的人，也温柔地对待自己。当然，也要有勇气去正面告诉那些恶意：我们，不好惹，请你，消失。"

台下掌声雷动。

路漫漫其修远兮，但这是值得珍惜的一朝一夕。

那天程子杨从台上下来的时候，后台的阿喜正在和方秋嘀咕着什么，方秋的脸红红的。

"我觉得很不好意思。"

"有什么不好意思的。"阿喜皱眉道，"不就是表白吗！"

"可是……"方秋有些急眼了，"那你怎么不跟赵医生表白！"

阿喜一愣，她喜欢赵央这事儿这么明显吗？于博士看出来就算了，就连方秋都能看出来啊！但她可不想承认，于是有些别扭地道，"谁……谁说我不打算表白了！我正打算呢！"

程子杨这时走了过来，阿喜将方秋往前一推。

"咦，方秋你在这里啊！"程子杨露出了灿烂的笑容，"一会儿可要上台了！紧张吗？"

方秋点了点头，正准备逃走，却见阿喜在一旁使眼色。

"程子杨……"方秋的脸红红的，但说话已经不结巴了，"我想跟你说一件事。"

"嗯？"程子杨有些好奇。

"我想说。"方秋鼓起勇气看着他的眼睛，才发现程子杨的眼睛无比清澈和温和。她那颗狂跳的烦躁和胆怯的心，慢慢平静了下来，"我想说，程子杨，谢谢你，你这个人真的很棒，是大家都会喜欢的那种人。我也很喜欢你。我知道你只是把我当作一个需要帮助的同学才对我好,但是我就是想告诉你,我真的很感动。"

程子杨的笑容慢慢凝固,待到方秋说完,他那原本已经消失笑容的脸,忽然又阳光满面:"方秋,那你就说错啦。"

"咦?"

"不是对待一个需要帮助的同学,而是……"程子杨凑近她说,"我们是好朋友啊!座头鲸你好,你愿意跟一个岛屿交朋友吗?"

那本漫画书,方秋其实后来悄悄去看了,讲的是,一头孤独的座头鲸被鲨鱼和人类追杀,在海中漂泊,最后,在一座岛屿旁边停了下来。

她听到岛屿跟她说:"喂,小怪物,你是远方来的朋友吗?"

方秋一时热泪盈眶,她点了点头:"嗯,是朋友。"

十分钟过后,方秋走上了那个她曾经从没想过会走上去的舞台,尽管步伐还是有些缓慢、胆怯,但毕竟是走上去了。

话筒里传来她有一点重的呼吸声透着紧张,半晌说不出一句话来。

下面的阿喜带头鼓起了掌,紧张的氛围瞬间热闹了起来。

有人大喊:"方秋!加油!"

是程子杨。然后,接二连三的,有人齐声喊:"加油!加油!"

方秋只觉得眼眶一热,这些加油声和掌声,让她忘记了害怕。她顿了顿,屏息,然后吐字:"大家好,我叫方秋……在今天之前,我从来没有想过,我会站在这样的舞台上,跟你们……说出我的心声。这些年,我非常自卑,非常胆小……我……"

方秋的眼泪冒了出来,但这一次,不是因为害怕,而是因为有些激动。

"站在这里,是想跟所有的校园暴力说不,跟过去胆小的、默默忍受伤害的自己说不!"

她沉吟了一下:"也跟……未来的,勇敢那么一点点的自己,说一声……"接着笑了起来,"你好啊。"

8

阿喜实在没有什么做糕点的天赋。其实她拼命学烹饪,是有原因的。

没过几天就是赵央的生日了。

每年这个时候，工作室都会收到很多电话录音，那些曾经被他们帮助过的人，都会送来自己的只言片语。赵央与他们约法三章，不送礼物，不说感谢，只说现状。

程小海考上了北京的音乐学院，高分录取，跟着老师已经完成了好几场演出。

晴子说她今年找到了男朋友，带回去的时候，爷爷高兴得做了一大桌子菜。不过晴子怕吓到男朋友，他们还是决定把奶奶的事儿保密。但晴子说，奶奶，也一定很高兴。

小雀送来了自己做的手工玩具，是一个含录音的小布偶，摁一下就会听到小雀发自内心高喊的"赵央哥哥要开开心心哦"，小雀说，这是她自己独立完成的。

江其楠环游世界到了非洲，告诉他们他现在黑得跟当地人似的，打算在那边待一阵子，给非洲难民组织帮助。他现在终于找到了人生的意义，原来，它们是一段一段的。而他这只鸟，也终于觉得自己落了地。

刘天明正在全力奋战高考，而张庸告诉他们，他找到了新的工作，离他妈妈的新家很近，有空的时候，经常去她家吃饭，妈妈还给他安排了很多场相亲，他觉得可烦恼了。

程子杨也给他们打了个电话。他带着方秋一起再次去了漫画书店。方秋虽然还是很害羞不怎么说话，但敢看他的眼睛了。不过，这些都不是重点，重点是当方秋听说，霸凌的消息不知道怎么传到了许明明的大学同学耳朵里，她们都对许明明非常不满，同宿舍的女生甚至将她的东西打包扔出来，表示拒绝和这样的人住在一起。方秋提出，她想去见一见许明明，去她的学校。程子杨当时并不知道她想做什么，方秋却笑着说，我想原谅她，而且，我也不希望她遭遇与我一样的事。

程子杨在电话那头说："方秋说这话的时候像个天使。她有勇气原谅那些曾经伤害过她的人，并且帮助她们，我觉得……她特别棒。一切，也会越来越好吧。"

阿喜和赵央听着这些看似家长里短的讯息，心里却清楚地知道，这对于曾经的他们来说，是一种奢望。

赵央生日的那天，于博士恰好要启程去新的一站，离开前陪着他们听录音，一边放，阿喜还会一边简单地告诉他这些录音背后的故事。

于博士的笑容越发深沉。

挺好的，真的挺好的。赵央愿意帮助这些普普通通的平凡人渡过心灵的难关，这个举动，在于博士看来，很不平凡。

那天，阿喜霸占着厨房，眼睛几乎都不眨巴地盯着烤箱。

希望这个蛋糕，能是她做出来的最好看的蛋糕吧。她怕放错东西，放每一样材料的时候都要亲口尝一尝。

将蛋糕放进烤箱之后，接于博士的车来了。四人在门口告别。

"真不跟我去搞宇宙社会学啦？"于博士开着玩笑说。

赵央笑着说："老师放心去宇宙吧，我暂时留在人间。"

"好好好。"于博士拍了拍他的肩膀，压低声音说，"你的眼睛，我会继续想办法的。"然后向着阿喜说："小丫头，那就麻烦你做他的眼睛啦！"

"嗯！"阿喜点点头。

"那我呢？那我呢？"肥钉非得凑上来。

"你这么肥，就做个吉祥物吧。"于博士斜他一眼笑道，"你们好好的。"

多年前，赵央是自己放在身边的左右手，这个孩子极有天分，对人心有很强大的感受力和共情力，他天生就是做心理学实践的料，非常善良也通情达理。也正因为这个原因，在接触到那些病态罪犯无理却残酷的虐杀理由后，他才会无法控制自己的情绪。

即便是在那个可怖的环境里，赵央却仍旧愿意把控自己。

或许上天选中他，必须给他一些挑战吧。

毕竟，于博士知道，还有那么多等待赵央救赎的心灵。何况，现在他的身边有阿喜和肥钉，他们虽然看上去还有些孩子气，但是真心地热爱着"特殊人类研究所"。

于博士更愿意把这个研究所当作是一个温暖的心灵驿站，在这里，多少迷途的心找到了属于自己的灯塔。

这是一场又一场挑战，也是一场又一场重生。

他越发相信自己的眼光。

屋子里散发出了蛋糕的香气，阿喜此时正目不转睛地蹲在烤箱前。

赵央回到书桌前，感觉到身上有阳光的味道。

人间，真好。他是能感受到温暖的。

不过，他永远也无法忘记那七天发生的事，那是真实的黑暗。

当"另一个他"，那原本的赵央举起一把匕首，要对准自己的心脏的时候。

他听到他对他说："你说，一个堂堂正正的心理医生，人格分裂，可笑吗？"

"不可笑。老师说了，人人都可能生病。"

"你倒是淡定。哈哈哈！可是如果我自己是个病人，我怎么可能救别人？怎么，你就这么怕死吗？"

"我不怕死。我只是觉得，你没必要觉得自己身处黑暗。这件事，我可以帮你。"

"你只是我滋生出来的一个人格，你不配帮我！"

匕首划向手腕，他扑了出去……

七天后，当被匕首刺伤双眼的他，打开那扇门，看到老师的时候，他露出了笑脸："老师，没事了。"

没事了，一切，都平息了。

现在的生活里，有蛋糕的香气，有最接地气的人生，手中有玫瑰赠人。

他会一根根地拔掉那些刺，帮助玫瑰不伤人，也帮助自己，手有余香。

尾声

于博士上了飞机，飞机马上就要起飞了。

窗外蓝天白云，阳光正好，经济舱里传来了孩子的哭声。

于博士戴上了耳塞，突然的空闲，让他的耳边飘起赵央的声音。

"除非第二人格趋于完美。"

除非第二人格趋于完美……

趋于完美。

于博士忽然从座椅上跳了起来，惹得旁边的商务男不满地看了他一眼，只见于博士整个人像是非常震惊。

他呆呆地道："不会……不会的！"

难道那七天，是赵央杀死了自己的主人格？那个冲动的、暴虐的、血脉偾张的，其实是赵央的主人格，而现在这个除了看不见，其他行为都令自己觉得几乎"完美"的理智的赵央，才是第二人格！

而这个人格，却是为了保护他的本体才出现的！

漂亮的空姐来到面前，礼貌地冲于博士道："飞机马上起飞，请您系好安全带。"

算了……于博士坐回了自己的位置,他苦涩地摇头道。

"事已至此,也是一种天意吧。就让这个秘密……烂在宇宙里吧。"

特殊人类研究所。

"叮。"

蛋糕出炉了。

万幸,阿喜做出了她有史以来最高水平的蛋糕,她忍不住要雀跃之时,一旁的肥钉冲她竖了根手指,让她轻一点。

赵央在桌上睡着了,阳光正打在他的半边脸上,一半明媚灿烂,一半埋在阴影之下。

阿喜的笑容骤然消失,她手里端着的蛋糕倏然落地。

"阿喜你怎么了?"肥钉莫名地道。

阿喜看到角落里有个人正慢慢地起身。

那是另一个赵央,脸上带着少年的血气,眼中有些邪魅狡黠的光。

他伸了伸懒腰:"总算……"

后记：1%

2012年我在浙江大学上了一个心理学班，当时去了一趟杭州第七人民医院。

七院给我印象最深刻的三个"病人"，一个是号称与美国前总统克林顿是夫妻，并且在院期间一直在打国际电话，说统领全球甚至统领外星人的一位阿姨。她说得非常认真，尽管破绽无数却一副笃定的样子。还有一个高颜值又高学历的大姐姐，她非常优雅地坐在那儿，告诉我们她的"种种罪状"，说那些全都是幻觉，告诉我们她知道自己的错误了，也希望有一次机会能改正。最后一个是一位双向情感障碍的中年男子，我们去的那天，恰逢他的波浪型低潮期，他弓着背，一言不发，整个人弯成一个大写的"绝望"。真的是光看几眼就会觉得抑郁，据说如果这个低潮期过去了，他又会忽然像打了鸡血一样，热情澎湃、滔滔不绝。

从会诊室出来的时候，外面风景很好，夏天的太阳很灿烂，同行人心情莫名沉重，而我却在沉重中，生出一丝好奇来。

——有没有可能，他们所说的，其中有一件是真实发生的，或者起码对他们本身来说，这件事真实到比我们所以为的现实社会还要真实？

我在童年时代常常做一个梦，梦里只有我是真实的，在宇宙里飘飘荡荡，然后到了宇宙的尽头，我伸手去摸，是一块类似玻璃的隔板，宇宙那头，是另一个宇宙。

我从那时候就相信平行时空的存在，只是当时还概括不出，以至于长大后，当我看了《楚门的世界》时心有惶恐，当我看了《星际穿越》时泪流不止。

什么是真相，从小到大，我一直都没停止过好奇。只是从对宇宙的好奇，微缩了一点：从自己开始。我想要搞懂我自己。

事实上这仍旧是一件难事。我曾经听说过一个关于眼球的理论，按我的理解，它大致说的是，我们以为经由肉眼直观看到的，其实都是经大脑解读后的产物。真正的红、黄、蓝不一定是我们理解的那些色彩，我们所看到的彼此也根本不长那样，或许有八只耳朵，或者根本没有嘴。我们所见的一切，其实都是大脑处理过后的信息。因为大多数人的大脑构造都差不多，所以，会达成一个普世意义上的"共识"。那么，共识之外又是什么呢，在那些所谓常识夹缝里冒出来的东西，还没被认证的，就是假的吗？

不一定吧。

我怀抱着这"不一定"，感觉非常奇妙。人类大脑的未知领域比我们所认知的宇宙，还要大得多得多。那么我想做个小小的假设，我所写到的这些人，大脑的活动范围，比一般人多了1%——值得一提的是，我所做的假设是"大脑"，而不是智商。大脑会带来生理和感官的各种反射，如果当他们的弧长多了一点点……我假设一下，这1%的神秘，我能不能试着用自己的方式写一写？

这不是一群天才的故事，甚至是一群比孤单的人类更孤单的"特殊群体"，他们被这1%困扰着，而我借由两个人的心和眼，去讲述他们的故事。

这是我给自己"幻想"和"思考"的一个交代，至于说送给这部分人的礼物——怕是薄了点。

虽然书里的工作室叫作"特殊人类研究所"，但"特殊"是特殊了，"研究"却谈不上，避难所也谈不上，他们像我一样，能力有限，能给的，不过是一点关注和理解。

科幻有时会成为一种信仰。这一本书，或许谈不上科幻，只是一个不太懂行的人想出来的小小可能性。

理解那些课本上没有教会我们的事，理解那些和我们不太一样的人，理解那些尚未发生、也许会发生、也许不会发生的所有故事，理解怪奇物语，保持好奇心，也保持善良。
好了，让我们为1%干杯。
谢谢你们来偷窥我们的秘密。
我愿意把它悄悄地说给你听。

我们的秘密

作者
王巧琳

封面绘图
九千坊

彩色插图&内文插图
七空

封面设计
杨小娟

内文版式
严岩

图片总监
杨小娟

特约编辑
罗长敏　陈晓琛

责任发行
周冬梅

出版社
中国致公出版社

总出品
湖北知音动漫有限公司

制作出品
知音动漫图书·漫客小说绘

图书在版编目（CIP）数据

我们的秘密 / 王巧琳著. --北京：中国致公出版社，2019
ISBN 978-7-5145-1357-8

Ⅰ.①我… Ⅱ.①王… Ⅲ.①长篇小说－中国－当代Ⅳ.①I247.5
中国版本图书馆CIP数据核字(2018)第222598号

本书由王巧琳授权湖北知音动漫有限公司正式委托中国致公出版社，在中国大陆地区独家出版中文简体版本。未经书面同意，不得以任何形式转载和使用。

我们的秘密 / 王巧琳 著

出　　版	中国致公出版社
	（北京市海淀区翠微路2号院科罘楼）
出　　品	湖北知音动漫有限公司
	（武汉市东湖路169号）
发　　行	中国致公出版社（010-85869872）
作品企划	知音动漫图书·漫客小说绘
责任编辑	孙兴冉
特约编辑	罗长敏　陈晓琛
装帧设计	杨小娟　严岩
印　　刷	中印南方印刷有限公司
版　　次	2019年3月第1版
印　　次	2019年3月第1次印刷
开　　本	710mm×1120mm　1/16
印　　张	15.75
字　　数	200千字
ＩＳＢＮ	978-7-5145-1357-8
定　　价	36.80元

版权所有，盗版必究（举报电话：027-68887933）
（如发现印装质量问题，请寄本公司调换，电话：027-68890560）